小書痴的下剋上

為了成為圖書管理員不擇手段！

第五部 女神的化身V

香月美夜——著
椎名優 繪 許金玉 譯

本好きの下剋上
司書になるためには
手段を選んでいられません
第五部 女神の化身V

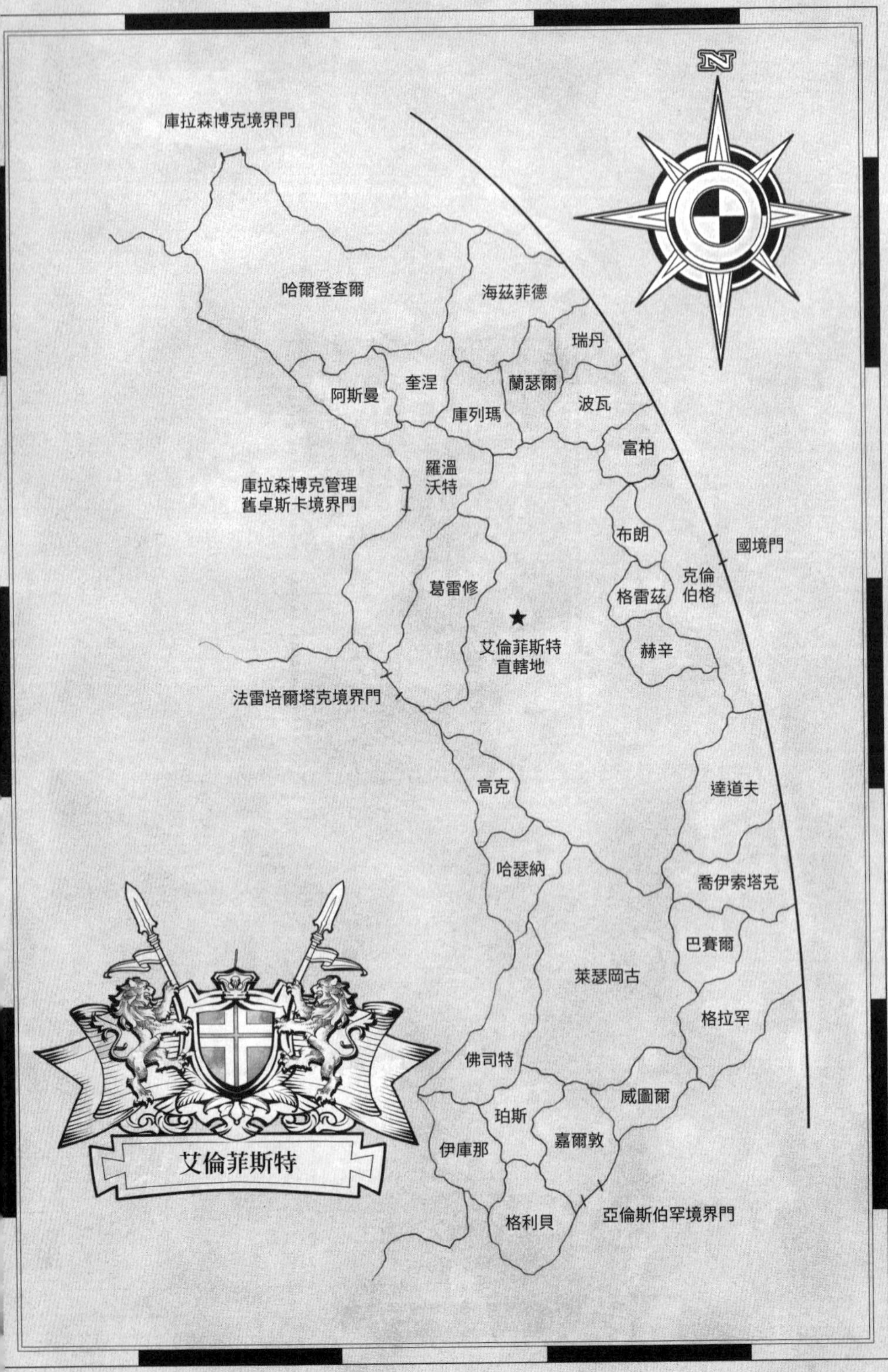

N
庫拉森博克境界門
哈爾登查爾
海茲菲德
瑞丹
阿斯曼
奎涅
蘭瑟爾
庫列瑪
波瓦
富柏
羅溫
沃特
庫拉森博克管理
舊卓斯卡境界門
布朗
國境門
克倫
伯格
葛雷修
格雷茲
艾倫菲斯特
直轄地
赫辛
法雷培爾塔克境界門
高克
達道夫
哈瑟納
喬伊索塔克
巴賽爾
萊瑟岡古
格拉罕
佛司特
威圖爾
珀斯
嘉爾敦
伊庫那
格利貝
亞倫斯伯罕境界門
艾倫菲斯特

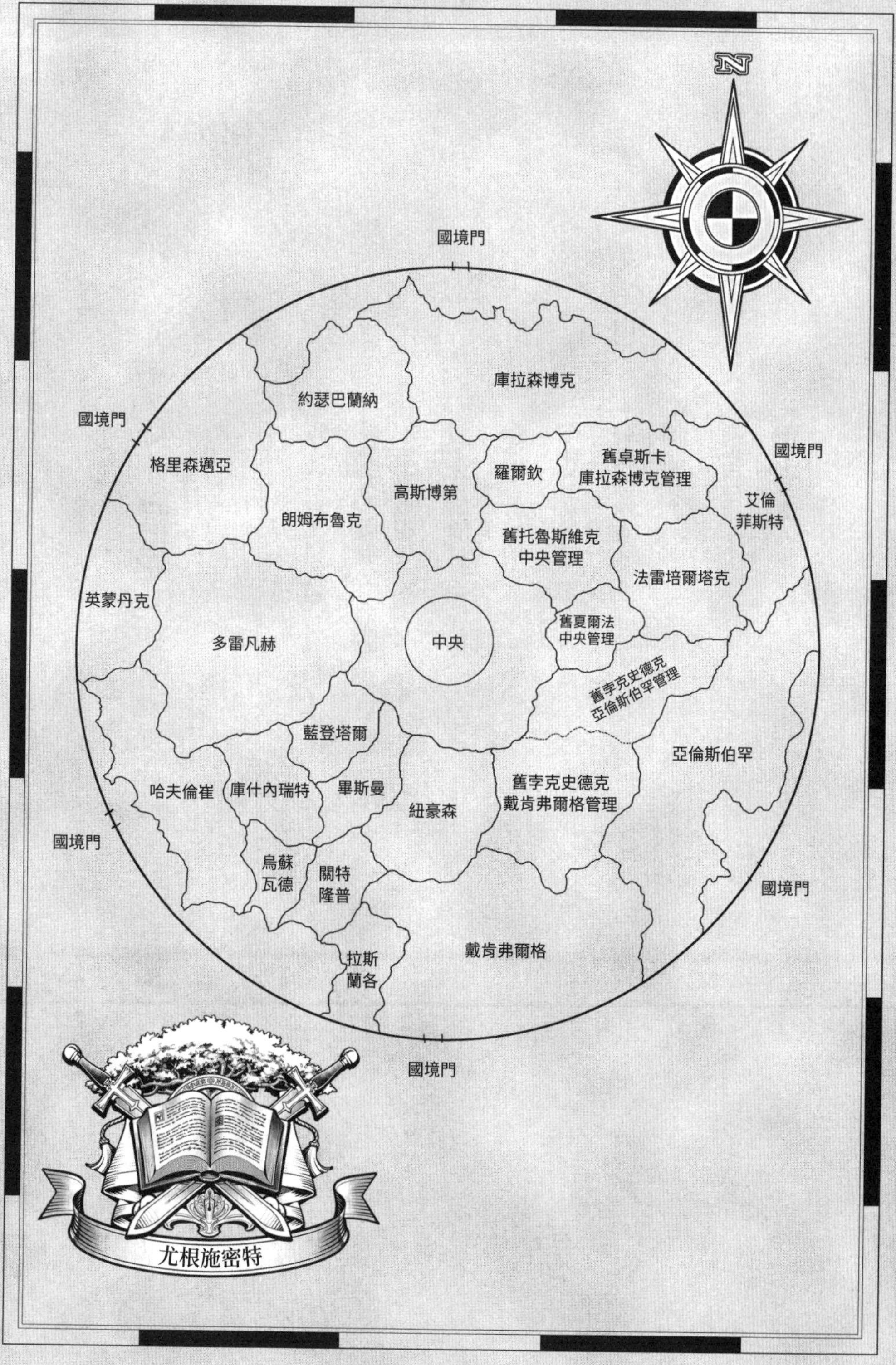
N
國境門
庫拉森博克
約瑟巴蘭納
國境門
格里森邁亞
羅爾欽
舊卓斯卡
庫拉森博克管理
國境門
高斯博第
艾倫
菲斯特
朗姆布魯克
舊托魯斯維克
中央管理
法雷培爾塔克
英蒙丹克
舊夏爾法
中央管理
多雷凡赫
中央
舊孛克史德克
亞倫斯伯罕管理
藍登塔爾
亞倫斯伯罕
舊孛克史德克
戴肯弗爾格管理
哈夫倫崔
庫什內瑞特
畢斯曼
紐豪森
國境門
烏蘇
瓦德
關特
隆普
國境門
戴肯弗爾格
拉斯
蘭各
國境門
尤根施密特

CONTENTS

第五部 女神的化身V

登場人物

艾倫菲斯特的領主一族

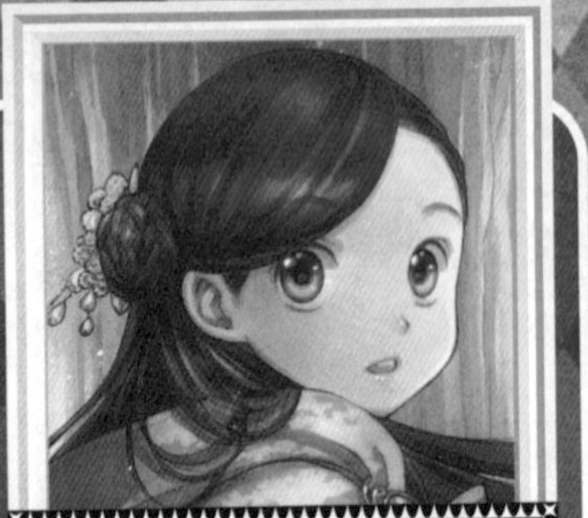

羅潔梅茵

本書主角。稍微長高後，外表看來約九歲左右，但內在還是沒什麼變。到了貴族院，依然為了看書不擇手段。現為貴族院三年級生。

韋菲利特

齊爾維斯特的長男，羅潔梅茵的哥哥。貴族院三年級生。

齊爾維斯特

收養羅潔梅茵的艾倫菲斯特領主，羅潔梅茵的養父。

芙蘿洛翠亞

齊爾維斯特的妻子，三個孩子的母親。羅潔梅茵的養母。

夏綠蒂

齊爾維斯特的長女，羅潔梅茵的妹妹。貴族院二年級生。

麥西歐爾

齊爾維斯特的次男，羅潔梅茵的弟弟。

波尼法狄斯

齊爾維斯特的伯父，卡斯泰德的父親，羅潔梅茵的祖父。

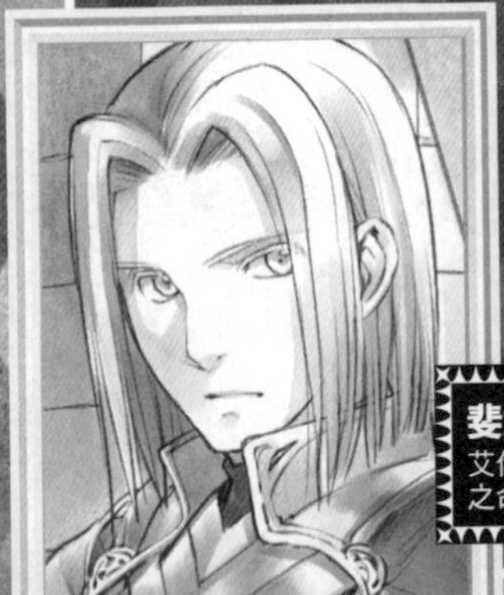

斐迪南

艾倫菲斯特的領主一族。奉國王之命前往亞倫斯伯罕。

第四部 劇情摘要

進入貴族院就讀後，羅潔梅茵既是問題兒童，也是連續兩年的最優秀者。在學期間，她因為釋出祝福成了魔導具的主人，還與大領地比了迪塔、為王族提供戀愛方面的建議，更打倒了黑色魔物、治癒採集場所……與此同時，因知曉斐迪南出生秘密的中央騎士團長所提出的建言，國王下令要斐迪南入贅至亞倫斯伯罕。斐迪南於是奉命前往了亞倫斯伯罕……

羅潔梅茵的近侍

奧黛麗
羅潔梅茵的首席侍從。哈特姆特的母親。

莉瑟蕾塔
中級侍從。安潔莉卡的妹妹。

谷麗媞亞
貴族院四年級生，中級見習侍從。已獻名。

哈特姆特
上級文官兼神官長。奧黛麗的么子。

克拉麗莎
上級文官。哈特姆特的未婚妻。

羅德里希
貴族院三年級生，中級見習文官。已獻名。

菲里妮
貴族院三年級生，下級見習文官。

柯尼留斯
上級護衛騎士。卡斯泰德的三男。

萊歐諾蕾
上級護衛騎士。柯尼留斯的未婚妻。

安潔莉卡
中級護衛騎士。莉瑟蕾塔的姊姊。

馬提亞斯
貴族院五年級生，中級見習騎士。已獻名。

勞倫斯
貴族院四年級生，中級見習騎士。已獻名。

優蒂特
貴族院四年級生，中級見習護衛騎士。

達穆爾
下級護衛騎士。

貴族院限定的近侍

布倫希爾德　貴族院五年級生，上級見習侍從。齊爾維斯特的未婚妻。

繆芮拉　貴族院五年級生，中級見習文官。已向艾薇拉獻名。

泰奧多　貴族院一年級生，中級見習護衛騎士。

艾倫菲斯特的貴族

卡斯泰德	騎士團長，羅潔梅茵的貴族父親。
黎希達	重回齊爾維斯特身邊的上級侍從。
雷柏赫特	芙蘿洛翠亞的上級文官。 哈特姆特的父親。
奧斯華德	韋菲利特的首席侍從。
蘭普雷特	韋菲利特的上級護衛騎士。 卡斯泰德的次男。
艾薇拉	卡斯泰德的第一夫人， 羅潔梅茵的貴族母親。
尼可拉斯	卡斯泰德與第二夫人的兒子。
貝兒朵黛	布倫希爾德的妹妹。 羅潔梅茵的近侍候補。
布麗姬娣	伊庫那的中級貴族。 曾是羅潔梅茵的近侍。
拉塞法姆	斐迪南的下級侍從。
艾克哈特	斐迪南的護衛騎士。卡斯泰德的長男。
尤修塔斯	斐迪南的侍從兼文官。黎希達的兒子。
薇羅妮卡	齊爾維斯特的母親。現正受到幽禁。

羅潔梅茵的專屬

雨果	專屬廚師。
艾拉	專屬廚師。
羅吉娜	專屬樂師。

神殿相關人員

法藍	神殿長室的首席侍從。
薩姆	負責管理神殿長室。
莫妮卡	神殿長室與廚房的助手。
吉魯	負責管理工坊。
葳瑪	負責管理孤兒院。
康拉德	孤兒。菲里妮的弟弟。

平民區相關人員

班諾	普朗坦商會的老闆。
馬克	普朗坦商會的都帕里。
路茲	普朗坦商會的都帕里學徒。
多莉	梅茵的姊姊，專屬髮飾工藝師。

貴族院相關人士

賈鐸夫	多雷凡赫的舍監。
赫思爾	艾倫菲斯特的舍監。
歐丹西雅	貴族院圖書館的上級館員。
索蘭芝	貴族院圖書館的中級館員。
休華茲	圖書館的魔導具。
懷斯	圖書館的魔導具。

中央

特羅克瓦爾	國王。亦稱君騰。
瑪格達莉娜	國王的第三夫人。 錫爾布蘭德的母親。
席格斯瓦德	中央的第一王子。下任國王。
娜葉拉耶	席格斯瓦德的第二夫人。
亞納索塔瓊斯	中央的第二王子。
艾格蘭緹娜	亞納索塔瓊斯的第一夫人。
錫爾布蘭德	中央的第三王子。
阿度爾	錫爾布蘭德的首席侍從。
勞布隆托	中央騎士團長。
洛亞里提	中央騎士團的副團長。
伊馬內利	中央神殿的神官長。

他領貴族

漢娜蘿蕾	戴肯弗爾格的領主候補生， 貴族院三年級生。
柯朵拉	漢娜蘿蕾的首席侍從。
阿道芬妮	多雷凡赫的領主一族。 第一王子的未婚妻。
奧爾特溫	多雷凡赫的領主候補生， 貴族院三年級生。
喬琪娜	亞倫斯伯罕的第一夫人。 齊爾維斯特的大姊。
蒂緹琳朵	亞倫斯伯罕的領主一族。 喬琪娜的女兒。
萊蒂希雅	亞倫斯伯罕的領主一族。
賽吉烏斯	斐迪南的侍從。

第五部

女神的化身V

序章

春日的陽光帶著暖意往窗內傾瀉而下。林木的綠意漸濃，花朵也帶來明亮的色彩。若能悠哉愜意地散步其中，這無疑是最宜人的季節，然而，維護得整齊美觀的城堡中庭卻幾乎杳無人跡。領主會議將至，城堡內部到處是一片忙亂，有的人還會不走迴廊，直接穿過中庭節省時間，但沒有半個人曾停下來從容地欣賞自然美景。

此刻波尼法狄斯也沒有閒工夫欣賞季節的變換。斑斕多彩的中庭象徵著領主會議的逼近，讓人更是心浮氣躁。他留意著不讓煩躁表現在臉上，往茶會室邁步。

他有話非得告訴齊爾維斯特不可，便吩咐侍從去安排時間，好不容易才敲定在午餐時間談話。聽到午餐竟然是命人送去領主辦公室旁的休息室，便可知齊爾維斯特的忙碌程度。

「唔，是黎希達嗎……」

到了休息室，只見黎希達正在準備午餐。波尼法狄斯這才想起，聽說她已回到齊爾維斯特身邊擔任侍從了。黎希達雖是侍從，情況卻相當特殊，會奉領主之命不斷更換要服侍的主人。服侍的也多是那些處境特殊、無法立即找到足夠近侍的領主一族。

當初她在領主一族葛蕾琴身邊接受完侍從的教育後，便奉前前任領主之命，去服侍從亞倫斯伯罕嫁來的嘉柏耶麗，接著是服侍受到萊瑟岡古一族排擠的薇羅妮卡。

再後來，因波尼法狄斯要求，若要讓卡斯泰德在受洗後進入城堡當領主候補生，就得有人負責指導他，黎希達便奉前任領主亞德貝特之命被派來他的宅邸。

卡斯泰德舉行了洗禮儀式後，又因為薇羅妮卡要求：「我想找能夠信任的人指導喬琪娜。」黎希達便成了喬琪娜的首席侍從。等到預計成為下任領主的男孩出生，黎希達又成了齊爾維斯特的奶娘。

近幾年，黎希達則在齊爾維斯特的指派下，在神殿出身的羅潔梅茵身邊擔任首席侍從。儘管羅潔梅茵因為在神殿長大的關係不好找到近侍，但近來波尼法狄斯也開始懷疑當初之所以會選上黎希達，可能是為了斷絕羅潔梅茵與親族的往來。

「波尼法狄斯大人，歡迎。齊爾維斯特大人好像被公務耽擱了一點時間，但他剛才已經向我送來奧多南茲，應該再過不久就到了。」

波尼法狄斯在黎希達的招呼下落坐，隨行的侍從也開始準備服侍他用餐。

「雖說是自作自受，但看來齊爾維斯特忙得不可開交哪。」

「是啊。我以前從沒見過他工作如此認真，還請您口下留情。」

「我可不像斐迪南那麼好說話。領主做好領主的工作不是天經地義嗎？」

齊爾維斯特的公務會比去年還要繁重，不單是因為肅清過後，近侍人數減少了的關係，也是因為波尼法狄斯與韋菲利特在分擔斐迪南留下的城堡公務時，順便把領主該做的那一份都丟回給了齊爾維斯特。

「但是，您又何必挑在近侍人數驟減、正忙著準備領主會議的時候會面呢……」

「教育下任領主韋菲利特，本來也是領主該做的工作。既然現在都被羅潔梅茵明白拒絕了，那我再把這份工作丟回給他也是應該的吧？」

波尼法狄斯至今已經輔佐過三位領主，分別是父親、弟弟與侄子。就在齊爾維斯特上任約莫三年後，他便來找波尼法狄斯商量，說是想讓薇羅妮卡與她的近侍們引退，他於是幫忙遊說已過了一定年紀的人退休。他和薇羅妮卡也除了魔力供給外，不再插手任何公務。

然而，現在的他卻經常出入訓練場指導騎士，也會幫忙處理公務，和引退兩字完全扯不上關係。不過，這都是因為他想在可愛的孫女面前有所表現，也是為了能與孫女多做交流。

另外也是因為他有所私心，心想若羅潔梅茵能在萊瑟岡古一族的支持下成為下任領主，那他就能以教育下任領主為由，有更多的時間與她相處。然而，羅潔梅茵自己卻斬釘截鐵地否決了這樣的可能性：「倒不如想辦法讓我在神殿待久一點。」波尼法狄斯只好死了這條心。想與可愛的孫女交流還真不容易。

「哎呀呀，教育下任領主本就是波尼法狄斯大人的工作吧。當初您能被排除在下任領主的候補人選外，不就是因為答應了這件事嗎？」

「……這都多久以前的事了。」

「不管多久以前，答應過的事情都不能反悔。」

黎希達咯咯笑道，波尼法狄斯忍不住皺起臉龐。面對可以細數陳年舊事的黎希達，他實在感到棘手。

如黎希達所言，波尼法狄斯與擔任前前任領主的父親有過約定。他推掉下任領主的候補資格時，承諾會負責教育下任領主，讓知識得以傳承。這是因為弟弟亞德貝特的身子並不算強健，既然要由他成為下任領主，便需要有人能夠教育他的孩子，以防他不幸早逝。

「所以雖然我引退了，現在還不是回來幫忙處理公務，還要負責指導韋菲利特成為下任領主嗎？明明齊爾維斯特又不像亞德貝特那樣身體虛弱，可以自己教育孩子……他要是能自己來，我就能悠悠哉哉當個專心疼愛孫女的爺爺了。」

「哎呀，波尼法狄斯大人毫不懂得拿捏力道，可當不了疼愛孫女的爺爺喔。」

氣人的是，身邊的人都對他抱持警戒，成天總說：「讓他隨便靠近羅潔梅茵的話，她會沒命！」所以不怎麼讓波尼法狄斯接近羅潔梅茵。

……之前是我有些興奮過頭，為了討羅潔梅茵歡心而把她拋到半空中，卻害她差點撞上天花板，這點確實做得不對……

經過那件事後，波尼法狄斯深刻地體認到，與那些會開心做訓練的孫子們相比，羅潔梅茵是截然不同的存在。

「你們聊得很開心嘛。」

不久後，齊爾維斯特帶著近侍們走進來。留下服侍自己用餐的黎希達與護衛騎士卡斯泰德後，他讓其他人退下：「下午也會很忙，你們快去用餐吧。」

與此同時，波尼法狄斯的侍從與黎希達開始服侍兩人用餐。兩人面前的盤子上擺著切工精巧的蔬菜，在旁服侍的侍從說了一長串波尼法狄斯從沒聽過的菜名。

……蒔加與勒尼耶沙拉？

看來又是新的菜色。多虧羅潔梅茵帶來的廚師，城堡裡的餐點有了巨大的改變。先等齊爾維斯特吃了一口後，波尼法狄斯接著吃起滋味帶點酸澀的蔬菜。

……那個討厭蔬菜的齊爾維斯特現在竟然肯吃，我孫女想出來的餐點簡直太了不起了。

波尼法狄斯在心裡頭大力稱讚羅潔梅茵，一邊咀嚼略帶苦味、小孩子通常都不喜歡的蔬菜。吃得出來為了讓齊爾維斯特也能吃得津津有味，這道菜下了不少工夫。

「那麼，找我所為何事？你有什麼擔心的事情嗎？」

齊爾維斯特一邊用餐，一邊問起要求會面的理由，臉上有著濃厚的倦色。雖然知道說了只會讓他更是勞心傷神，但領主若毫無所覺，也是個大問題。波尼法狄斯於是開口：

「現在到處都是需要擔心的事情吧。首先，是得改正韋菲利特的態度。他那種態度若再持續下去，我可照顧不了他。」

聞言齊爾維斯特瞪大雙眼，倒吸口氣。黎希達也神色倉皇地揚聲道：

「波尼法狄斯大人，您這可不是普通的玩笑話喔。」

現在波尼法狄斯正負責指導下任領主，一旦他揚言「照顧不了韋菲利特」，要放棄這項職責，等同判定韋菲利特不適合擔任下任領主。波尼法狄斯自己當然也知道這樣的發言有多麼嚴重。

「你說的那種態度是……？韋菲利特本人雖然向我傾吐過不滿，但那已經是祈福儀式之前的事了。所以是他原本已經接受現實，後來又發生了什麼事嗎？」

「……韋菲利特的近侍沒向你報告過任何事嗎？」

「他們是告訴過我，韋菲利特趁著祈福儀式去拜訪萊瑟岡古出身的基貝時，遭受到了無禮的對待，希望我能規勸一下那些基貝。但我詳細追問後，他們記得那些基貝只是沒有由衷表現出敬意，但實際上並未做出過分的行為。」

看來近侍們曾向領主匯報過。但是，他們只抱怨了祈福儀式期間萊瑟岡古貴族們的言行，卻沒提到祈福儀式過後，韋菲利特在工作態度上的轉變。

「現在仍有貴族想要藉著肅清將舊薇羅妮卡派徹底鏟除，韋菲利特卻偏偏挑在這種時候登門拜訪。若有基貝正竭力在勸阻激進派的貴族們，那麼一看到韋菲利特自然會想挖苦幾句，要他搞清楚狀況吧。你們為何同意他去拜訪？」

「是芙蘿洛翠亞說了，為了讓他產生下任領主的自覺，必須讓他先經歷過這些事，懂得為自己的選擇負責。」

當上領主以後，自己的選擇將對整個領地帶來莫大影響，所以必須學會對自己的選擇負責。在當上領主之前，這確實是必要的經驗。若想盡可能做出自認正確的選擇，最重要的就是蒐集情報。要相信哪些情報、判斷別人提供的情報是否正確，選擇從這個階段便已開始。

「畢竟祈福儀式時，本來就得把增加收成所需的小聖杯送去給各地基貝，儀式負責人又是羅潔梅茵，就算萊瑟岡古的貴族們再怎麼憎恨韋菲利特，相信也不會真的有所行動。所以我們才心想這是個好機會，讓韋菲利特可以在相對安全的情況下，親自感受萊瑟岡古一族的怒火與怨恨，否則光靠言語實在難以體會。同時也能讓他意識到蒐集情報的重要性，與做出選擇後該負的責任……」

原來如此──波尼法狄斯環抱手臂。下任領主確實需要累積這樣的經驗。

「但是，現在看來韋菲利特顯然無法承受。因為他從祈福儀式回來後，辦公態度就變得十分惡劣。我都提醒他了，卻過了五天也不見改善。」

「才過了五天而已不是嗎？請您再觀察幾天看看吧。任誰都有做錯事的時候，不至於因此就判定自己照顧不了他吧？」

黎希達並未親眼看到韋菲利特辦公時的態度，才能袒護他說「才五天而已」；但對於每天都得陪著他的波尼法狄斯與近侍們來說，卻是「已經五天了」。

「問題並不在於他做錯了事，而是下任領主竟撇下工作不管，流露出反抗的態度。向立場相對的貴族暴露自己的弱點，這種行為也簡直不成熟到了極點。也不想想他現在都幾歲了？」

都已經讀完貴族院三年級了，即使是剛受洗完的孩子，韋菲利特這般的言行舉止也是會挨罵的。一想到他在他領貴族面前可能也是一樣的態度，波尼法狄斯就心驚膽跳；對於要將領地託付給一個如此感情用事的下任領主，更是感到不安。

「現在所有人都為了領主會議忙得不可開交，發起肅清的領主一族更該做好榜樣。然而，下任領主卻在處理公務時心不在焉，被我一勸便面露不滿，真不知道他腦子裡在想什麼。如今旁人會以更加嚴苛的眼光檢視韋菲利特，如果他的態度還是如此敷衍了事，很快就會受到輿論抨擊。這麼簡單的道理他也不明白嗎？」

為免影響到旁人的觀感，有其他人在場的時候，波尼法狄斯也不好厲聲斥責。尤其現場如果有貴族更支持羅潔梅茵成為下任領主，他就越是覺得不能讓人看到韋菲利特不適任下任領主的模樣。

然而，波尼法狄斯開口提醒後，韋菲利特卻是負氣回道：「您就是因為想讓羅潔梅茵成為下任領主，才對我這麼嚴格。」確實，他是比較支持孫女，也難怪韋菲利特聽不進他的勸告吧。他轉而讓蘭普雷特好好開導韋菲利特，卻過了五天也毫無改善。

「對於自己在貴族院獲選為優秀者、能與上位領地的領主候補生比肩，韋菲利特十分自豪。但光是學習成績優秀，言行舉止卻不符合下任領主的身分也沒意義。」

「聽你這麼一說，記得芙蘿洛翠亞也擔心過一樣的事情。她說韋菲利特雖然努力讓成績提升了，但其他方面仍讓人感到不安……」

齊爾維斯特像是想起了與芙蘿洛翠亞的對話，邊喃喃說著，邊喝口端上來的湯。聽他的語氣似乎並未把妻子的意見放在心上，波尼法狄斯不由得皺眉。

「不光韋菲利特，就連你也沒在認真聽別人說話嗎？明明芙蘿洛翠亞給過這樣的忠告，你卻充耳不聞嗎？」

「我並沒有充耳不聞。像我之前就是聽取了芙蘿洛翠亞的建議，才判定奧斯華德並不適合教導韋菲利特，也因此將他解任。當韋菲利特抱怨生活環境因為肅清而有了大幅改變時，我也會傾聽他的不滿。」

據說奧斯華德一再沿用薇羅妮卡那時的做法，甚至在韋菲利特訂婚並確定成為下任領主後，這樣的行為更是變本加厲。

「奧斯華德做事認真，對主人也很忠誠，但他無論是做事還是表達忠心的方式，都延續了母親大人那時的做法。他沒發現自己以前會被稱讚為優秀的特質，到了現在已經不合時宜……不，也許是就算發現了，他也已經無法改變或是不想改變吧……所以，我讓他自己選擇要被解任還是請辭。」

波尼法狄斯先前聽聞奧斯華德是受肅清波及才會請辭，但原來實際上是因為教育方針的不同而被解任。

「首席侍從換人以後，如果情況能有所好轉那倒無妨，但韋菲利特的近侍對他還是太縱容了。好比蘭普雷特竟然說，要我別拿韋菲利特與羅潔梅茵比較。」

「……一開始這麼說的人是大小姐唷。因為大小姐說如果和她比較的話，會對韋菲利特小少爺造成打擊……」

黎希達說明，首次亮相前，眾人團結起來要補救韋菲利特落後的進度時，羅潔梅茵曾向教師與近侍們這麼叮囑。想起辦公期間，自己也常拿韋菲利特與羅潔梅茵比較，波尼法狄斯沉思片刻。

「這我還是頭一次聽說。但黎希達，那已經是受洗後、快要首次亮相時的事了吧？這種話難道到了現在還算數嗎？一旦他進入貴族院，就免不了會被人拿來比較。更遑論他已經讀完三年級了，他的近侍們竟然還在說這種話。對此妳作何感想？」

「我也不曉得大小姐說的別與她比較，是指到什麼時候。但現在他領的貴族，根本不會在乎韋菲利特小少爺有沒有苦衷吧。」

只有在年紀還小、仍在北邊別館接受教育時，這種說法才會有人接受。一旦去了貴族院，自然會被拿來與他領的領主候補生比較；開始在城堡幫忙處理公務後，學習成果也會顯現出來；長大後為了競爭下任領主之位，更會被拿來與自領的領主候補生比較。這是再正常不過的事情。

「要是韋菲利特完全無意改善，就取消他下任領主的資格吧。」

「……那麼屆時我也會解除與羅潔梅茵的養父女關係。」

齊爾維斯特目光凌厲地狠瞪過來。從那雙深綠色眼眸感受到他是認真的，波尼法狄斯緩緩吐了口氣。

先前，他曾盲目相信萊瑟岡古貴族們的說詞，後來齊爾維斯特便將收養羅潔梅茵的原委告訴他。為了從擅闖神殿、胡作非為的他領上級貴族手中救下羅潔梅茵，也為了不要再有人的人生毀在薇羅妮卡手中，更是為了將羅潔梅茵想出的印刷技術發展成新事業並拯救陷入困境的領地，齊爾維斯特才將她收為養女。

不過不管羅潔梅茵再優秀，他也無意讓並非芙蘿洛翠亞親生孩子的她成為下任領主；若真的想讓自己的孫女成為下任領主，當初波尼法狄斯就不該逃避，應該自己成為奧伯才對——齊爾維斯特說過的這些話浮上腦海。

「芙蘿洛翠亞近來還好嗎？」

儘管波尼法狄斯並不認為韋菲利特的言行足以勝任下任領主，但再怎麼主張應該取消他的下任領主資格，恐怕也不會有結果吧。他於是改變話題，齊爾維斯特的表情也稍微放鬆下來，順著改變的話題回道：

「……現在孕吐好像沒那麼嚴重了，但在孩子們面前，心情上還是無法放鬆歇息吧。看她明明身體不好還想做事，近侍們都十分擔心。」

「領主會議的準備工作盡量交給他人，芙蘿洛翠亞只要負責確認就好了吧。除此之外的公務大多可以交給夏綠蒂，那孩子既有幹勁，吸收能力也快。」

芙蘿洛翠亞身體狀況不佳的時候，夏綠蒂便會跑來波尼法狄斯等人所在的辦公室問問題。幾番往來交流，便能看出她有多麼努力想輔佐母親。波尼法狄斯也聽說，夏綠蒂正與布倫希爾德齊心協力，處理領內的各項聯繫工作與社交活動。

「現在夏綠蒂很努力在幫忙，今年又有布倫希爾德與克拉麗莎代替芙蘿洛翠亞在準備領主會議。眼看不用讓芙蘿洛翠亞太過勉強自己就能順利迎來領主會議，我也稍微放心了。」

齊爾維斯特如釋重負似地瞇眼說道，波尼法狄斯卻是沉著臉點點頭。布倫希爾德會一邊說著「我在貴族院的領地對抗戰上就很習慣分配工作了」，一邊發號施令，波尼法狄斯也同意她是可靠的幫手；對於不用讓有孕在身的芙蘿洛翠亞過度勞累，他同樣鬆了口氣。但是正因如此，齊爾維斯特並未發現一項令人擔憂的事實。

「雖說布倫希爾德已經訂了婚成為第二夫人，但一提到她與黎希達，貴族們最先想到的還是兩人都是羅潔梅茵的近侍。不僅如此，克拉麗莎與菲里妮也在雷柏赫特底下做事。因此旁人似乎都認為，羅潔梅茵和此次領主會議關係極深。」

「她確實是受王族所託要舉行星結儀式與抄寫資料，說她和領主會議關係極深倒也不算錯。」

眼看侄子講得一派悠哉，波尼法狄斯相信肯定不只他一個人想去搥搥那顆腦袋。

「我不是這個意思，是指你現在甚至忙得沒時間去餐廳用午餐，有孕在身的芙蘿洛翠亞也沒有時間好好歇息，布倫希爾德與夏綠蒂更是同心協力在輔佐第一夫人。而羅潔梅茵雖然人不在城堡，卻讓人覺得她的近侍們都很積極在參與領主會議，麥西歐爾更是宣布他會去神殿交接工作。在這種情況下，唯獨韋菲利特一人還在對祈福儀式時的無禮對待大發牢騷，在辦公室裡也明顯一蹶不振。你讓出入辦公室的貴族們看了作何感想！」

齊爾維斯特靜默下來。不管韋菲利特受到了萊瑟岡古一族怎樣的對待、內心有多麼受傷，這些事對貴族們來說根本無關緊要。因為大家看的，都是他的言行舉止與成果能否勝任下任領主。

「……是否執意要讓韋菲利特成為下任領主，最終還是由你說了算，我不會再發表任何意見了。但是，下任領主的指導工作必須先暫停。現在就連交代給我的公務都處理不完了，指導工作更是不急。畢竟盡到領主一族的本分更重要。」

「我知道了。我也會提醒韋菲利特。」

若由身為領主的父親出面提醒，韋菲利特應該會比較聽得進去吧。波尼法狄斯心想。向齊爾維斯特說出了自己心裡的一則擔憂後，波尼法狄斯放下心來，注意力這才放到眼前的食物上。從外觀來看應該是某種鳥類，表皮烤得焦香酥脆，但波尼法狄斯看不出是哪一種鳥。

「聽說這道餐點是由羅潔梅茵大人所構思，名為喀哩喀哩炙烤伐爾巴。」

在旁服侍的侍從這麼介紹道，波尼法狄斯點了點頭：「是嘛。」伐爾巴這種鳥類他也聽說過，但完全不懂前半句的喀哩喀哩炙烤是什麼意思。羅潔梅茵所構思的餐點名稱大多非常奇特，而且會有重複的字詞。波尼法狄斯曾好奇問過一次，這到底是指調味料還是某種調理的手法，但就連廚師也答不出來。總之，就當作是羅潔梅茵特有的取名方式。

……名字再奇怪，也不改餐點的美味，我的孫女真是了不起。

「齊爾維斯特，你有沒有聽說有關羅潔梅茵的傳聞？現在好像傳出了某種奇怪的謠言……」

「奇怪的謠言？有什麼傳聞嗎？」

齊爾維斯特一臉毫無頭緒，轉頭看向服侍他用餐的黎希達。黎希達與卡斯泰德似乎也什麼都沒聽說，臉上滿是疑惑。

「舊薇羅妮卡派的貴族間似乎流傳著奇怪的閒話，說是羅潔梅茵愛慕斐迪南，瞧不起未婚夫韋菲利特。還說領地對抗戰那晚兩人在宿舍的茶會室裡重逢時，甚至不畏他人的眼光觸碰彼此……」

當時波尼法狄斯正在領內留守，但齊爾維斯特與黎希達人就在宿舍裡，也許曾注意到什麼異樣。這麼心想的波尼法狄斯來回看向兩人，兩人卻面色驚慌。

「領地對抗戰那晚?!不，這件事我不清楚……黎希達，當時妳和羅潔梅茵在一起吧？沒有發現任何異樣嗎？」

「當天我一直跟在大小姐身邊，但從未發生過足以傳出謠言的事情。有的話我早就向您稟報了……我能想到的大概就是健康檢查吧？當時斐迪南大人確實是觸碰了大小姐，但那不過是一如既往的例行檢查。是奧斯華德嗎？竟然傳出這種對大小姐有強烈惡意的謠言。」

黎希達不快蹙眉，以手托腮。聽到她一下子就斷定製造謠言的人是誰，波尼法狄斯眨眨眼睛。

「妳為何斷定是奧斯華德？」

「因為那時候，齊爾維斯特大人與學生近侍們都已經去餐廳用晚餐了。還在茶會室裡的，只剩下訪客斐迪南大人一行人，還有負責接待的大小姐與小少爺，最後便是在旁服侍用餐的我與奧斯華德。」

聽完黎希達的說明，所有人一致表示理解：「原來如此。」在這種情況下，若有謠言在舊薇羅妮卡派間流傳開來，肯定就是韋菲利特或奧斯華德傳出去的吧。絕不會是斐迪南或羅潔梅茵。

「確實很可能是奧斯華德刻意傳出了不好的流言。但是，就這麼下定論還是太草率了。也有可能是其他貴族耳聞了羅潔梅茵很高興能再見到斐迪南，便加油添醋了好幾倍再告訴其他人。」

常常說者只是覺得很有意思，便在閒聊時隨口說出，卻被聽者惡意扭曲。從這個角度切入的話，傳聞來源也有可能是羅潔梅茵身邊的人。聽了波尼法狄斯的分析，齊爾維斯特略略陷入沉思。

「波尼法狄斯，這個傳聞主要是從哪裡傳開的？姑且不論來源，在散播的人是誰？傳聞提到的，真的只有領地對抗戰那晚嗎？」

當然波尼法狄斯也針對這項傳聞蒐集過情報。但是，在萊瑟岡古貴族間流傳的有關羅潔梅茵的傳聞，都是些對她感到失望的評語，比如「她竟然不願成為下任領主」、「明明將是下任領主的第一夫人，卻只會躲在神殿裡不參加社交活動」。至於舊薇羅妮卡派的貴族們，都因為害怕受到處罰，半步也不敢靠近波尼法狄斯與他的近侍。現在不管問他們什麼，只會得到「我什麼也不知道」的回應。

「老實說，這我也不清楚。我還是在提醒韋菲利特時，聽到他反駁我說『傳出這種謠言的羅潔梅茵更有問題吧』，才知道有這種傳聞。」

「什麼？散播謠言的人是韋菲利特嗎？他明明人在現場卻沒有否定，反倒幫忙散播，腦子裡到底在想什麼？卡斯泰德，我們也先蒐集情報再說。」

從齊爾維斯特扶額的反應來看，波尼法狄斯推測這項傳聞大概只在韋菲利特周邊，或是只在舊薇羅妮卡派間流傳吧。

「假如這件事真是奧斯華德做的，那他是因為被解任所以想要洩恨嗎？」

「有可能是為了袒護小少爺，蓄意損害大小姐的名聲吧。以奧斯華德的個性，比起對大小姐懷有惡意，更有可能是因為他對小少爺太過忠心吧？」

黎希達說明，他可能是想藉由損壞羅潔梅茵的名聲，防止韋菲利特的風評繼續變差。在場的人也都知道，薇羅妮卡素來愛用這種方式。

「這種忠心還真麻煩。」

齊爾維斯特不快地皺起臉龐。黎希達點頭表示贊同後，忽然一臉擔憂。

「但是，現在大小姐的外表也逐漸長大，再加上斐迪南大人已經離開領地，確實也該讓大小姐重新檢視一下兩人的關係了。我想有必要提醒她一聲。」

原先羅潔梅茵的外表一直很年幼，但近來也長高到了像是剛入學的年紀。至今因為外表年幼而允許她做的事情，今後將一一遭到禁止。她不能再像小時候那樣向斐迪南撒嬌。

……希望羅潔梅茵不會像喬琪娜那樣大鬧一場……

波尼法狄斯盤起手臂，回想從前。為了不讓具有萊瑟岡古血統的卡斯泰德成為下任領主，薇羅妮卡在教育上對喬琪娜非常嚴格。當時會縱容疼愛喬琪娜的只有薇羅妮卡的弟弟，也就是當時的神殿長拜瑟馮斯。然而，從喬琪娜要進入貴族院就讀開始，她便被禁止與拜瑟馮斯再有往來。貴族不該與神殿有任何牽扯——雖然身為貴族這是理所當然的事情，但喬琪娜還是情緒失控了。

其實波尼法狄斯也想對姪女伸出援手，無奈當時自己的第一夫人與薇羅妮卡可謂水火不容，喬琪娜又非常敵視卡斯泰德，他完全沒有機會靠近她。

……但羅潔梅茵與喬琪娜不同，我就算盡全力疼愛她也沒關係吧！

倘若羅潔梅茵因為必須與斐迪南保持距離而傷心難過，那自己該如何讓她重拾笑容？波尼法狄斯正思考著這個問題時，齊爾維斯特的問話聲傳入耳中。

「要是城堡裡真有這樣的流言，就必須加以否定才行。波尼法狄斯，你沒有採取任何行動嗎？」

「主要是羅潔梅茵一直待在神殿，想要平息流言並不容易。她如果人在城堡，應該就能察覺到更多異樣，也能及時處置。」

倘若羅潔梅茵人在城堡，即便出現了奇怪的流言，近侍們也應該很快就會發現；再者，她與韋菲利特的接觸也會變多，旁人不會再說她與斐迪南的關係更加親密；此外，儘管他領已對儀式稍有改觀，神殿的氣氛也和以往不同，但波尼法狄斯還是不想讓可愛的孫女成天待在神殿。

「明明羅潔梅茵這麼可愛又優秀，為何你完全不打算掩蓋她是神殿出身的這個瑕疵？神殿事務應該盡快交給他人，讓她獲取貴族們的支持，這樣才能對將來更有助益吧？」

「曾經我也如此認為，但回到神殿居住對大小姐來說是非常重要的事情喔。就好比住在宿舍的見習騎士們也會定期回老家。」

黎希達說為了安定心神，回神殿對羅潔梅茵來說是必要之舉。既然自受洗後就一直在服侍羅潔梅茵的黎希達都這麼說了，顯然回神殿對孫女來說真的非常重要。

「但正因她在神殿長大，更需要接受之後能夠勝任第一夫人的教育吧？現在應該讓她多與親族交流、參加貴族之間的社交活動，而不是一直待在神殿。」

萊瑟岡古貴族們的牢騷閃過腦海。他們總說，同族的羅潔梅茵一直表現出不願合作的態度。儘管得知布倫希爾德確定會成為第二夫人後，眾人的不滿稍有平息，但還是有很多親族希望羅潔梅茵能離開神殿，今後與他們建立起合作關係也很重要。

「主導領地事業是領主與文官的工作吧？印刷業務應該交給你或是韋菲利特，羅潔梅茵則該到芙蘿洛翠亞身邊接受第一夫人的教育。對此我的想法還是不變。」

「我再攬下更多工作會沒命的！」

「偷跑成性的你怎麼可能會因為這點工作就沒命。反正你一定會找機會給自己喘口氣。」

波尼法狄斯反射性地厲聲駁斥，只見黎希達與卡斯泰德都露出了同意的苦笑。看到近侍們這樣的反應，齊爾維斯特不甘地發出悶哼，接連往嘴裡塞了好幾口肉。接著他一邊咀嚼，一邊眼神左右游移，像在思考什麼事情。

「我明白你的主張，但是事到如今，我也無法要求羅潔梅茵離開神殿。況且說實話，現在她若不在神殿會讓人很頭痛。」

「除了你的工作會增加以外，有什麼好頭痛的？」

神殿在波尼法狄斯心中的地位極低。因為貴族會去神殿，通常都是為了見不得人的目的，必須偷偷摸摸造訪。縱使神殿多少有些改變了，他還是認為不該讓年幼的羅潔梅茵待在那種地方。

「神殿的儀式會直接影響到收成的多寡，而且與平民商人的會面也是在神殿裡進行。藉由與平民交流意見，現在我們才能順利地接待來自他領的商人，這是不爭的事實。最重要的是，得有人監視舊薇羅妮卡派的孩子們，必須由近侍盯緊他們。」

「唔唔……」

齊爾維斯特說得沒錯，既然罪犯的孩子們並沒有被處刑，而是由孤兒院收容，那就要有領主一族負責監視。撇開容易對孩子心軟的羅潔梅茵不說，哈特姆特等近侍們要負責密切監視。

「話說回來，羅潔梅茵的近侍們也是問題所在。」

「不只韋菲利特，就連羅潔梅茵的近侍也有問題嗎？」

齊爾維斯特訝異地張大眼睛，黎希達與卡斯泰德也同樣一臉驚訝。波尼法狄斯反倒不明白，他們怎麼會完全沒有察覺到問題。

「羅潔梅茵的近侍們無意讓她學習舊有的社交方式，還堅決不肯讓她參加社交活動吧？就是因為這樣，本是羅潔梅茵後盾的萊瑟岡古一族才會對她多有批評。這件事必須想想辦法。」

他曾透過柯尼留斯想要提醒幾句，不料柯尼留斯竟回：「羅潔梅茵不需要學習舊有的方式。」還說讓新舊世代完成交替和採用能與上位領地往來的社交方式更為重要。

「我對世代交替沒有意見，但是領地將來的第一夫人應該要學會舊有的社交方式才對。等學會了以後，再引進新的做法就好。與其急著採用上位領地的做法，更應該先學會自領的既有做法吧。」

與他領交流時，或許需要採用新的社交方式；但與領內的貴族往來時，需要的卻是延續至今的固有做法。如果不能妥善地往來溝通，自己的立足之地將會岌岌可危。波尼法狄斯認為，首先應該穩固自身的地位。

「羅潔梅茵總說神殿事務太過繁忙，便毫不參與領內的社交活動，偏偏近侍們也不勸勸她。但身為第一夫人，怎能完全不去了解舊有的社交方式。明明只要看到現在的齊爾維斯特，就能知道若沒能得到領內貴族的諒解，領主一族會有多麼辛苦。」

波尼法狄斯能預見將來孫女會有多麼勞心傷神。挑戰新的事物固然重要，但若無法讓領內的多數貴族都能贊同，想要成功便不是易事。

「……但是，這對羅潔梅茵來說恐怕太勉強了。畢竟她並非從小就是萊瑟岡古的貴族，而是在神殿長大，教育她的貴族還是斐迪南。」

斐迪南的身世同樣十分特殊。由於在受洗前就沒有母親，他進入城堡成為領主一族時並沒有任何後盾。後來還受到第一夫人薇羅妮卡排擠，與領內的貴族們幾乎沒有交流，更在父親死後進入神殿。想必也不清楚艾倫菲斯特固有的社交方式。

「其實大小姐也會努力配合，但感覺她只理解了表面，所以最終總是難以達到眾人的期望。我想這和小少爺一再重蹈覆轍是一樣的道理。就是表面上雖然可以做得有模有樣，根本上卻不了解這有什麼意義。」

黎希達邊說邊撤下齊爾維斯特的盤子。

「所以下任領主夫婦都不擅長與人社交嗎？艾倫菲斯特的未來還真教人擔心。」

「但布倫希爾德會成為第二夫人，就是為了要輔佐羅潔梅茵。可以集結到能彌補自身不足的人才，這點我倒是很佩服羅潔梅茵。」

領主一族中，羅潔梅茵已成年的近侍並不多，但成年前後的近侍都栽培得非常出色，齊爾維斯特對此讚賞有加。比如情報蒐集能力受過斐迪南與尤修塔斯訓練的哈特姆特、能與平民溝通的見習文官、歷經失敗仍然越變越強的護衛騎士，以及能夠做好萬全準備與上位領地交涉的侍從……

「羅潔梅茵十分擅長栽培人才，她身邊的那些人我每個都想要。」

波尼法狄斯也回想了羅潔梅茵的近侍們。好比下級騎士達穆爾靠著壓縮而讓魔力增加後，還是非常擅長細膩的魔力操控；優蒂特聽從建議，比起練劍更著重於提高自己的射擊命中率後，才華迅速開花結果；安潔莉卡雖不擅長動腦，卻能忠實地執行主人命令，反應速度也極快；萊歐諾蕾善於記憶和下指令，展現出了足以勝任指揮官的才能；柯尼留斯雖然沒有特別突出的專長，但也因為沒有不拿手的事情，跟誰都能組隊作戰。每個人都曾說過，他們是聽取了羅潔梅茵的建議。

「雖然剛加入的已獻名近侍比較讓人擔心，但相信羅潔梅茵也能好好栽培他們。」

「獻名後成為近侍的那些罪犯之子，確實是個隱憂哪。」

波尼法狄斯想起為了調查已向喬琪娜獻名的貴族，前往他們宅邸搜索時的情景。對於藉由獻名免於連坐一事，他發現每個孩子對領主一族的感謝程度以及對自己處境的認知，都有著明顯的差異。

「此外，曾被薇羅妮卡要求獻名的那一代人，在聽到要獻名才能活命後，似乎都把因此而生的不安與恐懼怪在了羅潔梅茵頭上。」

「為何？下令要這麼做的人明明是我吧。」

齊爾維斯特吃著點心，無法理解地皺眉。波尼法狄斯也吃著口感新奇的點心，腦海中則浮現了那個總是想出各種新事物的孫女。

「因為每次有重要的事情，你與羅潔梅茵都是在支開近侍的情況下決定，所以誰也沒辦法跳出來否認。再者遺憾的是，每當出現了什麼新事物或是奇特的想法，大家也都以為是羅潔梅茵想出來的。你只是聽取她的建議，再向大家宣布……」

「的確，我也是在羅潔梅茵提議藉由獻名來保住達道夫子爵的性命後，才想到了這個做法……」

「哦？」

先前斐迪南曾向騎士團下達指示，鬼鬼祟祟地不知道在做些什麼，但從沒有人向波尼法狄斯報告過詳情。因為在他注意到時，一切就已結束，被當成什麼也沒發生過。

……果然最一開始還是羅潔梅茵的提議嘛。

「獻名本不該是強制性的。現在的問題在於貴族們都開始以為，是羅潔梅茵改變了獻名原有宣誓效忠的意義。不僅如此，曾被薇羅妮卡要求獻名以示忠心的那一代人，似乎都畏懼著領主一族要求獻名的惡習又將捲土重來。」

在領主毫不知情的情況下，嘉柏耶麗、薇羅妮卡與喬琪娜這三代人，都曾經要求過其他貴族必須獻名以表忠心。原本獻名應該出於自願，而不是被人強迫，更不該是為了活命而獻名。不知羅潔梅茵是否意識到了，自己的提議其實改變了獻名的意義？本該由薇羅妮卡與喬琪娜承受的批評和責難，會不會最終都落在羅潔梅茵身上？

「每一次提出的新事物與奇特的想法，不見得所有人都能接受。現在應該盡量讓羅潔梅茵過著和尋常貴族一樣的生活，別讓貴族們對她心生畏懼。」

「可是，若沒有羅潔梅茵提出的那些建議，我恐怕早已陷入更艱難的困境。事實上，很多事情都是多虧了羅潔梅茵的靈機一動，所以我不可能全部推翻。責任由我來承擔就好了吧，反正事到如今，名聲變得更糟我也無所謂。」

齊爾維斯特說得一派理所當然，波尼法狄斯卻難以壓下內心的苦澀。

「若領主名聲不佳，對艾倫菲斯特是百害而無一利吧。」

倘若都是因為羅潔梅茵想出的做法才使得齊爾維斯特負面傳聞纏身，還要由他攬下所有責任的話，這真的是孫女所樂見的嗎？波尼法狄斯認為絕對不是。

……對於現在這樣的情況，羅潔梅茵究竟知道多少？

是否和韋菲利特一樣，近侍們其實也有許多事情瞞著她？是否該從第三者的角度向她提出忠告？想起孫女甚至被禁止與親族交流，波尼法狄斯盤起手臂。

青衣見習生與孤兒院的孩子們

祈福儀式結束時，春天也已經過了一半。這陣子越來越少感到寒冷，倒是映入眼簾的綠意日漸鮮明。燦亮的陽光下，從城堡出發的馬車來到了神殿的正門玄關前。車門一打開，即將成為青衣見習生的孩子們便一一走下來，動作都帶有貴族的高雅。不同於上次來參觀的時候，這次孩子們臉上沒有半點緊張，起腳踏上正門玄關的階梯。麥西歐爾身為領主一族並沒有一起乘坐馬車，而是與近侍共乘騎獸前來。我以神殿長的身分迎接一行人。從今往後，他們就要在神殿裡生活了。

「那麼接下來前往神殿長室舉行宣誓儀式吧。」

儀式時要以青衣見習生的身分宣誓自己將虔心侍奉諸神，這我以前也經歷過。與那時不同的是，現在換成是我要帶頭唸宣誓文。懷著有些緊張的心情舉行完了儀式後，我將青衣遞給孩子們，希望他們能潛心學習、努力成長。

「接著為各位說明神殿這裡的每日作息。」

首先，第二鐘響後要吃早餐。用完早餐，就和侍從一起前往神官長室，接下哈特姆特或其侍從交代的神殿公務或作業，同時也要報告自己前一天的情況與作業進度等。然後直到第三鐘響前，都要在自己的房間裡與侍從一起處理公務、了解神殿儀式。

第三鐘響後要前往孤兒院，在葳瑪與羅吉娜的教導下練習飛蘇平琴、上學科課，這些都是貴族該有的必要學習。第四鐘響後便吃午餐。

下午基本上是自由時間。想成為騎士或文官的人可以去訓練、抄書，或是去工坊幫忙，做些對將來有益的事情；也可以去工坊向商人討教，了解製紙業與印刷業，這同樣是很好的學習機會；如果事前提出申請，還可以去城堡。

「第六鐘響後要用晚餐，想必比各位之前用餐的時間要早吧。但在神殿必須這麼早吃，要不然食物會很晚才分送到孤兒院去。用餐時間雖然固定，但就寢時間便由大家自己決定。還有什麼問題嗎？」

一個男孩子舉起手來。

「孤兒院裡的孩子們，生活作息和我們一樣嗎？」

「並不完全一樣。他們還要打掃神殿、去森林或是工坊工作。不過，工作做完的傍晚或是下雨天，會有時間可以和他們度過喔。」

現在是春天，外出的次數增加後，孤兒院孩子們可以學習的時間便會減少。就算想要盡快做完工作，在傍晚空出時間學習，但是在講求人人平等的孤兒院裡，不管你是罪犯的孩子、貴族的孩子，還是平民出身的孤兒，伙食量與工作量都是一樣的。

「那我們也可以去森林嗎？」

「很遺憾，青衣見習生們不能去森林。」

尼可拉斯眼裡滿是期待地問道，但我非常果決地予以否定。因為萬一貴族的孩子出了什麼事，是帶他們去森林的平民要接受處罰。也就是孤兒院裡年紀較大的那些人，還有吉魯、路茲，和讓他們通過大門的士兵。我無法容忍這種事情發生，所以絕不會讓青衣見習生前往森林。

「接下來請大家帶著侍從，各自回房更衣。今天孩子們正在孤兒院裡等著各位，請去陪他們玩吧。」

為了讓大家能在神殿過得開心一點，剛來的第一天並沒有安排任何作業。至多就只有午餐過後，要去參觀神殿裡頭的各項設施。而且不光是孤兒院，神殿圖書室裡也擺有羅潔梅茵工坊印製的書籍，我本來想要精心介紹一番，卻被大家反對。

……大家還說，我要是太過熱情洋溢地大力推薦，反而會嚇到孩子們，但這麼說是不是有點過分呢？

「羅潔梅茵姊姊大人，您也要去孤兒院嗎？」

手裡捧著青衣的麥西歐爾歪頭問道，我點了點頭。因為進入春天以後，離開孤兒院的次數會變多，我想問問孩子們對於最近的生活有什麼感想。

「那我們一起過去吧？我有事情想向姊姊大人報告。」

隨後在麥西歐爾來接我之前，我都在神官長室裡，與哈特姆特確認神殿事務的處理進度。雖然祈福儀式期間法瑞塔克已經努力過了，但還是堆積了不少工作得處理。

「看來青衣神官人數的減少，造成的影響比我想像中還要大呢。」

「羅潔梅茵大人，其實主要是因為斐迪南大人不在了。現在有了新的青衣見習生，只能盡量把工作分配給他們的侍從。」

哈特姆特露出十分燦爛的笑容，說現在人手增加了，稍微可以輕鬆一點。

「對了，請問關於領主會議的星結儀式，詳細流程已經確定了嗎？」

「神具和供品這些東西應該會由中央神殿做準備。我只要穿上儀式服，帶著自己的聖典過去就可以了。」

聖典需要持有者登記魔力，所以無法借用他人的聖典。況且就算取得了同意、可以借用中央神殿長的聖典，可閱覽的範圍還是太少，借了也沒意義。

「您還忘了重要的協助者喔。我也會以神官長的身分參加，從旁協助羅潔梅茵大人。」

「我沒有忘喔。因為我早就料到哈特姆特會跟過來。」

哈特姆特之前都硬是要參加貴族院的儀式了，我反而難以想像他乖乖在神殿留守的模樣。「那就麻煩你了。」用一句話打發他後，我看向自己的護衛騎士們。

「還有……我向王族提出請求，表示想帶護衛騎士上臺，王子說如果是帶青衣神官和青衣巫女就沒關係。所以我打算讓已經成年的護衛騎士穿上青衣，然後在旁邊負責護衛，你們介意嗎？」

「當然不介意。我可是護衛騎士。」

安潔莉卡毫不猶豫地立即回答。柯尼留斯與達穆爾也說：「奉獻儀式時我們就穿過了，再穿一次也沒差。」萊歐諾蕾同樣點點頭。

「另外，領主會議期間，我受王族所託，預計會去圖書館的地下書庫。到時也需要護衛和侍從，但地下只有上級貴族進得去。護衛我會拜託柯尼留斯與萊歐諾蕾，可是侍從就只剩下奧黛麗了。可以麻煩她嗎？但我很擔心克拉麗莎……」

克拉麗莎已確定會一起出席領主會議，負責與戴肯弗爾格交涉。那我把奧黛麗從她身邊帶走沒問題嗎？

「母親大人是羅潔梅茵大人的近侍，您不必擔心這種事情。再者有父親大人在，克拉麗莎不至於做出給您造成困擾的事情吧……大概。」

……哈特姆特，最後那兩個字太讓人不安啦！

萊歐諾蕾向頓感不安的我投以微笑。

「羅潔梅茵大人，您放心吧。地下書庫以外的其他地方，像是準備茶水、整理宿舍房間等這些工作都能交給莉瑟蕾塔。就讓奧黛麗主要陪您前往地下書庫吧。」

如今黎希達不在，在我離開神殿、需要表現得像個貴族的時候，感覺就好像失去了精神上的支柱。但比起會一直待在地下書庫的我，領主夫婦更加辛苦，所以這也是沒辦法的事。

「唉，要是達穆爾也能進去的話，就能幫忙閱讀古文了呢。真可惜。」

「我倒是非常慶幸，自己並沒有資格進入只有王族與領主一族才進得去的書庫。要不然，我大概會緊張到心臟停止跳動。」

達穆爾嚇得渾身發抖。可是，之後王族的星結儀式，尤根施密特境內所有的領主夫婦都會到場，屆時他還得穿著青衣神官服上臺負責護衛，難道這件事他就不緊張嗎？不過，為免嚇跑他這名護衛騎士，這些話我只在心裡想想而已。

……嗯，反正船到橋頭自然直嘛。達穆爾，加油。

「不管是領主會議還是祈福儀式都只有成年人才能同行，我一點也幫不上忙。」

菲里妮顯得十分消沉，說話語氣帶著懊惱。達穆爾於是安慰她：

「沒有這回事。羅潔梅茵大人與哈特姆特都不在的時候，需要有人像祈福儀式那時一樣，留在神殿裡幫忙照看。菲里妮幫了很大的忙喔。」

「謝謝你這麼說。」

菲里妮仰頭看向達穆爾，羞赧地紅了臉頰笑道。感覺她的臉蛋洋溢著一種莫名動人的光彩。

……奇、奇怪了？菲里妮的目光怎麼好像一直放在達穆爾身上？可是，她不是喜歡羅德里希嗎？記得達穆爾這麼跟我說過……？

我正偏頭納悶時，換好衣服的麥西歐爾也走了進來。本來我想讓哈特姆特繼續留在神官長室辦公，他卻說也要一起去孤兒院，並以我曾在孤兒院裡弄破魔石再加以修復一事為例，主張：「因為我不知道羅潔梅茵大人何時會做出不可思議之舉。」就算我再三聲明自己什麼都不會做，他也還是不相信。為什麼呢？真奇怪。

接著，我與麥西歐爾一起悠哉地慢步走向孤兒院。一路上麥西歐爾告訴我，他向齊爾維斯特報告了祈福儀式時的情況，惹得他不斷發出驚嘆。另外他也報告了士兵們提供的資訊，並因此得到表揚。

「現在我正在努力背誦姊姊大人教我的祈禱文，為收穫祭做準備。」

這陣子城堡裡的所有人都忙得人仰馬翻，麥西歐爾卻幾乎什麼忙也幫不上。他似乎因此感到坐立難安，想要早點來神殿。

「對了，姊姊大人。您聽取過報告了嗎？」

「什麼報告？」

「就是關於在前任基貝．格拉罕宅邸裡找到的銀布。」

之前，馬提亞斯與勞倫斯曾去協助騎士團進行調查，但我還沒有聽取他們的報告。他們明天才會來神殿輪值，所以我本就打算明天再聽。

「好像是因為波尼法狄斯大人一直說那塊布很奇怪，絕對藏有什麼秘密，文官們便對銀布進行了檢查，果然也發現了不對勁……但他們的說明太難了，我只聽得懂這麼多。於是我才想到如果是姊姊大人，應該可以淺顯易懂地為我說明。」

……但只說布料很奇怪，我也提供不了什麼看法呢。

於是我答應麥西歐爾，等聽取完了馬提亞斯他們的報告再為他說明。走進孤兒院後，只見換上青衣的孩子們正與孤兒院裡的孩童們在玩歌牌。

「麥西歐爾，你也一起去玩吧。我要問葳瑪一些事情。」

「是。」

看著麥西歐爾加入孩子們，我再轉向葳瑪，詢問孤兒院近來的情況。葳瑪先是一臉擔憂地看向樓梯的方向，然後說了：

「自從有孩子被接離開孤兒院以後，有些孩子不管做什麼事都提不起勁。」

出生至今從未擁有魔導具的孩子們，似乎都是藉由發動老家裡的魔導具來消耗魔力。她說這些孩子原本以為就只有繼承人可以擁有魔導具、被視為貴族看待，但被送來到孤兒院以後，他們才發現也有的貴族人家會為其他兄弟姊妹準備魔導具。

「但即便如此，他們還是相信著家人仍需要自己，藉此來堅持下去。然而，現在知道沒有人會來接自己回家後，便好像失去了堅持下去的動力。」

明明自己的身分比被接回去的下級貴族孩子更高、魔力也更多，卻沒有魔導具，也不被父母所需要。就算回到了家，也只能當個發動魔導具的下人。但留在孤兒院內無論怎麼努力學習，沒有魔導具的自己也成為不了貴族。事到如今，根本做什麼事也提不起勁──聽說那些孩子發呆的時間變得越來越長。

「哈特姆特，但就算有了魔導具，從現在開始累積也來不及了吧？」

記得康拉德也是在魔導具被搶走後，從此無望成為貴族。即便現在有了魔導具，也不可能成為貴族了吧。我這麼心想著詢問後，哈特姆特卻說：

「並非完全不可能。端看本人的魔力量，以及能為孩子準備多少回復藥水。但雖說並非不可能，若是強行喝藥、恢復魔力，再把魔力注入魔導具裡，會對身體造成極大的負荷；再者，同時得要有魔導具與回復藥水才行，支出也是很大的負擔。」

哈特姆特告訴我，從前政變後因為進行肅清的關係，不少青衣見習生重新回到貴族社會，還破例獲准去貴族院就讀。當時就是由他們的家人出錢，使用了這樣的方法。如果已經毫無希望，那我也會死心，但還有點辦法的話，就想幫幫他們。

「但是，我並不贊成羅潔梅茵大人為了孤兒院的孩子們，自掏腰包幫他們準備魔導具與回復藥水。您的神殿長一職只會再當三年的時間，以後若有新的孤兒進來卻接受不到同樣的幫助，這便違反了孤兒院人人平等的原則。」

哈特姆特平靜地望著我，為了勸我不要草率行動，接著又道：

「再者，您若為了幫助舊薇羅妮卡派的孩子們做到這種地步，恐怕並不妥當。屆時說不定會有貴族跳出來說，與其幫助舊薇羅妮卡派的孩子們，不如為他的孩子提供魔導具。而這樣的貴族，肯定比孤兒院裡的孩子要多得多。」

若真要排出優先順序的話，孤兒院的孩子們會被排在很後面吧——哈特姆特說完，我拍了下掌心。

「我並不是要幫助舊薇羅妮卡派的孩子們喔。我要幫助的，是自己管轄下的孤兒院裡的孩子們。一旦進了孤兒院，那就不分派系，也不分是貴族的孩子還是平民身蝕，只要魔力與成績達到一定程度以上，我便會提供援助。這樣就能做到人人平等了吧？」

「羅潔梅茵大人……」

哈特姆特聽完後瞪大雙眼，最後一臉無奈。

「……關於您提出的做法，必須先與奧伯商議，才能知道下一步該怎麼做。我們不能擅自決定。不如您以重新舉行加護儀式為由，邀請奧伯前來神殿吧。」

養父大人與祖父大人的加護再取得

「養父大人、祖父大人，恭候兩位大駕。」

後來我與齊爾維斯特聯絡，表示除了要請他舉行加護儀式外，還有事情想與他商量，波尼法狄斯便一起過來了。既然已經來過一次，不知道是否沒那麼排斥了呢？

我與麥西歐爾帶著兩人及其近侍們往神殿長室移動，招待茶水和點心，再問起城堡最近的情況。雖然我會在圖書館聽取菲里妮與克拉麗莎的報告，護衛騎士們也會向我提供消息，但從複數的管道獲取資訊是很重要的事情。

齊爾維斯特身邊的人似乎都忙著為領主會議做準備。尤其克拉麗莎將參加與戴肯弗爾格的交涉，所以卯足了勁在做準備，齊爾維斯特還要我好好誇獎她。

「但畢竟她才剛成年，又還沒有舉行星結儀式，所以只有在與戴肯弗爾格交涉時會讓她出席，雷柏赫特也控管著提供給她的情報。不過，她工作時的細心與熱情，倒是給周遭眾人帶來了十分正面的影響。」

好像是因為之前給大家造成了莫大困擾，克拉麗莎非常認真地投入工作，極力想要補償。這份心意應該不假，但據哈特姆特所說，也是因為若失去了一起去領主會議的資格，就看不到我所舉行的星結儀式，她才拚了命地認真工作。

……反正不管理由是什麼，她很認真在工作就好了吧？

「騎士團那邊正與文官通力合作，研究那塊銀布的來歷。馬提亞斯與勞倫斯應該大致向妳報告過了吧？」

我點了點頭。銀布就是麥西歐爾提到的那塊奇怪的布。之前輪到馬提亞斯與勞倫斯來神殿擔任護衛時，向我報告過了，那是塊完全不受魔力影響的布。不過，他們的報告十分簡略。聽說是因為波尼法狄斯想要直接為我說明，所以禁止他們講解得太詳細。兩人還說：「波尼法狄斯大人似乎是想以提供銀布的資訊為由，讓羅潔梅茵大人邀請他去神殿。」看來波尼法狄斯雖然對神殿沒有那麼排斥了，但如果沒有理由或是沒有人邀請，還是不會想主動來神殿。

「最先向我問起銀布的人是麥西歐爾，隔天馬提亞斯與勞倫斯也向我報告過，但我還是不清楚那到底是怎樣的布。所以，我一直期待著祖父大人為我說明喔。」

由於得到的資訊太不完整，好奇不已的我於是開口催促。波尼法狄斯先是高興得咧嘴一笑。

「正好我們在昨日有了新發現。這件事也向齊爾維斯特報告過了，所以我打算趁他去舉行儀式時為妳詳細說明……所以你還不快去。你記性不好，不快點舉行儀式的話，好不容易背下來的諸神名字都要忘了吧。」

波尼法狄斯說著非常失禮的話，揮揮手要齊爾維斯特趕快離開。齊爾維斯特非但沒有生氣，還露出苦笑站起來說：

「你只是不想被我打擾，想單獨跟孫女說話吧？反正斐迪南以前也說了，羅潔梅茵想商量的事情常常都是不按常理，會讓人腦筋一片空白。在聽妳說想商量的事情之前，我還是先去舉行儀式吧。帶路吧。」

「父親大人，我來為您帶路吧。為此我還與近侍們一起記住了禮拜堂的位置，也幫忙準備了供品喔。」

穿著青衣神官服的麥西歐爾興沖沖地站起來，與近侍們一起移動。「那順便告訴我你和其他孩子聊了什麼吧。之前你說過，在城堡不方便講這件事吧？」齊爾維斯特這麼說著，與麥西歐爾並肩走出房間。

「祖父大人，請為我說明那塊銀布吧。馬提亞斯他們報告的時候，只跟我說了那是塊完全不含有魔力的布料，但更詳細的說明要問您。」

我雀躍地轉向坐在正前方的波尼法狄斯，略微往前傾身追問。「這就是那塊布。」波尼法狄斯於是拿出了一塊小小的銀色碎布。在得到他的許可後，我接過銀布，定睛仔細端詳。

碎布就和我的掌心差不多大。一邊是經過裁剪的筆直直線，其餘則是不規則鋸齒狀，看得出來是被扯破的。由此可知，這塊碎布原本應該是整片布料的邊邊部分，但乍看下只是一塊平平無奇的銀色布料，我完全看不出有哪裡奇怪。

「感覺不到魔力的布料應該很常見吧？像平民編織的布料很多都感應不到魔力，而即使是貴族以魔力染過的布料，魔力也會在消散之後漸漸感應不到啊。這塊銀布有哪裡不尋常嗎？」

「這塊布並不是因為魔力含量太低而感知不到魔力，也不是因為魔力已經消散。倘若只是品質低下，那應該能藉由調合提高品質；若是魔力已經消散，也能重新染上魔力吧？但是，這塊布料卻是怎麼做也吸收不了魔力，更完全不受影響。」

他說文官們判定，這塊銀布應該是使用了完全不含有魔力的原料製成，製作過程中也完全沒有使用到魔力。

「完全不含有魔力的原料嗎？這我還是頭一次聽說。」

尤根施密特充滿了君騰以及各地奧伯與基貝為土地提供的魔力，因此境內所有的原料或多或少都含有魔力。應該沒有原料是完全不帶有魔力的，至少我從沒聽說過。雖然有些原料比如皮料能夠阻隔魔力，但那也只是反映出了原料來源的魔獸與魔樹原先具有的特性，所以能夠反彈魔力，或排斥魔力而已，原料本身仍帶有魔力。

「我們在格拉罕的夏之館發現這塊碎布時，它就已經被人用力扯斷了。但在急著逃亡的時候竟還花時間扯斷布料，妳不覺得這很奇怪嗎？」

「情急之下很可能這麼做吧？」

就是因為時間緊迫，才會用蠻力去扯斷被夾住的布料，我覺得這一點也不奇怪。說話的同時，我還看向自己的護衛騎士們尋求同意。然而，誰也沒有表示贊同。

「如果是披風或衣服被夾住了，最快的方法應該是變出小刀砍斷吧？騎士們都曾受過訓練，能以最快的速度讓思達普變形。倘若是力氣不大的文官，更應該會選擇使用工具。」

他們說從貴族的角度來看，一般根本不會用蠻力去扯斷布料，更不會為了扯斷布料而浪費時間。所以就是布料被扯斷了這一點，讓波尼法狄斯心中的警鈴大作。

……換作是我的話肯定會硬扯呢。看來遇到突發狀況時若不小心一點，下意識就會採取平民時的習慣性動作。

「那麼，為什麼這塊布會被扯斷呢？」

「剛才我說過，這塊布完全不受魔力影響吧？因此，用思達普變成的武器也無法將其砍斷。你們準備一下。」

波尼法狄斯向自己的近侍下達指示後，他們立即疊起幾片木板，再把銀布放在最上面。波尼法狄斯詠唱著「密撒」將思達普變成小刀，然後伴隨「咚！」的巨響刺向碎布。只見底下的木板都裂開了，銀布上卻是一點破洞也沒有。這證明了明明有受到魔力造成的衝擊，銀布卻絲毫不受魔力影響。

「就是因為用思達普砍不斷，才只能硬扯。明白到這一點以後，接下來最大的問題，就是只要披上這種完全不含魔力的布料，便能穿過領地邊界的結界。」

「咦？」

「羅潔梅茵，妳應該也知道，奧伯並不會去感應像平民那樣微弱的魔力吧？所以若有人披著完全不帶魔力的布料，更可以輕而易舉地穿過結界。」

波尼法狄斯告訴我，他還在齊爾維斯特的協助下，用小型的簡易結界做了實驗。他用碎布包住手指，嘗試穿透結界，發現齊爾維斯特一點也感應不到。

「也就是說，前任基貝·格拉罕想要穿過領地邊界並非難事囉？」

「沒錯。穿越領地邊界時，他肯定使用了這種布料。只是現在還有許多疑點。比如他是如何從貴族區移動到格拉罕？這種布料又是從哪裡取得的？」

波尼法狄斯說完，我也思考起來。

「用這種布料把自己包起來的時候，是否就能假裝成物品，使用轉移陣呢？」

「不可能。我說過這是種完全不含魔力的布料了吧？既然沒有魔力，也就感應不到它的存在，所以轉移陣不會發動。不管再小的物品，一旦用這種布包住以後，便無法進行轉移。」

據說也有文官提出同樣的疑問：「既然可以輕易穿越邊界，那是否也能進行轉移？」但後來證明，就算假裝成物品也無法進行轉移。

「只不過在發現銀布的秘密房間裡，留有燒過什麼東西的痕跡。馬提亞斯告訴我們，那男人每次做完虧心事使用了轉移陣後，一定都會把證據燒毀。所以，我想他很可能使用了轉移陣。」

「家父在燒毀用過的轉移陣時，都是使用魔導具。說不定他原想燒毀那塊銀布，卻沒想到銀布並不受魔力影響，所以殘留了下來。」

馬提亞斯說完，波尼法狄斯點了點頭，環抱手臂陷入思考。

「換作平常，他大概無論如何也要抹除所有痕跡吧。但因為地點是在只有基貝血親能夠進入的秘密房間，他才決定不予理會。又或者他並沒料到馬提亞斯能活下來，而且不僅沒有受到處分，還為搜查提供了協助。」

「……但一般如果有倖存的親人，都會抓起來讓他們協助調查吧？」

當時馬提亞斯因為人在貴族院，逃過一劫，但後來讓他與騎士團同行、協助調查也是理所當然的吧？我這麼表示後，波尼法狄斯面色凝重地搖搖頭。

「想要打開秘密房間，就需要有登記過的人提供魔力，但一旦上了枷鎖，貴族就無法使用被封住的魔力。因為沒人知道秘密房間裡放有哪些危險的魔導具，若為了開門而讓罪犯的親人可以自由行動，危險性實在太高。」

前往搜查的騎士團，並不清楚屋裡魔導具的位置與擺設方式。所以若帶著罪犯的親人前往協助調查，卻不對他們的魔力設下束縛，他們說不定會不惜一死也要反擊或抵抗，這對騎士團來說太危險了。

「一般來說只能在騎士團搜查得到的地方尋找證據，然後奉奧伯之命窺看記憶、加以佐證。但是現在，原本能當關鍵證據的記憶也被圖魯克抹除了。畢竟若是魔力不合，還硬要窺看記憶的話，被窺看記憶的人絕對會承受不住……基貝・格拉罕大概是連馬提亞斯也算在內，自認為完美消除了所有證據吧。」

然而，他肯定怎麼也沒想到，馬提亞斯與勞倫斯會為了保護舊薇羅妮卡派的孩子們，背叛自己洩露情報；更沒想到奧伯會下定決心，宣布只要獻名就能保住性命、免於連坐——波尼法狄斯如是說。

「多虧了接受獻名的領主候補生命令孩子們不得抵抗、要協助調查，我們才能帶著他們前往基貝的宅邸。他們也確實幫上了忙，還找到了有力的證據與物品。這些確實無庸置疑。」

波尼法狄斯看著馬提亞斯與勞倫斯，用慰勞的語氣緩慢說道。但是，實際上就能感覺得出，現場氣氛正漸漸變得沉重且嚴肅。我緊張地看著波尼法狄斯，把背挺直。

「羅潔梅茵，眼看他們並未直接參與犯罪，妳多半是心想著，無論如何都想救他們一命吧。於是妳提議藉由獻名，讓罪犯的親人能夠保住一命。而奧伯也同意了，並且宣布藉由獻名可以保住性命。」

「波尼法狄斯大人，並非如此。原本是奧伯……」

哈特姆特說到一半，波尼法狄斯便投去凌厲的目光，外加抬起單手制止，接著道：

「向達道夫子爵如此提議的人是羅潔梅茵吧？善良的妳本著慈悲的心如此提議後，對於能夠拯救他們的性命，想必鬆了口氣吧？或許還覺得自己做了件好事。」

緊接著波尼法狄斯停頓一拍，神情肅穆地注視我。

「但是，妳千萬要記住，背地裡也有人因此覺得自己的自尊、誓言和性命遭到了踐踏。獻名這項行為原本是非常神聖的，不該用來讓罪犯的親人能免於連坐、苟且偷生。直至現在我仍然如此認為。」

我看過這種眼神。羅德里希也露出過這種眼神，說過類似的話。忽然間，我的內心深處變得無比沉重。對於救了馬提亞斯他們，我並不後悔。能讓並未參與犯罪的人們免於連坐、有機會活下來，我也依然十分慶幸。但是，對於會覺得自尊遭到踐踏的人，我卻從未深入思考過他們的感受。

「……一旦用過這樣的理由，從今往後為了免於連坐，多半還是會有人願意獻名吧。而且不只在艾倫菲斯特，說不定在其他領地也是。因為現在所有領地的貴族人數都處在不足的狀態，無法輕易株連全族。等到這種用獻名免於連坐的做法傳開了，由於不想被人誤以為自己是罪犯的親人，便不會再有人基於原先的意義獻名吧。妳將徹底改變獻名的意義。」

彷彿有盆冷水迎頭澆來。從未設想過的後果就這麼攤在自己眼前，我放在大腿上緊握著的雙拳不停顫抖。我從沒想過事情會變得這麼嚴重，只是想拯救可以拯救的性命而已。但是，單純對於他們能獲救感到高興的我，顯然把事情想得太過天真。

「齊爾維斯特說了，關於妳想出的那些奇特做法，既然從頭到尾都是他下達的許可，那麼若因此傳出了不好的傳聞，就皆由他來承擔就好。反正他身上的負面傳聞已經夠多了，再多幾則也無所謂……這件事妳知道嗎？」

我搖了搖頭。這種事我根本不曉得。齊爾維斯特什麼也沒跟我說。

「對不起，都怪我沒有想那麼多……」

「羅潔梅茵，妳想拯救他人性命的善良是妳的美德，我也希望妳繼續保有。但是，妳必須更審慎地思考自己擁有多大的權力與影響力，也要去了解改變原有的習慣後會有什麼弊端。恐怕就是像這樣的小事，與乍看下沒什麼大不了的事情一再累積之後，最終才導致了神殿與儀式被世人看輕。」

畢竟光是神殿長換人，就能讓神殿的氣氛有如此大的轉變——波尼法狄斯說完，忽然放鬆緊繃的全身。

「啊～羅潔梅茵，正經八百的說教就到此為止吧，妳也別再一副快哭出來的表情了。其實這些話本不該由我來說，因為妳已經有好幾位應該要負責開導妳的父親與母親，也要怪本該勸阻妳的近侍們太過沒用。」

我可不想再扮黑臉了。波尼法狄斯邊說邊看向近侍們。

「你們都給我打起精神來，別讓主人在暗地裡遭人痛恨與埋怨，或是樹立更多敵人。」

「實在非常抱歉！」

近侍們齊聲謝罪。就在這時，門外響起鈴聲。看來是舉行完儀式的齊爾維斯特回來了。

「哈哈哈！我總共得到了二十一個加護喔！再加上以前得到過的加護，搞不好還贏過羅潔梅茵了吧？」

齊爾維斯特放聲哈哈大笑，眉飛色舞地大步走進來，將房內沉悶的氣氛一掃而空。不過，我一時間當然無法跟上他高亢的情緒。

「是、是啊。果然長年來都有向神祈禱很重要吧。」

「而且多了命屬性以後，我變成了全屬性喔。雖然不知道得祈禱多久才能增加屬性，但這樣的結果完全不容忽視吧？」

今後領主一族若繼續在為基礎供給魔力的時候詠唱禱詞，很有可能最終都能變成全屬性。

「您說您變成了全屬性，難道是得到了埃維里貝的加護?!」

「不，我並未得到大神的加護，而是從命的眷屬神道爾勒本、席朗托羅莫，還有……啊，呃，這就不說了。在孩子們面前不太適合。」

……養父大人居然吞吞吐吐，那應該是拜修馬哈特吧？

簡單來說，就是到了夜晚精力最旺盛的一位神祇。雖然不知道我是否猜對了，但畢竟麥西歐爾也在場，所以我只是似懂非懂地微笑以對。

「總之，單是命的眷屬，我就取得了好幾位神祇的加護。話說回來，發生什麼事了嗎？我剛在外面也聽到了羅潔梅茵的近侍們在大聲謝罪。波尼法狄斯說了什麼嗎？」

可能是想轉移話題，不再討論自己取得的加護，齊爾維斯特看向波尼法狄斯與我的近侍們。

「我只是罵了這幫不中用的近侍一頓。他們要是以為現在這樣就能保護羅潔梅茵，那簡直是大錯特錯。」

波尼法狄斯沒有說明他為什麼罵人，我也就保持沉默，沒有說出自己已經知道齊爾維斯特一直在袒護我。請齊爾維斯特入座後，我再請法藍泡茶，然後微微一笑。

「祖父大人開始說教之前，我們討論到了前任基貝・格拉罕究竟是從哪裡取得這種布料。」

「嗯，此事至關重要。這也有可能是尚未公開發表的新魔導具。」

……這種完全不含魔力也不受魔力影響的布料，可以稱作魔導具嗎？

這個無關緊要的疑惑閃過腦海，同時我想起了在克倫伯格聽到的故事。

「那個，養父大人、祖父大人，我聽說魔石在其他國家非常罕見，那麼說不定他國會有不含魔力的原料喔。」

我分享了自己在克倫伯格聽到的有關波斯蓋茲的描述。尤根施密特境內或許沒有完全不含魔力的原料，但其他國家說不定有。

「但是，我在領主會議上從未聽說過有這種布料。政變之前，各地都會與他國貿易往來，但記憶中不曾有這樣的布料賣到尤根施密特來。」

齊爾維斯特說完，波尼法狄斯也點點頭。

「但如果其他國家都是靠著向尤根施密特購買魔石、帶回魔力，那後來突然再也無法取得魔力的話，國內自然也會發生許多變化吧。」

麗乃那時候，在發現石油將會耗盡以後，大家也是拚命開始尋找替代能源。一邊有節制地消耗現有資源，一邊尋找可以替代的能源，這本來就是理所當然。倘若波斯蓋茲的國境門被封起一事也傳到了他國去，他們可能會預想到貿易被中止的風險，所以預先想好對策。如果發明出了可以當作籌碼的東西，或許就會先當成機密，而不在領主會議上公開發表。

「倘若前任基貝．格拉罕還活著，我只能想到他肯定是去了亞倫斯伯罕。而且，亞倫斯伯罕是唯一國境門還開著的領地吧？說不定他們暗中勾結了其他國家。」

波尼法狄斯思索了片刻後，一邊低聲說著：「這是斐迪南該思考的事情。」一邊緩緩搖頭。

「那就找斐迪南大人商量這件事吧。他應該可以幫忙尋找蘭翠奈維送來的布裡頭，有沒有類似物品。最重要的是，必須讓他知道現在有種布料可以不受魔力影響，以及基貝．格拉罕還活著，而且很可能去了亞倫斯伯罕。因為萬一出了什麼事情，一旦敵人拿出這種布料抵擋，魔力攻擊就根本不會有效，打起來必輸無疑。偏偏斐迪南大人又身在最危險的地方……」

雖然騎士團只找到了這塊銀布，但說不定基貝．格拉罕或喬琪娜手中還有不受魔力影響的武器和防具，若不預先想好該如何攻擊與防禦，後果將不堪設想。

「若妳想送情報過去，相信齊爾維斯特也不會反對吧。但如果過不了亞倫斯伯罕的檢閱那一關，別說是情報送不到斐迪南手中，也只會讓亞倫斯伯罕更加警戒。羅潔梅茵，妳有什麼辦法能通過檢查嗎？」

波尼法狄斯平靜地拋來這個問題，我不由得眨眨眼睛。他臉上雖然在笑，藍色雙眼卻帶著探究。齊爾維斯特也目不轉睛地凝視我。我感覺自己正受到測試。可是斐迪南叮囑過我，發光墨水一事不能告訴任何人。於是我擠出禮貌性的笑容，以手托腮，側過臉龐。

「我記得養父大人有辦法用信傳遞消息吧？之前用晚餐的時候曾聽他說過。至於我與斐迪南大人聯絡的方式，就只有在貴族院透過他的弟子雷蒙特送信，或是請他幫忙傳話而已。另外，就是可以趁著領主會議的星結儀式，偷偷與斐迪南大人說上幾句話吧。祖父大人，您還有沒有什麼好方法呢？」

波尼法狄斯的表情有些放鬆下來，搖頭回道：「沒有。」發現他的目光不再那麼銳利，我暗暗鬆了口氣。齊爾維斯特則是摩挲下巴，看著我說：

「羅潔梅茵，很遺憾，斐迪南不會出席領主會議喔。聽說前陣子奧伯．亞倫斯伯罕已經亡故，所以蒂緹琳朵大人現在必須為基礎魔法染上魔力。由於染好前，最好別讓魔力產生變化，因此兩人的星結儀式要延到明年才舉辦。」

齊爾維斯特說他收到了斐迪南的來信，信上寫著這些事情。除此之外，好像還提到了他在亞倫斯伯罕參加祈福儀式時的情況，並且今後得稍微調整對亞倫斯伯罕的應對態度。

「星結儀式居然要延後一年……那斐迪南大人會怎麼樣呢？」

「什麼怎麼樣？」

「既然在為基礎染好魔力之前都不能結婚，他不能先回艾倫菲斯特嗎？或者至少可以讓他擁有秘密房間吧？」

光是整整一個季節都沒有私人空間能喘口氣，這點就夠辛苦了，沒想到居然還要再撐一年。我焦急地這麼追問後，波尼法狄斯卻是有些愕然。

「妳在擔心什麼？既然他已經以未婚夫的身分過去了，婚約也沒有解除，怎麼可能回來？況且結婚之前都不能擁有秘密房間，本來就是很正常的事。雖然要再等一年是有點久，但妳無須如此擔心。」

……這應該……是需要擔心的事情吧？

我來回看向波尼法狄斯與齊爾維斯特，只見齊爾維斯特緩緩吐了口氣。

「伯父大人，不如您先去舉行加護儀式如何？羅潔梅茵似乎對貴族的婚事不甚了解，我會為她說明。」

「……嗯，那我暫時失陪了。麥西歐爾，帶路吧。」

波尼法狄斯走出房間，中途還頻頻回過頭來看我們。等到房門完全關上，齊爾維斯特才重重地嘆了口氣。

「羅潔梅茵，妳與斐迪南是怎樣的關係？」

「什麼？」

我一時間不明白他在問什麼，把頭歪到一邊。事到如今，怎麼還問我與斐迪南是什麼關係呢？

「我想養父大人也知道吧……？對我來說，斐迪南大人就是監護人啊。我認為他是我的保護者，不然還有其他嗎？」

聽完我的回答，不光是齊爾維斯特，就連在他身後擔任護衛的卡斯泰德也像是聽到了想要的答覆，表情倏地放鬆下來。

「我想也是，對斐迪南來說，妳也是他的受監護人吧。」

「嗯，是呀。不然還有其他的答案嗎？」

我這麼詢問後，齊爾維斯特「嗯……」地支吾其辭，接著慢慢看向我與我的近侍們。

「從貴族的標準來看，旁人似乎都認為你們……太過介入對方的生活了。」

「哦，是嗎？」

總之我先點頭再說，但其實我根本不懂貴族的標準是什麼。大概是看穿了我壓根沒明白，齊爾維斯特與卡斯泰德對看一眼，難以啟齒似地開口說了。

「其實近來，有傳聞說妳對斐迪南抱有愛慕之心。」

「這我還是第一次聽說，而且我也沒做過會讓人誤會的事情啊。」

「……咦？」

不知為何，反而是身邊的人一陣騷動。坦白說，我不明白為什麼連近侍們也做出這樣的反應。在貴族當中，斐迪南確實是我最信賴的人，也認為他和家人一樣重要。我甚至可以坦蕩蕩地說「就跟多莉和路茲一樣喜歡」，但如果問我是不是男女間的喜歡，我只會歪過頭否定。

「為什麼旁人會產生這樣的誤解呢？」

「啊，這是因為……雖然你們的關係是監護人與受監護人，他把宅邸讓給妳其實也不稀奇，但一般很少有人會繼續使用宅邸裡的僕人與家具。再加上斐迪南的房間也還維持原樣不動，妳又會幫他保管貴重物品、照著他的要求把所需物品送去亞倫斯伯罕……呃，似乎讓旁人強烈覺得，這樣的關係太過介入對方的生活了。」

卡斯泰德回答時幾乎是愁眉苦臉。他說管理宅邸、保管貴重物品、照著要求做準備，這些事本該是女眷的工作，不應該由旁人來做。

「咦……？可是，像尤修塔斯與艾克哈特哥哥大人也把貴重物品留在艾倫菲斯特，黎希達與母親大人也會依他們的要求，把東西送過去吧？而斐迪南大人因為沒有幫他保管與寄送行李的母親，所以我是把他的要求轉達給管理宅邸的侍從，再請侍從做準備，難道這樣也會造成問題嗎？」

我並沒有親手為斐迪南準備行李。況且保管行李的也是拉塞法姆，我就像是一隻只負責向拉塞法姆傳話的奧多南茲，所以完全無法理解為何會突然傳出這種謠言。更何況斐迪南離開後都快要過兩個季節了，之前明明誰也沒有說過這種話。

「斐迪南是因為接到緊急通知，來不及準備，才會等到季節變換後再把行李送過去。但原本因結婚而前往他領的人，都會在離開時帶走所有行李，一點也不留。」

這麼說來，之前要去艾倫菲斯特與法雷培爾塔克的境界門收取行李時，克拉麗莎曾說過，她把自己需要的東西都帶過來了。另外雖然無關緊要，她還說了衣服因為要配合流行重新訂做，所以帶的不多，但與流行無關的貼身衣物倒是帶了不少。

「因為若把行李留在老家，看起來就像是很想離婚一樣，給人的觀感不佳。」

「原來是這樣子嗎?!那斐迪南大人的婚姻沒問題嗎?春天的時候我也送了一批行李給他，但只有他要求的物品而已，房裡還有其他東西喔。」

就連等到安頓下來後，預計要被叫過去的拉塞法姆也還在堅強地等著他——雖然這句話我沒有說出口，但一聽到他還有行李留在這裡，齊爾維斯特與卡斯泰德都瞪大眼睛。

「看來斐迪南的行李最好由我來保管……不能再交給妳了。」

「為什麼呢？」

「如果交由妳保管，最大的問題在於斐迪南已經前往亞倫斯伯罕，不再是妳的監護人了。隨著時間流轉、季節變換，旁人的認知也有了改變。妳要了解到旁人已不再視妳為斐迪南的受監護人。」

他說由我繼承監護人留下的宅邸並無問題，但如果兩人的關係在這之後也沒有改變，那就有問題了。卡斯泰德面色為難地環抱手臂。

「其實，我們的認知本來也和妳一樣。直到最近有人提出忠告，我們才驚覺這樣似乎不妥，所以對妳來說想必也十分突然吧。但是，現在妳的外表也長大了，個子高了些，明顯已是進入貴族院就讀的年紀。就算了解妳的我們能夠睜一隻眼、閉一隻眼，看在旁人眼中，妳也不再只是個仰慕監護人的年幼孩童。」

我低頭看向自己的手腳。從尤列汾藥水裡醒來後，我還沒有長大的真實感，裙襬的長度就變得與以往不同；而大家雖然總說「妳已經到了要去貴族院的年紀」，但對待我的態度卻和以前幾乎沒有兩樣。大概是因為我在尤列汾藥水裡泡了兩年，外表還是與受洗前後的孩童差不多吧。就連到了現在，我的身高也還與韋菲利特以及夏綠蒂有段差距，看起來像是比他們還要小。但是即便如此，旁人的眼光似乎還是開始改變了。本來我還單純地為自己的成長感到高興，卻沒有意識到會出現這樣的變化。

「啊~另外也有人認為，妳太過擔心人在亞倫斯伯罕的斐迪南了。還說妳擔心未婚夫的程度，恐怕連斐迪南的一半都不到。」

齊爾維斯特難以啟齒似地說道，我倒是乾脆點頭：

「這麼說倒是沒錯呢。如果有人問我，斐迪南大人與韋菲利特哥哥大人我更擔心誰，我當然更擔心斐迪南大人啊。」

聞言，卡斯泰德「嗚」的一聲，說不出話來似地看著我。與此同時，齊爾維斯特也「唔」地扶額。

我說了什麼奇怪的話嗎？我看著扶額的卡斯泰德，再看向環抱手臂陷入沉思的齊爾維斯特。齊爾維斯特露出難以形容的表情往我看來。

「……妳難道不能也擔心一下未婚夫嗎？現在為了應付萊瑟岡古，他好像正在孤軍奮戰。」

「我當然多少也會擔心哥哥大人喔。還曾提議過要與他交換情報，也建議過他，最好等過了一段時間再與萊瑟岡古的貴族們接觸。但真要論重要性的話，哥哥大人一定會被我排在斐迪南大人後面。」

「為何？」

被這麼反問後，我筆直注視齊爾維斯特。

「韋菲利特哥哥大人雖然是我的未婚夫，但斐迪南大人更是幫我攬下過許多工作的監護人，也是給我書籍、傳授知識與貴族社會常識給我的師父，還是最關心我身體狀況的主治醫師。不光是這些年來他為我做了這麼多，相處的時間長短也不一樣。」

我完全不懂為何要去比較韋菲利特與斐迪南。兩個人根本不能相提並論。

「況且，雖然您說孤軍奮戰，但哥哥大人還有為他如此操心的父母在，也有遇到困難時可以尋求協助的夏綠蒂與麥西歐爾在吧。而且只要不影響到神殿事務，我也能向他伸出援手。有必要像斐迪南大人一樣擔心他嗎？」

我很愛多莉與父親他們，但不會成天都在擔心他們三餐有沒有按時吃飯、有沒有生命危險、是否平安無事。然而，斐迪南在亞倫斯伯罕既沒有秘密房間也沒有工坊，能夠信任的近侍還僅僅只有兩人；日常生活也必須警戒著身邊的所有一切，並從早到晚處理公務。再加上他這個人一忙起來，常常就會隨便吃一吃，犧牲自己的睡眠時間，更會因為擔心下毒而不吃從未見過的料理。如此提防著身邊眾人的他，多半也不會與人敞開心胸，而未婚妻還是與薇羅妮卡如出一轍的蒂緹琳朵。要是斐迪南在亞倫斯伯罕過得快快樂樂、悠悠哉哉，我也根本不會擔心他。

「要是韋菲利特哥哥大人也會廢寢忘食，一邊喝回復藥水一邊埋頭工作，甚至近侍們怎麼勸他休息都不聽，那我也會和擔心斐迪南大人一樣擔心他喔。可是，哥哥大人現在的生活非常正常吧？」

聞言，不光齊爾維斯特，連近侍們也啞然失聲。卡斯泰德用力揉著眉心，低聲咕噥：「原來妳的擔心，是以這種標準來決定優先順序嗎……」

「……父親大人，我這樣有哪裡不對嗎？」

「呃，一般決定優先順序的標準，都是根據對方與自己的關係，以及關係有多親密吧？在妳這個年紀，比起監護人，通常是跟未婚夫走得更親近吧？」

「也就是說，父親大人與母親大人是在這個年紀變親近的囉？」

「啊，呃，不是。當我沒說。」

卡斯泰德假咳一聲，別過頭去。看來他與艾薇拉是在大約我這個年紀變親近的吧。但是坦白說，對我有同樣的要求未免強人所難。或許是因為有著麗乃那時候活到大學快畢業的記憶，儘管我該叫韋菲利特一聲哥哥，但老是覺得他的年紀比我還小。大概也因為不覺得是同齡人，也就無法把他視作戀愛的對象。

……至少得先等到和麗乃過世時一樣的年紀吧。

「那他與萊瑟岡古的關係呢？這方面妳總該擔心了吧？」

「所以我也說了，我並不是完全不擔心喔。我也曾試著想與哥哥大人的近侍交換情報，也做了護身符給他。但不僅他的近侍們拒絕交換情報，哥哥大人收到護身符以後也沒有任何回應。」

他既沒捎來奧多南茲說他收到了，也沒有近侍跑來跟我報告過他很高興能收到護身符。我根本不知道他收到後是否開心，還是只是自己在多管閒事，所以下次一點也不想再做給他。也因為平常沒有接觸，在每天都很忙碌的生活中，我最近甚至很少想起有韋菲利特這個人。

「這部分確實韋菲利特也做得不對。」

「還有就是……我也曾考慮過要向哥哥大人提出建言，告訴他在當上奧伯之前慢慢取得萊瑟岡古的支持就好了，現在不必著急。但是，聽說哥哥大人在祈福儀式時聽到了許多不中聽的話，所以近侍們都阻止我，說這樣只會刺激到他。」

我看向近侍們這麼表示後，齊爾維斯特與卡斯泰德不約而同嘆氣。

「也難怪近侍們會阻止妳。」

「嗯，他們的判斷倒也沒錯……」

看來近侍們的判斷並沒有錯。其實我感覺得出來，大家都不想讓我知道韋菲利特的詳細近況，覺得我最好與他保持距離，但這麼做真的是對的嗎？於是我先說明了柯尼留斯他們提供的籠統情報，再向齊爾維斯特問道：

「養父大人，韋菲利特哥哥大人現在情況怎樣呢？真的如近侍們所說，我最好不要接近他嗎？」

齊爾維斯特沉思了半晌。他的近侍們與卡斯泰德也一臉凝重。

「目前的話……是啊。韋菲利特再怎麼不滿、再怎麼惱怒，都有他不得不接受的現實。與此同時，妳也有妳必須要接受的現實。在你們兩人可以正視自己的處境之前，最好還是保持距離吧。」

「我必須接受的現實是？」

我歪過腦袋瓜後，齊爾維斯特那雙深綠色的眼睛直直凝視我。

「現在斐迪南已不再是妳的監護人，而是他領的人了。如今奧伯・亞倫斯伯罕已經亡故，他必須輔佐得為基礎染上魔力的蒂緹琳朵大人，不再是輔佐妳。妳的未婚夫是韋菲利特。我不會禁止妳擔心斐迪南，因為我也同樣擔心他。但是，妳已不能再藉由為他操心大小事來繼續依賴他、向他撒嬌。今後要與妳共度一生的人是韋菲利特，妳必須與他相互扶持。」

正如齊爾維斯特一開始說的，這是我並不想接受，但又不得不接受的現實。即便分隔兩地，我還是希望自己與斐迪南的關係能維持不變。有事就寫信向他抱怨，想知道什麼事情就請他偷偷告訴我，我不想要斬斷能向斐迪南撒嬌的這種關係。

「羅潔梅茵，在斐迪南過度保護妳的那段時間，妳過得很安逸自在吧？他總會為妳指明該前進的道路，讓妳能毫不猶豫地前行吧？但他離開以後，妳是否突然覺得與身邊的人難以溝通，或者明明是做一樣的事情，旁人的反應卻與以往不同？」

「有的……在我心想，如果是斐迪南大人肯定會阻止我的時候，卻沒有半個人制止我，這曾讓我感到不知所措。」

聞言，齊爾維斯特放柔表情。

「這點我也一樣。他離開以後，我才深刻地理解到自己一直以來有多麼思考不周。但是現在，斐迪南已經奉國王之命入贅至亞倫斯伯罕，不會再回艾倫菲斯特了。這是無法改變的事實。」

之前克拉麗莎曾告訴我，這次肅清的結果讓齊爾維斯特陷入了非常為難的境地。她還說：「我覺得奧伯．艾倫菲斯特想得太天真了。」但是，其實本來進行肅清的時候，斐迪南還會在艾倫菲斯特。他握有著能讓萊瑟岡古閉上嘴巴的機密情報，本來也預計在大致收拾完殘局後，才前往亞倫斯伯罕。

向來負責居中協調的斐迪南離開後，面對顯現在眾人面前的裂痕，我們只能自己補救。這是至今太過依賴斐迪南的我與齊爾維斯特，要面對的一大課題。

「羅潔梅茵，韋菲利特是妳能留在艾倫菲斯特的必要牽絆，你們必須多加了解彼此。對妳來說，與未婚夫韋菲利特增進感情、防範外部的干涉於未然，是非常重要的事情。」

就算一時間還難以接受現實，但也只能自己慢慢消化——聽到齊爾維斯特這麼說，我慢吞吞點頭。

「……可是我該怎麼做，才能與韋菲利特哥哥大人增進感情呢？」

「總之先做做樣子就好。就從擔心韋菲利特開始吧。現在他認為比起自己這個未婚夫，妳更加重視斐迪南，那就從這點開始改善。」

對於齊爾維斯特出的任務，我小聲回道：「……是。」雖然他要我裝出擔心的樣子，但到底該怎麼裝才好呢？我怎麼也想不到可以擔心的事情。畢竟韋菲利特不是孤兒院裡的孩子，不需要擔心他營養攝取不足；他也不像曾經的路茲那樣正離家出走；多莉為了裁縫工作感到煩惱的時候，我是給過她建言，但韋菲利特身邊不僅有成群的成年文官，我也沒聽說過他正為工作感到煩惱。如果要比斐迪南更擔心他，那例如像這樣子？比如用餐時間一到就捎去奧多南茲提醒他停下工作，或是把他從秘密房間裡叫出來，又或者向侍從確認他的睡覺時間？

……但要是他用奧多南茲回我說：「這時間我怎麼可能在工作。」我反而會想回他說「那請您再認真一點」就是了。

「那麼，妳想找我商量什麼事？」

齊爾維斯特問起後，我便把孤兒院孩子們的情況告訴他，接著表示我想為那些沒有魔導具而喪失動力的孩子們準備魔導具與回復藥水。他聽完微微蹙眉。

「沒有這必要。光是拯救那些還未受洗的舊薇羅妮卡派孩子，再由孤兒院收容他們，旁人就都說這樣的處置太寬容了。與其提供那些物品給孤兒院裡的孩子，倒不如提供給自己派系裡的孩子。」

齊爾維斯特的回答幾乎與哈特姆特一模一樣，我也回以同樣的反駁。

「可是我想幫助的，是在自己管轄下的孤兒院裡的孩子們。只要我們願意援助這些孩子，那沒有魔導具的孩子就會被送到孤兒院來，就可以盡量避免有孩子在不為人知的情況下死去了。」

「這些孩子都沒有錢能夠成為貴族，我們不可能照看每一個人。當初孤兒院與兒童室裡的孩子們，是妳建議可以使用父母的儲蓄來支付他們的開銷，我也同意了。但是，既然這些孩子並未持有魔導具，代表父母也沒有打算為他們存下積蓄。如果要為他們提供魔導具，該由誰來出錢？」

那些有父母幫忙準備教育基金的孩子們，都擁有成為貴族所需的必要物品；但如果父母沒為他們存錢，自然什麼都沒有。可是這樣一來，就無法為沒擁有魔導具的孩子提供魔導具了。

「呃～可以先借錢給他們，等他們將來長大工作了再還錢……」

比如失去了父母的舊薇羅妮卡派學生，我們也借給了他們足以讀完貴族院的錢。我以這件事為例提出自己的想法後，齊爾維斯特一臉無言。

「一邊是只借幾年的學費，同時要以見習生的身分努力工作，在貴族院賺取零用錢；一邊是都還沒以貴族身分受洗，就要背負龐大的債務，這兩者根本不能混為一談吧。既然他們往後將是孤兒院出身，代表沒有父母也沒有親戚，想以貴族身分生活的話得花更多的錢。要是再背負龐大的債務，他們要如何以貴族的身分活下去？」

「呃……我……」

我一時語塞，答不上來。齊爾維斯特看著我明白宣告：

「對於沒有魔導具的孩子，我無意再為他們提供。要留下他們的性命我並不反對。如果擁有魔力，再靠著補助金與自己賺來的報酬，能夠維持住青衣神官該有生活的話，那他們要在神殿裡以青衣神官的身分活下去也無妨。但是，若要讓未擁有魔導具的孤兒成為貴族，我一點也看不出有其必要性。」

「可是……」

「羅潔梅茵，原本從舊薇羅妮卡派那裡沒收來的物品都已經歸屬於我，本該以各種不同的形式分配給同陣營的貴族們。現在孤兒院裡那些獲救孩子們手中持有的物品，其實本來也該在他們遭到處分後發給同派系的貴族。所以不要再要求更多了，我對他們已經仁至義盡。」

波尼法狄斯才剛提醒過我，在採用新的做法之前，一定要考慮到對各方面造成的影響，所以一時間不知該如何辯駁的我只能低下頭。即便有心想救，想要付諸實行卻不容易。畢竟，我不曉得最後會造成怎樣的影響。

……雖然我很想幫助孤兒院裡的所有人，但根本不知道該怎麼做才正確。

「在妳想出沒用的歪主意之前，先想想自己該做的事情吧。關於領主會議要舉行的星結儀式，準備都完成了嗎？」

「儀式上負責護衛，以及要陪同前往圖書館的人員都已經確定了。」

「那就好，前一天記得先回城堡來。」

我們討論著有關領主會議的事情時，波尼法狄斯也舉行完儀式回來了。他垮著健壯的肩膀，整個人看起來有些消沉。

「祖父大人，結果怎麼樣呢？」

我開口詢問後，波尼法狄斯便不甘心地瞪著齊爾維斯特說：「……我取得了十七位神祇的加護。」看來他很懊惱比齊爾維斯特還少了一點。

「我與伯父大人是同時期開始唸禱詞的，但大概是因為我身為奧伯，為基礎染色時奉獻過大量的魔力，才多少有些差異吧。但更重要的是，您取得了哪些神祇的加護？」

齊爾維斯特因為自己從少見的眷屬神那裡取得了加護，所以興致勃勃地追問。波尼法狄斯先是握了握掌，「嗯」地咕噥一聲。

「我也變成了全屬性喔，因為幾乎從所有戰鬥系的眷屬神那裡都取得了加護。至於現在變得多強了，得訓練過後才知道……」

「師父，那我們馬上交手試試吧！」

安潔莉卡的臉蛋猛地綻放光芒，同時柯尼留斯也發出哀嚎。
「祖父大人，您都這把年紀了還變強也太過分了吧?!」

領主會議的星結儀式

「行李都放進來了嗎？」

看到哈特姆特正在小熊貓巴士旁邊向灰衣神官們下達指示，我走向他這麼問道。

「儀式服、配件與聖典等，星結儀式所需的必要物品都已搬運完畢。」

將以神官長身分同行的哈特姆特，以再確定不過的語氣回答。聞言我轉頭看向神殿的侍從們。

「法藍、莫妮卡、薩姆，領主會議期間就麻煩你們在神殿留守了。另外，也請悉心指導新進來的青衣見習生們。」

「遵命。衷心期盼您的歸來。」

「羅潔梅茵大人，歡迎您的歸來。」

「我回來了。一切都做好準備了嗎？」

好久沒回城堡了，但現在沒有時間感到懷念，我立即確認領主會議的準備工作是否順利。大概是因為未成年的我將在領主會議上舉行星結儀式，又奉命要幫王族的忙，將與我同行前往的成年近侍們都顯得有些緊張兮兮。

「領主會議期間要穿戴的服裝與配件皆已準備妥當，還請您確認……這邊的箱子上面寫著儀式服，但裡面的儀式服是藍色的呢。是為哪位準備的呢？」

這次不只我的儀式服，還準備了藍色儀式服要給護衛騎士們穿。奧黛麗與莉瑟蕾塔開始檢查從神殿帶來的行李。

「這邊的服裝沒有問題喔。對了，植物紙與墨水要多準備一點……」

「我已為您準備完畢。帶了這麼多，相信應該足夠吧。」

能夠接到符合近侍身分的工作，克拉麗莎顯得活力充沛，笑容滿面地向我展示裝有一天份紙墨的書信匣，以及裝滿了備用文具的木箱。都帶這麼多了，在圖書館的地下書庫裡進行翻譯作業時想必不會無紙可用吧。

「哈特姆特，星結儀式結束以後，你就要以文官的身分參與交涉吧？這部分做好準備了嗎？」

「其實我只是湊數的，主要目的在於蒐集情報。但身為羅潔梅茵大人的近侍，自然會做好準備，不失了您的顏面。」

好幾名舊薇羅妮卡派的文官原是領主夫婦的近侍，但都被解任了。儘管現在正在教育新招攬的近侍們，但做為排名第八的領地，還是得湊點人數充場面。因此哈特姆特做完神官長的工作後，要接著以文官的身分參加領主會議。

「不過，你平時都得處理神官長的公務，居然還有心力為領主會議做準備。哈特姆特的優秀每次都讓我感到驚訝。」

「不敢當……這不光是我一個人的努力，也多虧克拉麗莎與父親大人的協助。」

哈特姆特往旁邊瞥了一眼。站在他身旁的克拉麗莎，正一臉「我可是非常努力喔」

的表情。有機會也要感謝哈特姆特的父母幫忙管束克拉麗莎吧。不過，克拉麗莎自身很努力也是事實。

「養父大人也跟我說過，克拉麗莎很努力投入工作呢。這次我的近侍當中，能參加領主會議的文官就只有哈特姆特與克拉麗莎。我很期待你們的表現喔。」

「是！一定不辜負您的期待。」

能夠陪同前往領主會議的只有已經成年的人而已。侍從有奧黛麗與莉瑟蕾塔，文官有哈特姆特與克拉麗莎，護衛騎士有柯尼留斯、萊歐諾蕾、安潔莉卡與達穆爾。

確認完行李後，我再向負責留守的未成年近侍們吩咐道：

「菲里妮、羅德里希，請你們盡量前往神殿，和法藍他們一起照顧青衣神官，還有觀察孤兒院的情況。」

我請兩人幫忙照看剛成為青衣見習生的孩子們，有身為貴族的兩人在，也能對成年的青衣神官們起到嚇阻作用吧。

「這陣子我都待在神官長室，與麥西歐爾大人的近侍們一起接受哈特姆特的指導。看來領主會議這段時間，應該可以稍微閒下來抄寫書籍吧。」

羅德里希似乎以為哈特姆特不在了，自己就能趁機歇口氣。但是，哈特姆特人怎麼可能這麼好。我相信神官長室裡，肯定有公務與作業正等著他。

「馬提亞斯、勞倫斯，我希望你們沒有特訓的日子能盡量去神殿。幫幫羅德里希與菲里妮的忙，或是指導尼可拉斯他們進行訓練。」

「沒有特訓的日子不知道要等到什麼時候。因為波尼法狄斯大人獲得了大量加護以後，比以往更熱中於訓練大家。」

勞倫斯面帶苦笑說完，馬提亞斯看向自己腰間上的劍。

「而且他現在也開始訓練我們要如何對付不受魔力影響的銀布。他還命令所有騎士都要攜帶思達普以外的一般武器，用來砍斷銀布。」

發現銀布以後，幾乎已經可以確定前任基貝・格拉罕還活著。身為他的兒子，馬提亞斯的心情想必五味雜陳吧。他有些用力皺眉，面色凝重。

「雖然帶著是為了以備不時之需，但平常實在是又重又礙事，真讓人受不了。你說對吧，馬提亞斯？」

背部被勞倫斯輕拍一下後，馬提亞斯回過神般地重新正色。

「畢竟一直以來，我們都是裝備幾乎感覺不到重量的魔石製成的鎧甲，和使用以思達普變成的武器，大家遲遲難以適應。我想訓練到可以操控自如。」

拜託兩人有空前往神殿後，我再看向優蒂特。

「優蒂特，請妳待在城堡吧。雖然布倫希爾德跟我聯繫過，說她會帶著貝兒朵黛出入城堡接受教育，但只有谷麗媞亞一個人留守還是讓我很擔心。因為我聽說有貴族對舊薇羅妮卡派的已獻名近侍很不友善……」

奧黛麗與莉瑟蕾塔都將隨我去參加領主會議，所以我很擔心獨自留在城堡裡的谷麗媞亞。這種情況就算有馬提亞斯他們在也沒用，因為他們同樣是已獻名的近侍。況且谷麗媞亞害怕與男性接觸，留下女騎士優蒂特比較能讓她安心吧。

「知道了，請交給我吧。」

優蒂特露出開朗的笑容接下任務。

「其實我待在北邊別館時並無問題，但還是感謝您的費心。」

將獨自留在我房裡的谷麗媞亞，微低著頭別開目光。

「要是妳覺得待在城堡很痛苦，也可以和優蒂特一起去神殿喔。」

雖然城堡這裡最好留有負責聯繫的人，但谷麗媞亞也不需要勉強自己。

隔天就要出發了。首先進行移動的是下人與廚師，雨果與羅吉娜就在這一批人當中。而艾拉現在懷孕了，正在放假，所以人也不在神殿。接著轉移的是行李，再來是文官與近侍。我的順序則在領主夫婦之前。轉移時，護衛騎士柯尼留斯與萊歐諾蕾會將我護在中間。

「姊姊大人，請您萬事小心。」

「我也好想去看羅潔梅茵姊姊大人舉行儀式喔。」

來送行的夏綠蒂與麥西歐爾這麼說完，我接著看向韋菲利特。正如齊爾維斯特所說，我們彼此似乎都還無法接受現實。昨天晚餐席間，兩人都只是面帶禮貌性的笑容，除了寒暄以外沒有其他對話。

……但這時候一句交談也沒有，還是不太好吧。

「接下來這段時間都無法擔心韋菲利特哥哥大人，真教人感到遺憾呢。因為無法從貴族院送奧多南茲回來嘛。要不然我們互相寫信吧？」

我先擠出笑容主動攀談後，韋菲利特卻是一臉厭煩。

「妳去了領主會議，我倒是鬆口氣。至少這段時間，妳不會再寄奧多南茲來煩我了。」

「哎呀，我可是出於擔心才寄送奧多南茲，您怎麼這麼說呢？」

「妳每天寄來的奧多南茲都是在問我用餐了沒、工作進度如何，只會讓人覺得妳是在催我去工作吧！」

明明我照著齊爾維斯特的吩咐，先做做樣子對韋菲利特表達關心，也就是和對斐迪南做過的一樣，每天送去奧多南茲關心他的生活作息，但好像讓他頗有怨言。眼看效果似乎不佳，那我還要繼續送嗎？我正想著這個問題時，瞥見韋菲利特的近侍戳了他一下。韋菲利特立即隱去臉上的不滿，換上客套笑容說：

「聽說妳要去地下書庫幫王族的忙，雖然讓人深感不安，但就好好加油吧。要小心別給王族與艾倫菲斯特添麻煩。」

「那請哥哥大人也要認真為基礎供給魔力喔。養父大人與祖父大人都在重新舉行加護儀式後，取得了大量神祇的加護。您要是鬆懈大意，說不定夏綠蒂與麥西歐爾會追過您呢。」

韋菲利特看向夏綠蒂與麥西歐爾，什麼也沒說，只是嘲諷似地加深臉上的笑意。本來還以為他會回我「我才不會輸給弟弟和妹妹」或是「我怎麼可能輸給他們」，這樣的反應真是出乎預料。我總覺得他的笑容不太對勁，接著邁步走進轉移陣。

「羅潔梅茵大人，在房間整理好之前，請您先在此歇息。」

轉移廳與學生們在的時候沒有兩樣。而侍從們整理好房間之前，我也一樣要先在多功能交誼廳裡等候。只不過，現在在場的多是文官與侍從，平常都只有在宴會上貴族齊聚一堂時才會碰到面。由於我曾在討伐陀龍布與冬之主時給過祝福，所以騎士還比較認得，但文官有一半以上都不認識。另外雖是理所當然，但真的全是成年人。

……就只有我一個人矮了一大截，感覺就像來錯了地方。雖然我本來是不該出現在這裡沒錯啦。

「羅潔梅茵大人，別來無恙。」

穿著文官制服的艾薇拉向我走來。然後我一邊喝著諾伯特泡的茶，一邊討論要與他領進行交涉的印刷業相關產品。承辦印刷業務的文官們也在旁邊聚集，大家紛紛開始提問。

「羅潔梅茵大人，奧伯同意販售的商品都在這裡了。我想繆芮拉應該已經向您報告過，不知平民區是否也接到了通知？」

「有的，普朗坦商會來向我報告過了。另外商業公會也跟我說，他們現在正在教育葛雷修送來的人手，商品也已經準備妥當。」

我告知平民區的現況後，艾薇拉笑著點點頭，接著漆黑的雙眼亮起精光。

「那麼《斐妮思緹娜傳》第三集呢？」

「已經照著委託，由羅潔梅茵工坊與葛雷修的工坊進行印製，希望可以趕上夏天的販售。雖然我不曉得葛雷修目前的進度，但羅潔梅茵工坊已經印好一些了。這次領主會議我帶了幾本樣書過來，稍後再請人送去您的房間。」

「哎呀！感謝羅潔梅茵大人。」

艾薇拉綻開欣喜的笑容時，正好領主夫婦也走進多功能交誼廳。齊爾維斯特看來就和往常一樣，而芙蘿洛翠亞近來似乎已經停止孕吐了，臉色看起來比領地對抗戰那時要好得多。肚子已經有些隆起，但還不到一眼就能看出來的地步。

同行的近侍當中，有護衛騎士卡斯泰德與侍從黎希達。其實昨晚用餐時我就見到他們了，氣色看來都不錯。

「羅潔梅茵，第一天妳要主持星結儀式，記得做好萬全的準備。還有明天用完早餐、準備就緒後，妳得去舉行儀式的大禮堂與中央神殿的人確認流程。王族的委託想必給妳帶來不小的壓力，但一定要好好表現。」

「是。」

要大家各自為領主會議做準備後，領主夫婦分別往自己的房間移動。大概是因為在領主夫婦面前，不能匆匆忙忙地來回奔走吧。兩人一離開，文官們隨即忙碌地進行準備。不過，騎士們看起來卻有些無所事事。我的護衛騎士們也只是在交誼廳裡站著而已，看起來很閒。

「騎士們今天沒有該做的工作嗎？」

「該討論的想必已經都討論過了，接下來得等到聚餐或茶會的行程敲定，才能有下一步動作吧。」

柯尼留斯說道，看向交誼廳裡無事可做的騎士們。雖然是領主夫婦的護衛，但兩人都待在房裡的時候，並不需要有太多人跟著。

「如果貴族院的採集場所並沒有禁止大人使用，那要不要去徵得養父大人的許可，讓你們與無事可做的騎士們一起去採集呢？」

「狩獵嗎？聽說羅潔梅茵大人給予過祝福以後，現在採集場所裡的魔獸都變強了，我非常想去。」

由於我已經很習慣一來到貴族院就要採集，一提出這個建議後，安潔莉卡的臉龐馬上發亮。實際上閒得發慌的騎士可能還不少，我發現有騎士轉頭看過來。

「我因為還要主持星結儀式，無法同行，但領主會議的最後一天之前我會用祝福讓採集區域恢復原狀，所以請你們盡情採集吧。剛好我想補充為大家做護身符用的原料，麻煩你們多採些原料帶回來。當然我會出錢購買。」

我這麼表示後，不光安潔莉卡，達穆爾也顯得有些按捺不住。柯尼留斯想必也是比起站著不動，更想活動身體，看起來躍躍欲試。萊歐諾蕾看著大家輕笑出聲。

「我會在房裡擔任護衛，安潔莉卡你們就去採集吧。」

「呃，萊歐諾蕾，但這樣就只有妳一個人，真的沒關係嗎？」

「我很期待柯尼留斯帶著高品質的魔石回來給我喔。」

萊歐諾蕾已經不再是以前的她了。她非常自然而然地放閃，微笑著這麼回應。恰巧這時莉瑟蕾塔走進交誼廳，前來通知說房間已經整理好了。我便與萊歐諾蕾一起回房間。眼角餘光中，還瞥見艾薇拉雙眼發亮地在寫些什麼。

……母親大人，請優先為領主會議做準備！

「羅潔梅茵大人，太驚人了！我遇到了好多厲害的魔獸，獲得了好多魔石。」

「我第一次看到採集場所那麼繁茂。跟我就讀的時候相比，多了許多高品質的原料，真是羨慕現在的學生。」

用晚餐時，安潔莉卡與達穆爾興奮地向我報告結果。畢竟兩人之前都沒看過採集場所在我給予祝福後變成了什麼樣子。柯尼留斯也說，採集場所變得比他以前見過的時候要更茂盛了。

……對喔，我控制不了溢出的魔力，跑去採集場所大肆灑下祝福的時候，柯尼留斯哥哥大人已經畢業了。

「領主會議期間，我真想每天都去狩獵。」

「安潔莉卡，領主會議期間，妳每天該做的事是保護羅潔梅茵大人喔。由於我得陪同前往地下書庫，房間的護衛工作得交給妳。」

「萊歐諾蕾，這我當然知道。」

被萊歐諾蕾冷靜地反駁後，安潔莉卡有些失落地回答。因為房裡的護衛工作只能交給女性騎士，對於還要陪我去地下書庫的萊歐諾蕾來說負擔會太大。

「萊歐諾蕾，對不起喔。」

「跟不間斷地接受訓練比起來，在地下書庫執行護衛任務並不辛苦喔。請您別放在心上。」

萊歐諾蕾盈盈微笑道。在她一旁，身為領主會議時最忙碌的文官，克拉麗莎與哈特姆特則是滿臉疲倦地吃著晚餐。

「羅潔梅茵大人居然給予過祝福，我也好想一起去採集場所採集喔。」

「克拉麗莎，妳得等到星結儀式結束後才能一起去喔。我很期待妳與戴肯弗爾格交涉時會有怎樣的表現呢，請好好加油。」

「我一定不負所望。」

除了克拉麗莎與哈特姆特，近侍們都非常努力工作，所以我有意要準備獎勵送給他們，但該送什麼好呢？

……義大利餐廳接下來會很忙碌，再加上近侍人數變多了，要帶所有人過去恐怕會給餐廳造成困擾，而且是不是該送實體的禮物呢？

晚餐席間，氣氛與在場全是學生時截然不同，眼看酒理所當然地出現在餐桌上，這讓我感到十分新奇。而且大概是因為一同用餐的還有領主夫婦，談話內容也比較嚴肅。文官與侍從已經接到了聚餐與茶會的邀請，熱烈地討論著哪個領地要安排在哪一天、要準備哪些餐點與點心。感覺跟貴族院的茶會還有領地對抗戰的事前討論很像。在旁邊觀察大人們的討論後，可以感受到領地對抗戰確實是領主會議的預演。

我一邊吃著晚餐，一邊看著在我一年級時就讀最高年級的人們，認真地提出自己的看法與建議。

用完餐回到房間，我在奧黛麗的協助下洗了澡，並請她報告向艾薇拉送去《斐妮思緹娜傳》第三集時的情形。聽說艾薇拉高興得不得了。

「我想戴肯弗爾格的漢娜蘿蕾大人一定也非常期待。因為她曾說過，居然斷在這種地方，太過分了。」

現在她肯定在看完《斐妮思緹娜傳》第二集後，為「竟然還有下一集」大受打擊。

「希望到地下書庫的時候可以借給她……」

「雖然前往地下書庫是奉王族之命，但羅潔梅茵大人還有其他能夠期待的事情，真是太好了呢。」

不管是主持星結儀式還是前往地下書庫，這些都是王族的命令。原本還未成年的我其實不應該出現在這裡，奧黛麗說她非常擔心我會不會緊張到暈倒。

「但話說回來，來到貴族院以後陪著我的人居然是奧黛麗，而不是黎希達，感覺好奇妙呢。」

「是呀。可是，那冬天該怎麼辦呢？我家裡還有事情要顧，要由莉瑟蕾塔陪您前來嗎？要是哈特姆特也和哥哥們一樣，與克拉麗莎結婚後一起在新家生活，我多少也能空出時間……」

奧黛麗有丈夫和孩子，現在又肩負要陪克拉麗莎去城堡的重責大任。這次的領主會議是因為他們全家人都參加了，所以家裡沒人也沒關係，但以她目前的情況，之後若要求她長期在外出差多半不方便吧。

「今年還有就讀最高年級的布倫希爾德在，所以陪我來貴族院的成年侍從要指定莉瑟蕾塔是沒問題，但問題在於明年呢。到時候上級貴族將只有貝兒朵黛一個人，若再指定莉瑟蕾塔，會讓人有些擔心。」

貝兒朵黛還是低年級生，若讓她負責與王族以及上位領地交涉，負擔鐵定太大，而有些事情身為中級貴族的莉瑟蕾塔又無法代勞。

「看來至少得再招攬一名已成年的上級侍從呢……雖然這恐怕不太容易。」

肅清過後貴族人數本就有所減少，萊瑟岡古的貴族們又都去即將成為奧伯第二夫人的布倫希爾德身邊當近侍了。想要找到已成年的上級侍從並不簡單。

……改天再找養母大人或母親大人商量吧。

隔天用完早餐，我再次沐浴淨身，然後換上神殿長的儀式服。奧黛麗與莉瑟蕾塔為我別上配件的時候，穿好青衣巫女儀式服的萊歐諾蕾與安潔莉卡走了進來。

……兩個人未免太漂亮了。比起我，她們應該優先保護自己才對吧？

「呼，羅潔梅茵大人這身打扮真是莊嚴神聖呢。雖然很遺憾不能一起上臺，但我會在會場上，牢牢將您主持儀式時的樣子烙印在眼底！」

我在克拉麗莎熱情的聲援下做好準備，走下樓去。樓層間寬敞的平臺上，身穿青衣神官儀式服的哈特姆特、柯尼留斯與達穆爾正在等我。所有人腰間的皮帶上都掛著回復藥水與魔石，安潔莉卡另外還繫著斯汀略克。哈特姆特懷中則抱有聖典。

「養父大人，那我們先過去了。」

「嗯。切記別對王族做出失禮之舉。」

點頭給予回應後，我們便前往大禮堂。走出宿舍大門，在貴族院中央樓的走廊上邁步移動。窗外的景色竟然不是一片雪白，這讓我感到非常神奇。因為至今出現在我視野裡的貴族院，基本上都是潔白的建築物，外頭更是白雪堆積，印象中總是一片白茫茫。然而，現在卻有溫暖的陽光灑落下來，綠意鮮豔盎然。四處也能看到色彩斑斕的花朵在微風中搖曳。

「原來春天的貴族院這麼色彩繽紛啊。因為以往看到的都是一片雪白，真教我驚訝呢。」

「我也是第一次看到這樣的景色，好漂亮呢。」

我與萊歐諾蕾邊走邊說道。由於即將舉行星結儀式，大禮堂內部變成了和畢業儀式時一樣的設置。只見中央神殿的神官們，正聚集在最裡面的祭壇前為儀式做準備。

「羅潔梅茵大人。」

其中一名神官察覺我們的到來後，往這邊走過來。我對他的五官有印象。是二年級時，曾出席鞀拿斯巴法隆詢問會中央神殿的神官長。在我變出芙琉朵蕾妮之杖的時候，記得他的眼神很恐怖，但名字我忘記了。

「本日將由我伊馬內利擔任神官長一職。竟然有幸親眼見到艾倫菲斯特的聖女舉行儀式……」

……啊，沒錯沒錯。就是叫這個名字。

那雙灰眸就和之前一樣，綻放著奇妙的光芒。看不出是否對焦了的雙眼帶有古怪的熱意，還是一樣非常恐怖。我忍不住後退一步，抓住碰到的袖子。

「羅潔梅茵大人？」

「……抓錯人了。」

站在我身邊的人是哈特姆特，並不是斐迪南。我立刻放開哈特姆特的袖子，轉向伊馬內利。

「看來祭壇已經準備好了呢。」

「……我們的準備已差不多就緒，但羅潔梅茵大人顯然尚未完成。我並沒有看到暗之披風與光之頭冠。」

但祭壇上有黑暗之神與光之女神的神像，神像上就有著暗之披風與光之頭冠。聽不懂伊馬內利在說什麼的我側過臉龐。

「但我看祭壇上已經準備好了呀？」

「不，我指的並非祭壇上的，而是神殿長所要披戴的。」

「可是艾倫菲斯特舉行星結儀式的時候，神殿長並不會披戴神具喔？」

不管是哪個儀式，神殿長從來不會披戴神具，頂多祈福儀式會拿著聖杯而已。聽了我的回答，伊馬內利重重嘆氣說：「怎會如此。」還緩緩搖了搖頭。

「艾格蘭緹娜大人還說，艾倫菲斯特仍保有著古老的儀式章程，卻連這點準備也沒能做到……羅潔梅茵大人，您的聖典當中並未記載儀式時的情景嗎？」

「至少我從未看過有神殿長要披戴神具的記述。之前養父大人也向我描述過貴族院所舉行的星結儀式，但從沒提到過中央神殿的神殿長會披戴神具喔。」

要是在為亞納索塔瓊斯與艾格蘭緹娜主持星結儀式時，神殿長曾打扮得如此奇特，出發前齊爾維斯特應該會提醒我一聲才對。

「是我們在夏季時發現了一份古老文獻，上頭有著關於古老儀式的紀錄。我還以為能閱覽聖典大半內容的羅潔梅茵大人與我們不同，應該早就知曉此事。看來記述是在羅潔梅茵大人閱覽不到的範圍裡吧。」

……對喔，當時我向他們宣稱自己看不到部分的內容。

「但既然去年的神殿長並未披戴神具，今年也沒必要吧？」

哈特姆特開口這麼反駁後，伊馬內利「哦？」地挑眉。

「各位想必都知道，蒂緹琳朵大人在貴族院參加成年禮時發動了魔法陣吧？從前無論我們如何主張，文獻裡曾寫道有魔法陣能夠選出下任君騰，卻始終沒有人願意採信。然而，如今證明魔法陣是存在的。中央神殿裡的古老文獻說的全是事實。」

一抹熱切在伊馬內利的灰色雙眸裡搖動，他開始訴說中央神殿為儀式所傾注的種種心力。

「為了重現古老儀式，藉由正確地舉行儀式來選出正統君騰，我們一直在研究嘗試。正因如此，此次的儀式我們才會答應特羅克瓦爾大人的要求，同意由擁有能正確舉行儀式力量的艾倫菲斯特聖女來擔任神殿長。倘若您無法舉行古老的儀式，這和原先說好的就不一樣了。」

……嗯～看來王族與中央神殿之間也有很多糾葛呢。

為了讓大家認可席格斯瓦德王子為下任國王，王族希望我給予他祝福；而中央神殿雖然想重現古老的儀式以選出正統君騰，卻沒有足夠的魔力。看來這次是各有所圖的兩方達成了共識，決定由我以神殿長的身分主持儀式。

「請先讓我看看那份文獻。」

「恕難從命。既然羅潔梅茵大人並未將神具帶來，那麼縱使拿給您過目，您也無法如實執行。若要舉行與過往一樣的儀式，由中央神殿的神殿長上臺即可。」

眼看伊馬內利完全無意出示他所謂的古老文獻，還暗示「若不能按照我們的要求舉行儀式，那就滾回去」，哈特姆特瞬間動了一下。

「伊馬內利，我明白你對儀式的堅持了。」

我邊說邊往前站了一步，稍微抬起單手。制止了哈特姆特以後，再對伊馬內利投以微笑。

「既然你說中央神殿的儀式需要暗之披風與光之頭冠，那我們準備就是了。」

「哦？現在才回艾倫菲斯特的神殿去取，來得及舉行儀式嗎？」

面對伊馬內利的嘲諷，我搖了搖頭，在右手上變出思達普。

「不需要回去拿，我自己變出來就可以了……芬斯汶罕。」

我甩開自己變出來的暗之披風披在肩上，扣上扣子以後，原先過大的披風便縮小成了適合我的大小。

伊馬內利正驚愕地瞪大雙眼時，我又變出一個思達普，詠唱完「布勒希克羅涅」後，戴上光之頭冠。

「這樣就能舉行儀式了吧？好了，請讓我看看那份文獻。若要舉行古老的儀式，必須先看過紀錄才行吧。」

伊馬內利帶著我們走到祭壇旁神殿長的待命位置，接著挺起胸膛，向我遞來那份資料。文獻刻在一塊白色石板上，跟圖書館地下書庫裡的白板非常相像。

「這就是那份文獻，不知羅潔梅茵大人有無能力閱讀……」

「沒問題。」

接過白色石板後，我便解除身上的神具。既然拿到文獻了，不需要再披戴神具。

「神具消失了?!」

「現在又用不到，若維持神具在的狀態，只會白白消耗魔力而已。等我確認過文獻的內容後，如果真有需要，到時我再戴上。」

我毫不理會發出驚訝叫嚷的伊馬內利，緊盯著白色石板回答，目光追逐起刻在上頭的文字。明明身邊的人都在準備儀式，卻只有我一個人在閱讀資料，但我身為神殿長，得先了解古老儀式的流程才能舉行儀式嘛。此刻的我必須專心閱讀文獻，這是我身為神殿長的職責。

「唔呵呵、呵呵……」

古文也依時代分成幾種。這塊石板上的古文和地下書庫裡的資料一樣，所以我猜可能是抄寫了地下書庫裡的文獻。因為寫法就和寫有其他儀式的石板一樣。

……話又說回來，原來中央神殿裡有人能看懂古文呢。

王族說過他們無人能看懂古文，結果中央神殿裡卻有人能看懂。真不知道是中央神殿對王族太過反感，覺得沒有必要將此事告訴冒牌君騰；還是王族太過看輕中央神殿，覺得神殿裡不會有人能看懂古文，也或許從一開始就沒問過。總之，要是能與中央神殿合作的話，或許王族也不用這麼辛苦了。

……不過，當自己不惜消耗生命也要努力維持住國家時，中央神殿卻總說自己是「未持有古得里斯海得的假國王」，還說「休想我們協助你」，那當然不可能想要主動靠近吧。

但撇開王族與神殿的關係不說，確實如同伊馬內利所言，這片石板上的內容是關於星結儀式。簡明扼要的儀式流程基本上就和我知道的差不多，差別只在於要披戴光之頭冠與暗之披風。就連禱詞也一樣。由於文字量只有一片石板，我沒花多久時間就看完了。

……不過，真奇怪。在艾倫菲斯特，星結儀式是在晚上舉行呢。

根據我所學到的，星結儀式源自於神話中，黑暗之神為結為連理的生命之神與土之女神獻上祝福，所以都是在容易取得黑暗之神加護的晚上舉行儀式。時至今日，艾倫菲斯特也都是在晚上舉行。

但是，今天我卻是在用完早餐後立即來到大禮堂。由此可知領主會議上舉行的星結儀式，是從第三鐘開始。但明明是王族的星結儀式，不在晚上舉行沒關係嗎？腦海裡浮現這樣的疑惑，可是白色石板上也沒有提到儀式該在何時舉行。

「羅潔梅茵大人，怎麼了嗎？」

萊歐諾蕾低頭往我看來。我搖了搖頭，回說：「儀式的流程與禱詞都一樣，差別只在於神殿長要披戴神具而已。」然後我將石板還給伊馬內利。

……唉，算了。反正只要照著石板上的內容舉行儀式，就能讓中央神殿滿意；而我只要給予席格斯瓦德王子祝福，也就算是完成了王族的委託。

這時所有領地的領主們都已經準備好了要出席儀式，怎麼想都不可能臨時更改儀式的時間。說了也是白說吧。

「總之，先向王族報告現在的情況吧。」
看完文獻心滿意足的我，向亞納索塔瓊斯送去奧多南茲，告訴他中央神殿想要重現古老儀式，還因此要求我提供協助。
「文獻本身似乎不假。請問要重現古老的儀式嗎？而且對方說了，若要舉行和往年一樣的儀式，那這次的星結儀式還是交給中央神殿長即可，不知您如何決斷？」
要求我在儀式上給予祝福的人是王族。那究竟要舉行怎樣的儀式、由誰負責神殿長的工作，我希望王族與中央神殿能自己討論過後做決定。畢竟我本來就不想在儀式上擔任神殿長，現在又已經看完文獻了，可以說是了無遺憾。真要說的話，其實我只想回去，才不想被捲進王族與中央神殿的無謂紛爭裡。
「妳在原地待命。我馬上過去。」
真遺憾，居然不是跟我說「那妳就先回去吧」。後來，只見伊馬內利與哈特姆特在討論儀式時的動線。兩人不光確認了儀式流程，也在爭奪儀式上的神官長一職。哈特姆特不斷來向我確認哪個環節需要協助，伊馬內利則主張神殿長的工作已經讓給我們了，神官長一職應該要交給中央神殿的人。
「羅潔梅茵，妳在這裡嗎？」
「亞納索塔瓊斯王子，別來無恙。」
道完寒暄後，我請伊馬內利與亞納索塔瓊斯自己決定要如何舉行儀式。
……由於會被罵說太不敬了，所以我不會真的說出來，但明明是王族把局外人的我捲進來、要我當神殿長，他們對中央神殿下的命令也太不嚴謹了吧。

一直以來，在貴族院主持儀式的都是中央神殿的神殿長，眼看工作被他領的神殿長搶走，他們心裡肯定不是滋味。剛才也是沒有先討論，更沒有提前通知我一聲，就在當天突然找碴，說我沒有披戴神具。既然是亞納索塔瓊斯希望我能給予祝福，那他應該要在現場監督中央神殿的人，或是負責坐鎮指揮吧。

……不過，這也代表中央神殿有多麼不把王族的話放在心上吧。

「那麼，要舉行古老的儀式嗎？」

「……嗯。跟蒂緹琳朵那時的突發狀況比起來，至少這次我們已能作好心理準備。因為有妳在，不可能什麼事也沒發生。」

這種話真是太失禮了。若真不想發生任何突發狀況的話，為什麼還要叫我來擔任神殿長呢？亞納索塔瓊斯還記得這是他自己下的命令嗎？

「那麼，羅潔梅茵。若披戴神具舉行儀式，究竟會發生什麼事？」

「我不知道。」

「妳不是說妳看了文獻資料嗎？」

亞納索塔瓊斯猛地瞪圓雙眼。但文獻上只簡明扼要地寫著儀式流程，並沒有提到儀式會有什麼結果，所以我怎麼可能知道呢。

「……總之，我可以肯定那份文獻確實是關於星結儀式，所以男女雙方要結婚是沒問題的喔。」

聽完我的說明，亞納索塔瓊斯沉吟了老半天，最終死心似地看著我說：

「儀式能照常完成就好。算算時間，奧伯們也要過來了……王族會在他們之後才進場。我得先回去，妳就留在這裡待命，不要隨便走動。」

亞納索塔瓊斯轉身揚長而去。目送他離開後，我看著各領的奧伯開始陸陸續續進場。靠著披風的顏色，就能知道進來的是哪個領地。這幕光景與貴族院的成年禮十分相似，差別只在於入場的是大人而不是學生。

噹啷、噹啷……第三鐘的鐘聲響起。不過，好像還沒有所有人都進來。現在比起鐘聲響起之前，人們走進來的腳步都有些加快。確認所有領地的出席者都到了以後，神官長伊馬內利站到祭壇前，揮下繫有大量鈴鐺的魔導具。

隨著鈴鐺聲響，大門打開，王族開始進場。君騰與他的第一夫人，以及亞納索塔瓊斯與艾格蘭緹娜都走了進來，移動到位置上就坐。發現第二夫人與第三夫人並未出席，我正感到納悶時，忽然想起領主會議也都只由奧伯與第一夫人出席。

第二次的鈴聲響起，代表我該出場了。我站起來，往祭壇前移動。我要擔任神殿長一事，想必並未向所有領地告知吧。大禮堂內響起驚訝與困惑交雜的嘈雜聲浪。我無視場內的喧譁，一邊小心不要跌倒，一邊盡量加快腳步。身邊是捧著聖典的哈特姆特，穿著藍色儀式服的護衛騎士們則圍在我四周。

想想艾倫菲斯特的儀式，就能知道其實神殿長本該一個人進場，但此刻我之所以被青衣神官們團團包圍，是因為哈特姆特極力堅持。

哈特姆特對中央神殿非常警戒。儘管中央神殿的人主張神殿長應該獨自進場，哈特姆特還是面帶微笑，態度強硬地表示：「羅潔梅茵大人是領主一族，與他領的神殿長不同。」他甚至一臉嚴肅地向護衛騎士們吩咐：「你們最重要的任務，就是別讓他們靠近羅潔梅茵大人半步。他們要是未經許可就想觸碰羅潔梅茵大人，砍了他們的手臂也無所謂。」

……砍掉人家的手臂未免太過火了，但由於伊馬內利的眼神太恐怖，所以我還是非常感激大家能守在我身邊。

一站到祭壇前，哈特姆特便將聖典遞給我。萊歐諾蕾幫我把衣襬拉好，接著站到旁邊待命。眼看我已做好準備，伊馬內利一瞬間瞇起雙眼，然後很快地輕輕擺手。意思是要我戴上神具。

但是，哈特姆特很清楚維持神具有多麼消耗魔力，所以他無視伊馬內利的暗示，示意他「快點開始吧」。「先戴上神具」、「快開始」——兩人一來一往了好幾次，直到大禮堂內的貴族們都發出疑惑：「還不開始嗎？」伊馬內利這才妥協。

「星結儀式正式開始。新郎新娘請入場！」

最先入場的是王族席格斯瓦德與阿道芬妮，接著是其他領地的五對新人。貴族們的掌聲與歡呼聲在大禮堂內哄然響起，大家紛紛獻上祝福，氣氛充滿歡欣。

……好想給予斐迪南大人祝福喔。

由於成婚的時間延期了，想當然耳新人當中並沒有斐迪南的身影。畢竟王族委託我擔任神殿長，是為了讓我給予席格斯瓦德祝福，所以今後的星結儀式多半不會再叫我來幫忙，而未成年的我也還不能參加領主會議。就這麼錯失了能為斐迪南獻上祝福的絕佳機會，我忍不住在心裡大表不滿。

……要是奧伯．亞倫斯伯罕能至少活到今天就好了。

這樣一來，斐迪南就能正式成為蒂緹琳朵的配偶，可以擁有秘密房間，我也能順便給予他大量的祝福。屆時就不會這麼擔心他了吧。

……時機真是太不湊巧了。

險些嘆氣的我，忽然意識到自己現在的表情不該出現在婚禮這種喜慶的場合上，連忙擠出笑容。席格斯瓦德與阿道芬妮上臺後，我與兩人的目光相接，便抱著祝福的心情微微一笑。

接著我用鑰匙打開閱覽桌上的聖典，翻開書頁。某處似乎傳來了傅萊芮默的「天呀！」大叫聲，但隨後我沒再聽到任何聲音，於是開始舉行儀式。

眼角餘光中，伊馬內利一直橫眉豎目地暗示我「快戴上神具」。但講述神話的時候還得使用擴音魔導具，根本不用急著現在戴上。

……明明都說了必要的時候我就會戴上，他還真是急性子耶。

我無視伊馬內利的暗示，使用擴音魔導具開始講述神話。是聖典裡頭有關黑暗之神與光之女神的神話。故事裡提到，生命之神前來求婚後，黑暗之神便同意了祂與土之女神的婚事。在我講述神話的時候，哈特姆特與柯尼留斯則準備著儀式上要簽名的契約書，以及簽名時用的魔導具筆。

「接下來如同神話所述，為新夫婦的誕生賜予祝福吧。」

說完我暫且下臺，躲在護衛騎士們攤開的偌大衣袖後面，戴上暗之披風與光之頭冠。這種時候體型嬌小的我可以完全被掩蓋住，還真是方便。

而披著暗之披風、戴著光之頭冠的我重新上臺後，自然成了眾所矚目的焦點。就只有本來還心浮氣躁，擔心再這樣下去又是過往儀式的伊馬內利，滿意地勾起嘴角，朗聲喚道：

「君騰．特羅克瓦爾的第一王子席格斯瓦德，以及奧伯．多雷凡赫的千金阿道芬妮請上前。」

被叫到的兩人像是恍然回到現實，邁步走到祭壇前。

「雖然亞納索塔瓊斯已經告訴過我，但真的看到妳披戴神具，還是教人吃驚。」

「祭壇上也有同樣的神具，那這邊的神具是艾倫菲斯特的嗎？」

……是我用思達普變出來的。

但我當然不可能老實這麼回答，只是回以微笑，沒有正面回應，並在確認過兩人締結婚姻的意願後遞出契約書。兩人簽完名後，契約書便被金色火焰吞噬。接著其他五對新人也簽好名字，契約書同樣一一消失在了金色火焰中。

「接下來由神殿長為新夫婦的誕生給予祝福。」

伊馬內利朗聲說完，我舉起雙手開始向神祈禱。

「司掌浩浩青空的最高神祇，暗與光的夫婦神啊。」

才剛開始祈禱，披風上的扣子忽然自行解開，隨後披風無聲地從我身上滑落，朝著天花板飛去。由於這時的我正高舉雙手，微仰起頭獻上祈禱，所以清楚地看見暗之披風逐漸變大，延展成了一片夜空。

「請聆聽吾的祈求，為新夫婦的誕生賜予祢的祝福。」

接著換我頭上的光之頭冠往上浮起，綻放璀璨光芒，宛如懸在夜空中的太陽。我彷彿看見了大到像要將整座大禮堂籠罩住的黑暗之神，以及帶來光亮的光之女神。

……啊，是最高神祇。

剎那間我如此心想，心裡沒有一絲懷疑。因此，我向最高神祇獻上祈禱。

「彼等的赤誠真心奉獻予祢，謹獻上祈禱與感謝，懇請賜予祢神聖的守護。」

這時夜空開始往一點集中，頭冠也旋轉起來。下一秒，金黑兩色的光柱倏地往上竄起，其中一部分往外飛出。在貴族院舉行儀式時我已經很習慣看到這樣的畫面了，所以內心相當鎮定。餘下的大半光芒則是互相纏繞重疊，然後迸散開來化作細小的光粒，形成祝福灑落在新郎新娘身上。這部分倒是與在艾倫菲斯特舉行儀式時一樣。

不過，看到這幅光景後我也終於明白，如果在貴族院舉行儀式時要披戴神具使夜空出現，那確實沒有必要非得在晚上舉行。

……結束了。

思達普回到體內的感覺讓我意識到儀式已經結束。對於自己順利地完成了王族所託付的任務，我長長吐了口氣。

「果然在貴族院舉行儀式，驚人程度都會是艾倫菲斯特的好幾倍呢。」

聽見我這句嘀咕的，大概就只有站在我旁邊的哈特姆特吧。他輕笑說道：「神聖程度也是好幾倍喔。」緊接著他捧起閱覽桌上的聖典，朝我伸出手來。

「那趁著眾人還目瞪口呆時退場吧。」

……贊成！

我在哈特姆特的引導下，先進入了大禮堂附近的等候室。再來哈特姆特把聖典交給萊歐諾蕾，並吩咐達穆爾抱起我，要我們盡快返回宿舍。

「羅潔梅茵大人，由於還要收拾整理與應付眾人，請把柯尼留斯借給我。」

「這當然是沒問題……」

「在應付不了的對象出現之前，您最好盡快回宿舍。雖然得繞一段遠路，但還請您從這裡回去。」

隨後哈特姆特急急忙忙地催促我們離開等候室。大概是和護衛騎士們也早就商量好了，只見安潔莉卡走到最前頭率先邁步，手還握著斯汀略克的劍柄，以備隨時可以拔劍。達穆爾則是毫不猶豫地抱起還反應不過來的我，快步跟上；而萊歐諾蕾走在最後面，對我投來安撫的微笑。

「羅潔梅茵大人，這是為了以防萬一。因為哈特姆特對中央神殿的伊馬內利非常警戒，說他是極度危險的狂熱信徒。」

據說伊馬內利一看到我能披戴神具舉行儀式，還能當場閱讀就連王族也看不懂的文獻，眼裡的熱意便越來越瘋狂，整個人的危險程度不斷攀升。

……居然被哈特姆特形容為狂熱信徒……呃，不過，我也看得出來他的眼神確實不對勁，帶來的恐懼也屬於完全不同的類型啦。

「伊馬內利似乎無論如何都想把羅潔梅茵大人招攬到中央神殿去。因為他們雖有辦法透過文獻獲取知識，卻沒有足夠的魔力舉行儀式。聽說他想借用羅潔梅茵大人的魔力，選出真正的君騰。」

據說伊馬內利跑去對哈特姆特說了，現在當務之急就是該讓尤根施密特擁有真正的君騰，所以艾倫菲斯特的神殿應該要協助正在研究古老儀式的中央神殿；快去拜託奧伯．艾倫菲斯特，讓我能前往中央神殿；這一切都是為了選出真正的君騰、為了尤根密特——

對此，哈特姆特則是面帶笑容一口回絕：「我所有行動僅是為了羅潔梅茵大人，而羅潔梅茵大人的心願是留在艾倫菲斯特。」

「無視中央神殿的要求沒關係嗎？」

「是的。若只有神殿的話，要無視自然簡單，但現在就連王族也想得到古得里斯海得、選出真正的君騰。萬一王族與中央神殿的利害關係達成一致，屆時還不知會下達怎樣的命令。這是哈特姆特最擔心的事情。」

艾倫菲斯特根本無法拒絕王族。聽說哈特姆特認為，王族是明知道這一點，卻還一味地對艾倫菲斯特下令。

「雖說羅潔梅茵大人個人與王族有深交，但一般並不會像現在這樣，一而再地接到王族的要求。」

好比今年的領主會議要去地下書庫閱讀文獻，也是王族的命令。原本這段時間未成年者不得進入貴族院，何況也不應該找仍在就讀貴族院的學生幫忙。然而，王族卻不惜打破慣例也要向我下令。

「由於羅潔梅茵大人十分期待前往書庫，所以哈特姆特什麼也沒說吧。但是，明明您現在必須忙著處理神殿事務，還要與商人交涉，王族卻還命令您前來舉行星結儀式，甚至得前往地下書庫翻譯古老文獻，哈特姆特對此似乎深感不安。儘管面對命令只能照做，但與幫王族的忙相比，留在艾倫菲斯特填補空缺更重要嘛。」

萊歐諾蕾露出傷腦筋的苦笑說道。

「……說得也是呢。」

與其來幫王族的忙，不如留在城堡幫忙處理公務，對艾倫菲斯特更有益處——聽到這樣的話，萬般期待要去地下書庫的我不禁有些內疚。

「啊，呃……」

大概是想調節變得有些沉重的氣氛，達穆爾的目光游移了一陣子後，接著他忽然露出笑容說：「羅潔梅茵大人變重了呢。」結果沉重的氣氛不僅沒消失，反而一口氣降到冰點。其實我也知道他的意思類似於「妳長大了呢」、「妳變高了」，但被人當面說「妳變重了」，就好像胸口被刺了一刀。

「請、請放我下來。」

「不行，羅潔梅茵大人……達穆爾，你就是因為老對女性說這種話，才會被討厭的吧？」

萊歐諾蕾出聲譴責後，達穆爾驚慌失措地看了看我，再看看她。

「咦？我只是很高興羅潔梅茵大人有所成長……」

「我們知道你想表達的意思，也明白你是想緩和氣氛，但當著女孩子的面說她變重了，簡直是最糟糕的一種方式喔。」

「……是我失禮了。」

多虧了有些消沉的達穆爾，氣氛稍微緩和下來。一行人輕笑著彎過轉角時，安潔莉卡冷不防停下腳步。只見伊馬內利與幾名神官正站在走廊上，擋住我們的去路。達穆爾抱著我的手臂忽然用力收緊。

「哎呀，羅潔梅茵大人，您怎麼如此著急離開呢。今日有幸請您舉行古老的儀式，我還未能向您表達謝意……」

「是啊。因為魔力消耗過多，我身體有些不舒服，現在正要回宿舍。讓你看見這副模樣，真是見笑了。」

我一邊說明為什麼被達穆爾抱在手臂上，一邊思考著有沒有辦法以溫和的手段突破包圍。

「羅潔梅茵大人，中央神殿裡還有許多古老文獻。我誠摯希望您有機會能來中央神殿一趟，看看那些文獻。」

瞬間我動了一下，達穆爾立刻收緊手臂制止。

「王族一再堅稱，中央神殿裡的文獻全是造假，怎麼也不肯相信我們說的話。希望羅潔梅茵大人能在看過文獻以後，告訴王族中央神殿字字屬實。」

「抱歉。我現在身體很不舒服，無法思考這些事情。再者，這種要求還請向奧伯・艾倫菲斯特提出。」

該說的話我都說完了，便以眼神示意安潔莉卡繼續前進。安潔莉卡點了點頭，往前邁開步伐。

「不如來這裡休息一會兒如何？」

伊馬內利才剛伸出手，安潔莉卡立即拔出斯汀略克。

「你敢碰羅潔梅茵大人一根寒毛，我就砍了你的手臂。」

伊馬內利用力吞嚥口水。他八成沒想到穿著青衣巫女服的安潔莉卡竟是我的護衛騎士，還持有武器吧。伊馬內利吃驚地瞪大雙眼時，達穆爾便遵循萊歐諾蕾的引導，抱著我從他身邊快步走過。

直到我們離得夠遠為止，安潔莉卡都舉著斯汀略克，牽制伊馬內利一行人。

在地下書庫的作業

「回過神時你們就不見了，什麼也不知道的我們可是冷汗直流。」

由於從頭至尾沒接到任何通知，齊爾維斯特說他們在面對周遭他領貴族的接連追問時，全嚇得臉色鐵青。因此他們只能暫且回道：「此次是王族的委託，想了解詳情還請詢問王族。」然後全員有志一同地火速趕回宿舍。

而此刻的我在接到齊爾維斯特的傳喚後，正置身在多功能交誼廳裡，被前來參加領主會議的所有人團團包圍。由於圍著我的都是大人，壓迫感非常強烈。跟早已習慣有怪事發生，也習慣我會接到王族召見的學生們相比，大人們顯然完全無法適應，表情一個個都非常緊繃，因此看來更是恐怖。

「本來我們應該留在會場，蒐集下午會議所需的情報、敲定哪一天要舉行茶會或聚餐，但現在根本顧不了這麼多。妳給我好好說明。」

用完午餐以後，真不想去參加下午的會議——齊爾維斯特搖頭嘆道。

「剛才那個儀式，似乎是中央神殿發現的古老文獻上記載的古老儀式。好像是因為中央神殿的神殿長沒有足夠的魔力能重現儀式，才會向我提出要求。至於要不要重現古老儀式，是由王族決定的。」

說明時，我不忘提及儀式開始前遭受到的無禮對待，也強調自己向亞納索塔瓊斯確認過了。其實我本來就算把儀式交還給中央神殿的神殿長主持也無所謂，是亞納索塔瓊斯決定重現古老儀式。

「這次的事情是亞納索塔瓊斯王子接受了中央神殿的要求，然後委託我舉行古老儀式，所以如果還有不滿或疑問，請向王族提出。況且文獻上只記載了儀式的流程而已，我也是在實際舉行了儀式以後，才知道會有那樣的結果。」

「所以妳是在不知情的情況下舉行儀式嗎?!」

齊爾維斯特與芙蘿洛翠亞都一臉驚訝，我點了點頭。

「是的。就算看過文獻，但誰也不曉得儀式上會發生什麼事。即便如此，王族仍是決定重現。所以他領若有疑問，推給王族就好了。」

是王族把這麼麻煩的委託丟給我們，所以交給他們去應付就好。反正王族與中央神殿也給不了明確的答案，那只是被捲進來的艾倫菲斯特更不需要努力去應對。

「儀式的本質，其實就和戴肯弗爾格在領地對抗戰上立起了光柱一樣。從前的儀式都是使用神具、向神奉獻魔力，所以才會出現不同以往的景象。單純只是這樣。」

大概是想起了戴肯弗爾格在領地對抗戰上示範的儀式，齊爾維斯特的表情已經稍微可以理解。

「……反倒是中央神殿的人說他們想藉由重現古老儀式選出真正的君騰，這件事更讓我在意。」

我提起這件事後，哈特姆特往前一步。

「請一定要小心中央神殿。伊馬內利這個男人完全不理會旁人說的話。為達目的，他採取行動時肯定會不擇手段吧。貴族的常識在他身上並不管用。」

儀式期間哈特姆特一直提防著他，這時候更神情嚴肅地出言提醒。尤其是伊馬內利竟然猜到了我們會繞哪條遠路，讓哈特姆特對他更是警戒。

「伊馬內利的目標，是擁有能重現神殿古老儀式魔力的羅潔梅茵大人。選出正統君騰或許確實是必要之事，但這是王族與中央神殿的工作，不應該託付給艾倫菲斯特的領主候補生。」

如果剛好還有餘力也就算了，但如今斐迪南去了亞倫斯伯罕，肅清的善後工作也還沒結束，艾倫菲斯特不管是魔力還是人手都極度缺乏，承擔不起這樣的工作。

「萬一有了能說服他領的正當理由，中央神殿與王族很可能將羅潔梅茵大人搶走。若想優先保障羅潔梅茵大人的安全，必要時請考慮回絕前往圖書館幫忙一事。」

哈特姆特向齊爾維斯特這麼進言。周遭的大人們頓時議論紛紛：「我們能拒絕王族的要求嗎?!」、「這般無禮的事情……」齊爾維斯特則是好一會兒閉上眼睛思考。

「由我們主動回絕王族的請託固然教人惶恐，但倘若真有必要，我會提出斐迪南已被搶走一事表達抗議。」

「感謝奧伯。」

「羅潔梅茵大人，您剛才真是太耀眼奪目了！」

開始用午餐後，克拉麗莎充滿陶醉的話聲立即響起。身為艾倫菲斯特的一分子，當時克拉麗莎也在大禮堂內觀看星結儀式，她說自己感動得無以復加。

「在青衣神官們的包圍下，羅潔梅茵大人緩步行進的模樣也是優雅又脫俗，再加上只有您一個人身穿白色儀式服，眾人的目光自然而然都集中在您身上……」

「克拉麗莎，妳冷靜一點。入場時穿著青衣的護衛騎士們包圍住了羅潔梅茵大人，根本看不見她的身影吧？」

奧黛麗開口反駁後，克拉麗莎仍沒有住口的打算。

「奧黛麗大人，您在說什麼啊?!您竟然沒看見羅潔梅茵大人那神聖莊嚴的身姿與充滿慈愛的容顏嗎？……真是教我吃驚。」

……連表情也自己想像出來的克拉麗莎才教我吃驚喔。

「看到哈特姆特牽著羅潔梅茵大人的手上臺，我的內心就彷彿埃法茲奈德正披散著一頭亂髮，大力甩開披風一樣。但當然，這樣的心情並沒有持續太久。因為羅潔梅茵大人馬上用那高亢又清澈，明顯得到了裘朵季爾寵愛的甜美嗓音，開始向最高神祇訴說她的請求。」

……克拉麗莎，抱歉。我聽得懂妳好像在稱讚我，但內容完全無法理解。埃法茲奈德披散著一頭亂髮很重要嗎？還是埃法茲奈德的披風有特殊意義？

如果是文章的話，我還能透過前後文或是確認每個字的意思去理解涵義，但克拉麗莎如此滔滔不絕，我一時間根本聽不懂。我還在解讀的時候，她又引用了其他神祇來比喻，我的腦袋更是陷入一團混亂。

……奧黛麗，快救救我啊。

我轉頭看向奧黛麗，但她似乎已經放棄要讓克拉麗莎冷靜下來，重新繼續用餐。

甚至未婚夫哈特姆特也在旁邊點頭附和，講述他在祭壇上看見的情景，使得克拉麗莎更是興奮。

「嗯，我非常能明白妳的心情。面對宛如梅斯緹歐若拉化身的羅潔梅茵大人，我也感到最高神祇回應了她的呼喚。暗之披風向上飛起形成夜空的時候，那幕神聖的光景簡直難以筆墨形容，美麗得就連格拉瑪拉圖亞也不知該如何形容才好吧。」

「對，就是說呀。星光點點的夜空引人聯想到了黑暗之神的寬廣胸襟，這時光之女神……」

……我完全聽不懂。反正他們已經沉浸在自己的世界裡了，就別管他們吧。

兩個人居然可以自己討論得這麼熱烈，由此可知這對未婚夫妻還真是氣味相投。我不再理會熱烈討論的克拉麗莎與哈特姆特，看向當時應該也來到大禮堂觀禮的莉瑟蕾塔。

「莉瑟蕾塔，妳也去觀看儀式了吧？只要是在貴族院舉行儀式，每次的結果都很驚人對吧？」

因為莉瑟蕾塔曾以學生的身分和我一起在貴族院行動過，我便向她尋求同意。然而，莉瑟蕾塔卻露出了為難的苦笑。

「……羅潔梅茵大人，只以驚人來形容似乎有些……那幕光景至少該形容為如夢似幻，或是充滿神秘氣息才對。因為真的美得令人屏息。」

「我能理解妳所說的充滿神秘氣息，因為我好像真的感受到了最高神祇的降臨。」

我說明了自己獻上祈禱時的感受後，克拉麗莎的一雙藍眼閃閃發亮，無比感動似地看著我。

「真不愧是羅潔梅茵大人！居然能與神祇對話。」

「我並沒有這麼說……對了，克拉麗莎。有關儀式的感想，妳等一下再與哈特姆特一起討論吧。現在請專心享用美食。妳那麼激動地高談闊論，再怎麼美味的食物也吃不出來吧。」

由於領主會議剛剛開始，為了提振大家的士氣，也順便試吃餐會所提供的餐點，所以今天的午餐十分豪華。原本克拉麗莎的喋喋不休我還能微笑以對，但漸漸地只覺得是噪音，便委婉地拜託她「安靜一點」。

「沒問題的。一邊聊著有關羅潔梅茵大人的事情一邊用餐，不管是什麼我都能吃得津津有味。」

「那換掉妳一個人的菜色吧？」

「實在非常抱歉，我會安靜用餐。」

克拉麗莎閉上嘴巴後，看得出來周遭眾人都鬆了口氣。以前戴肯弗爾格到底是怎麼應付克拉麗莎的呢？我真是非常好奇。

下午的會議上，面對他領的追問，大家似乎成功地用以下三種回答避重就輕帶過了：「是王族委託我們重現古老儀式。」、「其實這就和戴肯弗爾格在領地對抗戰上立起了光柱一樣。」、「若想知道更多，請去詢問王族。」此外，聽說今年想與我們聚餐的領地比去年要多，大家也說了會想辦法消化。

「那麼，哈特姆特、克拉麗莎，你們身為文官，上場好好表現一番吧。」

「遵命。」

隔天，第三鐘響後我便目送大人們離開宿舍。接著好一段時間，都先待在房裡看書。因為要等到所有人都移動完畢，我再前往圖書館。

「既然漢娜蘿蕾大人也會出現，把《斐妮思緹娜傳》第三集帶過去吧。」

莉瑟蕾塔與奧黛麗在做準備的時候，護衛騎士們則是討論工作的分配。

「能夠進到地下的只有上級騎士，所以由我和萊歐諾蕾跟著去地下書庫。達穆爾、安潔莉卡，麻煩你們在圖書館外把守。」

「一旦發現可疑人物，請立即通知我們。要是不至少移動到閉架書庫，根本逃不了也躲不了……再者，萬一在圖書館內打起來，真不知道羅潔梅茵大人的情緒會失控到什麼程度。」

柯尼留斯與萊歐諾蕾接連下指示後，達穆爾與安潔莉卡都點點頭。

「與其從早到晚都待在圖書館裡頭，待在外面我更開心。」

安潔莉卡高興地這麼表示，正好索蘭芝捎來了奧多南茲。她說漢娜蘿蕾已經到了。

「那我們去圖書館吧。」

於是，我帶著四名護衛騎士與兩名侍從前往圖書館。

「公主殿下，來了。」

「公主殿下，魔力。」

休華茲與懷斯出來迎接後，我摸了摸額頭的魔石為他們供給魔力。一看到休華茲與懷斯，莉瑟蕾塔立刻揚起笑容，奧黛麗則是睜圓雙眼。大概是就算聽說過了，親眼看到圖書館內的魔導具稱呼我為「公主殿下」，還是覺得很神奇吧。

「羅潔梅茵大人，恭候您的大駕。其他幾位正在辦公室裡等您。由於今日人數眾多，陪您進入辦公室的近侍還請最多三人。」

索蘭芝告訴我們，漢娜蘿蕾已經到了，另外王族也來了。那麼辦公室裡肯定站了一大票人吧。於是安潔莉卡與達穆爾照著討論好的走到外頭去，莉瑟蕾塔則微笑道：「那麼我去準備茶水。」然後移動腳步離開。我則帶著奧黛麗、柯尼留斯與萊歐諾蕾，進入辦公室。

辦公室裡，有亞納索塔瓊斯、艾格蘭緹娜、錫爾布蘭德、漢娜蘿蕾與一名我素未謀面的女性。她盤起的頭髮有著與錫爾布蘭德十分相似的髮色，眼瞳則比漢娜蘿蕾要更紅豔，鮮明地展現出其好勝又頑強不屈的性格。年紀應該是二十五歲上下。

「羅潔梅茵，昨天的儀式果不其然又是出乎預料，但效果比預期中還要好。」

……在講什麼我完全聽不懂。

雖然我聽不懂亞納索塔瓊斯在說什麼，但他似乎對結果十分滿意，所以我沒有多加理會，而是用眼神示意他介紹一下我從未見過的女性。

「……啊，這位是父王的第三夫人，也是錫爾布蘭德的母親瑪格達莉娜大人。她因為是戴肯弗爾格出身，精通古文，願意一起幫忙翻譯古老文獻。」

聽完亞納索塔瓊斯的介紹，我走到瑪格達莉娜面前，跪下來向她問好。

「我是艾倫菲斯特的領主候補生羅潔梅茵。幸得水之女神芙琉朵蕾妮的清澄指引結此良緣，願能為您獻上祝福。」

「准許妳……王子們告訴過我許多有關妳的事情唷。真高興終於能見到妳。領主會議這段時間麻煩妳多幫忙了。」

道完寒暄以後，接著便開始移動。我們要經由閉架書庫前往地下。走在最前頭的是上級圖書館員歐丹西雅，接著是一蹦一跳的休華茲與懷斯。這種時候也是依照身分高低。王族們向在閱覽室裡等候的近侍們知會一聲後，走下樓去。我一邊看著，一邊等著輪到自己。

「雖然早就聽說過了，但沒想到圖書館內真有這種地方。」

柯尼留斯是第一次進來地下書庫，走下階梯時表情有些肅穆。我還聽見他小聲說：「萊歐諾蕾說得沒錯，萬一遇到敵襲，根本無路可逃。」

接著，我、漢娜蘿蕾與歐丹西雅三人放上鑰匙，帶有金屬質感的牆壁隨即竄起魔力紅線，串聯成精密複雜的圖案後，牆壁「嘰嘰」地分作三片門扉開始旋轉。變得透明的牆壁後方於是出現了地下書庫，這幕光景每一次看都讓我心跳加速。

同樣地，這次也是休華茲先起腳走進書庫，懷斯則在出入口前待命。由於近侍無法進去，我身為身分最低的人，必須先進去確認沒有危險。於是我接過奧黛麗遞來的紙張和墨水抱在懷中，穿過透明牆壁。

「公主殿下，祈禱不夠。」

每次進來，休華茲都會這麼跟我說。「我以後會繼續加油。」我一邊回應，一邊把紙張和墨水放在桌上。

「漢娜蘿蕾，屬性不夠、祈禱不夠。」

同樣的話漢娜蘿蕾也聽過好幾次了吧。她沒有理會，開始準備文具。

「哎呀，錫爾布蘭德王子？」

正心想著接下來換誰，就看見錫爾布蘭德一臉緊張，朝著透明的牆壁伸出手來。曾被彈開過的手這次順利地穿過牆壁，然後錫爾布蘭德整個人進入書庫。

「錫爾布蘭德，屬性不夠、祈禱不夠。」

「……我進來了。」

錫爾布蘭德似乎沒聽見休華茲說的話，又驚又喜地注視著自己的雙手，再轉頭看向接著進來的母親瑪格達莉娜。

「母親大人，我進來了！」

「錫爾布蘭德，太好了呢。這都是你努力的成果唷。」

「瑪格達莉娜，屬性不夠、祈禱不夠。」

原來錫爾布蘭德向國王提出了請求，說他想要增加魔力，讓自己多少能幫上忙。於是他習得了王族的魔力壓縮法，瑪格達莉娜也教會他戴肯弗爾格的魔力壓縮法，之後他就一直努力增加魔力。

「我也學了點古文喔……因為這樣至少可以幫忙抄寫。」

中央內部雖然也有人看得懂古文，但無法進到這裡來。所以他說自己會負責抄寫書庫裡的資料，再交給那些人翻譯成現代語。

「為了進來這裡，我也在特羅克瓦爾大人的請託下，重新複習了許久沒碰的古文呢。」

瑪格達莉娜微笑說道。這時，艾格蘭緹娜與亞納索塔瓊斯也接著進來了。

「艾格蘭緹娜，祈禱不夠。」

「亞納索塔瓊斯，祈禱不夠。」

「嗯，講的話不一樣了。果然是因為重新取得了加護後，屬性就足夠了。那下次王兄進來時，聽到的話也會不一樣吧。」

王族似乎也重新舉行過加護儀式，亞納索塔瓊斯與艾格蘭緹娜都變成了全屬性。

「亞納索塔瓊斯王子，您是藉由重新取得加護，變成了全屬性嗎？」

「是啊。是妳告訴我們，只要在供給魔力時詠唱禱詞就可以了吧？所以現在像是冬天的奉獻等需要供給魔力的時候，我們都一定會向神獻上祈禱，之後我就再取得了四位神祇的加護。」

他說一年之後，他們還會再舉行加護儀式。而艾格蘭緹娜說她這次多取得了兩位神祇的加護。

「哎呀，那艾格蘭緹娜大人也是在重新取得加護後，變成了全屬性吧。不知道畢業那年重新舉行加護儀式的時候，我能不能也再增加更多屬性。」

聽見漢娜蘿蕾這麼說，艾格蘭緹娜以手輕托臉頰，緩緩搖頭道：「我原本就是全屬性喔。」

「增加屬性與加護固然重要，但現在更重要的是抄寫及翻譯這裡的資料。我和艾格蘭緹娜下午還有事，只有上午能一起幫忙，所以趕快開始吧。」
在亞納索塔瓊斯的一聲令下，我們拿來白色石板，認真地開始作業。瑪格達莉娜、漢娜蘿蕾與我是直接著手翻譯；亞納索塔瓊斯、艾格蘭緹娜與錫爾布蘭德因為才剛開始學習古文，若要翻譯會太花時間，所以是把資料抄寫下來。
中途我們各自找時間休息，靜默無聲地一路工作到了第四鐘。
「那我們先回去了。雖然辛苦，但下午就繼續麻煩各位。」
亞納索塔瓊斯與艾格蘭緹娜帶著近侍們離開了。我與漢娜蘿蕾則要在地下書庫前面的休息區用午餐。這是為了不讓人看到領主會議期間，還未成年的我們居然出現在貴族院內。因為若讓人知道王族竟然使喚他領還未成年的學生，傳出去似乎不太好聽。原本打算先回離宮的瑪格達莉娜與錫爾布蘭德，也決定留在書庫一起用午餐。侍從們都在進行準備。
「從這裡回離宮還有一大段距離，況且我身為第三夫人，領主會議期間若被人看見在貴族院內走動也不好。請容我留在這裡和妳們一起用午餐吧。」
瑪格達莉娜邊說邊拿起餐具。她說自己為了擁戴第一夫人，至今一直刻意不在公開場合露面。因為一旦露面，很容易會催化出新的勢力，主張應該要由戴肯弗爾格出身的瑪格達莉娜成為第一夫人才對。
……君騰的第一夫人我記得是格里森邁亞出身吧？確實很可能會有人跳出來說，比起排名第四的中領地，戴肯弗爾格出身的瑪格達莉娜更適合成為第一夫人呢。

她說自己平常都不見蹤影，也不出席領主會議，萬一偏偏今年在貴族院內移動時被人看見了，可能會引來第三夫人在暗地裡有所行動的揣測，或是懷疑她把情報洩露給戴肯弗爾格。難以預料流言會發展到何種程度。

「這個季節，若能在戶外用餐肯定會很舒爽宜人吧，只可惜恐怕是沒辦法。像流言這種無形的敵人實在非常棘手。羅潔梅茵大人與漢娜蘿蕾大人也要小心唷。」

「感謝您的忠告。」

「不說這個了，我想問問羅潔梅茵大人有關昨天的儀式呢。因為我並未去大禮堂，沒能親眼目睹據說非常壯觀的儀式。」

瑪格達莉娜提起這件事後，還未成年的錫爾布蘭德與漢娜蘿蕾也用力點頭：「我們也想聽。」兩人閃閃發亮的雙眼十分相像。

「我也好想親眼看看呢。父王告訴我們，大禮堂內出現了夜空、立起了光柱，那幅景象非常夢幻又神秘。」

錫爾布蘭德說完，漢娜蘿蕾呵呵笑道：

「我可是非常期待哥哥大人完成畫作呢。當時的景象似乎非常美麗，讓他無論如何都想畫下來。母親大人還斥責他說，要畫也等領主會議結束後再說。」

「據說得到羅潔梅茵大人的祝福以後，即便只有短短幾秒鐘，但席格斯瓦德王子與阿道芬妮大人站著的舞臺上隱隱浮現了魔法陣吧？因此有人認為，這代表諸神認可了席格斯瓦德王子成為下任國王。」

這我還是頭一次聽說。我大吃一驚，連正要放進嘴裡的一口雞肉掉了也沒發現，愣愣地注視瑪格達莉娜。

「舞臺上浮現了魔法陣嗎？」

「哎呀？戴肯弗爾格的所有人也都是這麼告訴我的喔。羅潔梅茵大人，您沒看見魔法陣嗎？但您當時正站在祭壇上舉行儀式吧？」

漢娜蘿蕾睜大了眼睛這麼問我，我開始回想自己當時的行動。

「因為當時我正抬著頭，在向最高神祇獻上祈禱，完全沒看舞臺。」

「難道艾倫菲斯特也沒有半個人提到魔法陣嗎？」

接著換瑪格達莉娜一臉驚訝地這麼問，我再回想了昨天宿舍裡的情況。至少我什麼也沒聽說。

「那個，因為中央神殿是當天早上才要求我舉行古老儀式，王族又是在儀式快開始前才同意照做，所以艾倫菲斯特對此一無所知。因此午餐席間，大家都是在問我到底做了什麼事情，然後討論他領貴族問起時要如何回答。再加上克拉麗莎與哈特姆特一直……」

「您不說我也明白，他們肯定張口閉口都是羅潔梅茵大人吧？」

正如漢娜蘿蕾所說。聊天時兩人談論的都是關於我的行動，還會一再重複同樣的讚美，連雷柏赫特都忍不住在晚餐前喝斥兩人：「同一件事你們要講到什麼時候？」

「至於晚餐席間，因為從下午開始就不斷收到各領的邀請，大家必須要討論應該如何應對，所以根本沒有人再提到有關儀式的事情。我還是現在才知道原來魔法陣發光了。」

……我明明就在現場，還是舉行儀式的當事人，竟然完全不知道。

倘若浮現出了用以篩選下任君騰候補的魔法陣，就能理解為什麼想要推選正統君騰的中央神殿會那麼拚命地試圖重現古老儀式；也能理解為什麼亞納索塔瓊斯王子剛才會說：「儀式果不其然又是出乎預料，但效果比預期中還要好。」

「今天用晚餐的時候，我再問問養父大人他們。畢竟這件事可不能只說一句『不知道』就帶過去了。」

用完午餐，下午繼續投入工作。我埋頭認真地將資料翻譯成現代語，能像這樣不間斷地閱讀從未看過的文獻，真是教人開心。

「……羅潔梅茵大人！」

這時，肩膀突然被瑪格達莉娜用力搖晃，我恍然回過神來。

「妳的近侍收到了奧多南茲喔。先出去一趟吧。」

我走出書庫後，柯尼留斯先是向瑪格達莉娜道謝，再向我稟報達穆爾在奧多南茲裡告知的消息。

「聽說亞倫斯伯罕的蒂緹琳朵大人來到圖書館了。」

「我記得蒂緹琳朵大人因為在成年禮上讓魔法陣發光，成了下任君騰的候補人選。可能是為了獲取成為君騰所需的知識，打算到這裡來吧。」

聽到萊歐諾蕾這麼說，瑪格達莉娜眨眨眼睛：「但應該幾乎沒有人知道這處地下書庫喔。」

「這倒也未必。因為在斐迪南大人的認知當中，地下書庫只要是王族與符合條件的領主一族都能進來。要是以前王族與領主候補生都能夠進出這裡，那麼就算有人知道這裡也不奇怪。」

我這麼回應後，瑪格達莉娜依然一臉不能釋懷地低喃：「是嗎……」但接著她像是想到了什麼，勾起嘴角微笑。

「對於自稱是下任君騰候補的蒂緹琳朵大人，正好我一直想找機會與她說說話呢。她就交給我來應付，錫爾布蘭德、漢娜蘿蕾大人、羅潔梅茵大人，請你們待在書庫裡繼續工作吧。」

下任君騰候補

我正打算走回書庫，將一切交給可靠的瑪格達莉娜去處理時，漢娜蘿蕾怯生生地叫住她：「那個，瑪格達莉娜大人。」

「漢娜蘿蕾大人，怎麼了嗎？」

「比起留在書庫裡繼續工作，我們是不是應該躲起來，或者別讓蒂緹琳朵大人碰見我們比較好呢？那個，因為還未成年的我們在這裡幫忙一事，最好別讓其他人知道吧？」

漢娜蘿蕾以午餐時聊到的事情為例建議道。瑪格達莉娜想了一會兒。

「畢竟不曉得蒂緹琳朵大人帶了多少護衛過來，又是基於怎樣的目的，本來我認為待在書庫裡是最安全的。不過，漢娜蘿蕾大人說得也有道理呢。」

無論帶了多少騎士，能夠進入書庫的也只有蒂緹琳朵一人。而雖說待在書庫裡面最為安全，但若能從一開始就不被發現，這樣還是最好。

「可是萬一在上樓時迎面碰上，這是最危險的事情……」

萊歐諾蕾這麼提醒後，大家一時間都說不出話來。就在這時有奧多南茲飛進來，停在瑪格達莉娜的手腕上。白鳥開始以索蘭芝的聲音說話，而且似乎是顧忌著旁人，稍微壓低了音量。

「我是索蘭芝。接下來亞倫斯伯罕的蒂緹琳朵大人將在辦公室內辦理登記手續。未成年的人若不想被人看見自己出現在貴族院裡，請先躲到閉架書庫後方。稍後我會協助各位從其他出入口離開。」

索蘭芝知道我們就連午餐也待在這裡吃，所以特地捎來奧多南茲通知我們吧。若能爭取時間躲到外面去的話，這樣當然再好不過。

……本來還以為今天一整天都能待在書庫裡面呢。可惡的蒂緹琳朵大人。

「瑪格達莉娜大人，若您也不想被人看見的話，就一起躲到閉架書庫去吧。」

我向瑪格達莉娜這麼喚道，但她搖了搖頭。

「不了。地下書庫明明開著，若沒有半個人在未免太過不自然。況且，我必須調查蒂緹琳朵大人是何時從何人口中，得知這處書庫的存在。」

瑪格達莉娜說了，就連政變後倖存的王族也都不曉得地下書庫的存在，蒂緹琳朵更不可能知道；況且如果她早就知道的話，應該學生時期就會來圖書館辦理登記。

……確實，如果早就知道的話，卻從沒來圖書館辦理過登記是很奇怪。

「現在這個時間，用完午餐的各領貴族都還在移動。所以就算索蘭芝老師帶著你們離開了圖書館，也千萬不能靠近中央樓。等蒂緹琳朵大人一離開圖書館，我便會捎去奧多南茲通知你們。」

瑪格達莉娜說完，我點一點頭，將自己已翻譯為現代語的資料整理好後交給她，再收好文具用品準備離開。同一時間，柯尼留斯也向離開去整理餐具的侍從們送去奧多南茲，告知目前情況，並要她們在接到指示前先別回圖書館。

「錫爾布蘭德，你要小心別給大家造成困擾唷。我留在這裡與蒂緹琳朵大人說幾句話。」

瑪格達莉娜盈盈微笑道，將錫爾布蘭德託付給護衛騎士們後，催促我們趕快移動到閉架書庫。我們匆匆忙忙走上階梯，連結閉架書庫與地下書庫的門並未上鎖，好讓侍從們可以自由進出，所以我們很順利地來到了閉架書庫。

接著柯尼留斯站到通往閱覽室的門前，一邊確認藏在哪裡不會被看見，一邊下達指示。

「錫爾布蘭德王子，請您躲在最裡面的那排書櫃後方。戴肯弗爾格一行人請躲在前一排書櫃後面。羅潔梅茵大人，您的身體請小心別超過這個書櫃。」

柯尼留斯讓近侍人數較多的漢娜蘿蕾與錫爾布蘭德躲到後面去，我們則是躲到比較前面的書櫃後方。由於閉架書庫裡存放的都是貴重書籍，因此書櫃皆附有背板，只要躲在書櫃後面應該就無法看見我們。

「……還沒來嗎？」

明明已經躲好了，蒂緹琳朵卻還沒出現。可能索蘭芝還在爭取時間，但一動也不能動真是太痛苦了。

「為了方便侍從們進出，閉架書庫的門並未上鎖，所以不知道她們何時會進來，還請您安靜別動。」

……好想看放在這裡的書籍喔～

明明眼前就有從未看過的書籍，我卻站在書櫃前面一本也不能看，還必須靜止不動，這簡直是種折磨。

……那我安靜不出聲的話可以看嗎？應該還是不行吧。其實我也知道。雖然知道，可是好想看喔。

只要說出口就會被臭罵一頓的想法不停在腦海裡打轉，我繼續按捺著等待蒂緹琳朵出現。不久門扉「喀喳」一聲打開，明亮的光芒灑進閉架書庫。

「哎呀，所以蒂緹琳朵大人會來圖書館拜訪，全是因為那封信嗎……？」

索蘭芝溫柔的話聲在閉架書庫裡迴盪。聽得出來為了讓我們能聽見，索蘭芝正在詢問蒂緹琳朵為何會來圖書館。

「是呀，我收到了一封寄件人並未署名的神秘信函……信上寫著，為了助我成為下任君騰，他想略盡綿薄之力。然後告訴我，貴族院的圖書館裡沉睡著成為君騰所需的知識。這肯定是諸神為我送來的一封信吧。」

……給我等一下。所以她是相信了一封寄件人不詳的可疑信函，就跑來圖書館了嗎?!以領主一族來說，她這種行為簡直粗心到了不可置信的地步吧?!

就連經常被罵粗心大意的我也知道，我要是做了一樣的事情，肯定會被斐迪南罵到狗血淋頭。更何況信件一般都由侍從們進行分類，所以這麼可疑的信還不一定能送到我手上。

……明明以領主一族來說，這種情形簡直不可置信，但蒂緹琳朵大人還是得到了正確的線索，真是教人吃驚。

儘管斐迪南曾說過：「她的魔力不足，所以魔法陣並未發動。」但若真的有心以下任君騰為目標，也必須讀過地下書庫裡的文獻。

「信上還說，領主會議期間圖書館都會開放，所以我便決定過來看看。畢竟之後會有越來越多的餐會與茶會要參加，要是錯過今天，下次都不知道何時能過來呢。」

領主會議剛開始時，第一天的行程通常不多。頭幾天會有全領地的領主夫婦都要出席的會議，然後眾人會趁著空檔提出邀約、敲定時間。所以我聽說領主會議剛開始的時候，大家都還有些空閒時間，但之後會越來越忙。

另外據說艾倫菲斯特的排名還在最後倒數幾名時，根本沒有任何行程，讓人很想東西收一收先行打道回府。而齊爾維斯特說了，現在卻是從第一天起就排滿行程。

……像我還是青衣見習巫女的時候，也有時間可以偷溜出去呢。

「畢竟席格斯瓦德王子也在星結儀式上讓魔法陣發出了光芒，領主會議期間王族還會出入地下書庫吧？那先成為候補的我怎能落於人後呢。」

「……您這樣說，會讓人覺得您對王族太過不敬唷。」歐丹西雅略帶苦笑地勸誡道，蒂緹琳朵卻是輕笑一聲。

「稱呼未持有古得里斯海得的人為王族才奇怪吧？我才是被諸神選上的人，將成為真正的君騰。」

蒂緹琳朵的高亢笑聲在閉架書庫裡迴盪。我實在不明白她怎麼會這麼有自信。

「但蒂緹琳朵大人不是下任奧伯．亞倫斯伯罕嗎？」

「現在是這樣沒錯，但在我成為奧伯之前，應該就能得到古得里斯海得。」

蒂緹琳朵的近侍們始終默不吭聲。不知道是覺得她說得沒錯，還是已經懶得指正，乾脆充耳不聞。說真的再這樣下去，斐迪南很可能因為她的不敬之罪而慘遭連坐。

「蒂緹琳朵大人，我想向您請教一件事情……」

歐丹西雅假咳了一聲，打斷蒂緹琳朵的尖銳笑聲。隨後，她像是要讓在場的我們也聽見般，緩慢且略微放大音量地問：

「請問席朗托羅莫之花今年是否也嫣然綻放？」

「妳說什麼花？」

「您不知道嗎？我聽說這是一種只有在亞倫斯伯罕才能取得，外子相當喜愛的花呢。那請您問問喬琪娜大人吧。」

歐丹西雅一邊說著，一邊帶著蒂緹琳朵與她的近侍們走下階梯。

……席朗托羅莫之花是什麼？蒂緹琳朵大人不知道，但只要問了喬琪娜大人就知道的花嗎？我記得歐丹西雅的丈夫，是中央騎士團長勞布隆托吧？

這應該是某種提示。花名還用了夢神的名字，肯定是貴族間在用的暗號。在不想要太明目張膽、想要假裝與自己無關，或是想要讓聽得懂的人能聽懂就好的時候使用。

……寫信問斐迪南大人的話他會知道嗎？可是，我可以找他商量嗎？

大家剛要我盡量別與斐迪南接觸，我可以寫信給他嗎？然而，這些事情若要自己一個人煩惱，對我來說實在太沉重了。因為現在同時出現了喬琪娜與勞布隆托的名字。一個是想要得到艾倫菲斯特，一個是懷疑斐迪南有意謀反，就把他送到亞倫斯伯罕去。就連我也感覺得出事態不妙。

……既然事關喬琪娜大人，我是打算先找養父大人商量啦……

不知道齊爾維斯特是否認識勞布隆托。我與勞布隆托只有過兩次私下接觸，一次是在貴族院接受問話，要我出示聖典的時候；一次是他拜訪圖書館，確認斐迪南是否為阿妲姬莎之實的時候。

……希望我能在不提到阿妲姬莎之實的情況下，有條有理地向養父大人說明。

我的思緒忽然被索蘭芝關上門的聲音打斷。索蘭芝先是鎖上通往地下的門扉，緊接著轉過身來。

「大家都在這裡嗎？」

「是的，索蘭芝老師。」

「那請從這裡離開吧。」

索蘭芝帶著我們從類似緊急出口的地方離開圖書館。由於突然從昏暗的閉架書庫來到明亮的室外，我一時感到暈眩，視野明滅閃爍。

「這裡是圖書館後方。跟中央樓正好是反方向，所以只要不騎上騎獸，應該不容易引起注意。」

眼前這裡多半是圖書館的後院，屋外用來喝茶歇息的桌椅如今已被叢生的雜草埋沒。我在猜以前還有很多圖書館員時，應該都是在這裡休息。

「在蒂緹琳朵大人回去以前，各位要不要先散散步呢？一整天都待在地下對身體也不好吧？我得重新打開通往地下書庫的門，然後回辦公室去……」

說完，索蘭芝重新回到圖書館內。這下子成功避免與蒂緹琳朵碰到面了。但要我在她回去之前一直散步，恐怕是強人所難。

……早知道應該借本書出來的。

我茫然站在原地，內心後悔莫及。漢娜蘿蕾也一臉傷腦筋地環顧後院。

「雖然天氣這麼好，很適合野餐，但我們把泡茶器具與點心都留在地下書庫裡了。該怎麼打發時間才好呢？」

「漢娜蘿蕾大人，野餐確實吸引人，但是保險起見，可能還是走遠一些比較好。否則待在這裡，很可能會有人從閱覽室的窗戶看見我們。」

錫爾布蘭德的首席侍從阿度爾面色緊張地左右張望。

「說得也是呢。雖然領主會議期間應該沒有人會來圖書館使用閱覽席，但有些閱覽席的位置可以清楚看見我們。要不要去那裡散步呢？躲進森林裡頭，應該不容易被人發現吧。」

萊歐諾蕾指向後院南方的遼闊森林。自葉縫間透下的縷縷日光在地面上形成了複雜交錯的圖案，與其在這裡曬大太陽，森林裡頭看起來確實涼爽許多。

「萊歐諾蕾說得沒錯。羅潔梅茵大人，您還是變出一人用的騎獸，移動到森林裡去吧。若在太陽底下曝曬太久，只怕您又要病倒了。」

「但我現在已經健康很多了……」

我嘟起嘴反駁奧黛麗。在尤列汾藥水裡泡了第二次以後，我的身體就變得健康許多。而且之前都不是由奧黛麗陪我來貴族院，再加上回領後我也幾乎都是在神殿生活，所以她並未正確掌握我現在的身體狀況吧。

「我知道羅潔梅茵大人已慢慢變健康，但凡事還是該小心為上。萬一您病倒了，接下來會有好一陣子都不能來書庫喔。」

……話是沒有錯，但不要在漢娜蘿蕾大人與錫爾布蘭德王子面前說嘛！

奧黛麗的發言讓我很想大聲哀嚎，同時偷偷覷向兩人。果不其然，由於曾在茶會上看過我無預警暈倒，從此留下了心理陰影的兩人與其近侍們，立刻臉色鐵青地指向森林。

「羅潔梅茵，我們去森林裡吧。妳可以使用騎獸沒關係。要是讓妳來幫王族的忙，結果害妳暈倒的話，那我……」

「羅潔梅茵大人，錫爾布蘭德王子說得沒錯。只要從這裡筆直往南走，應該就可以看到戴肯弗爾格舍。進入森林以後，說不定走一段路就能看見了。」

錫爾布蘭德都已經下達許可，我實在說不出口「為了健康我想走路」。我只好變出一人用的小熊貓巴士坐進去，跟大家一起前往森林。明明大家都在走路，卻只有我一個人坐著騎獸，這樣的情況讓我有些哀怨。

……如果是和錫爾布蘭德王子一樣的走路速度，明明我也沒問題啊。

收到了柯尼留斯的奧多南茲，達穆爾與安潔莉卡前來與我們會合時，正好一行人已經進入森林。坐在騎獸裡的我雖然對大家的過度保護有些不滿，但茂密的林木確實擋下了大半陽光，再加上可能是森林裡富含負離子，一進來我就覺得心曠神怡。本來煩惱著許多事情的腦袋好像稍微放鬆了些。

「我第一次在貴族院看到雪景以外的景色，感覺真不習慣，但森林裡面好舒服喔。」

「是啊，我也沒想到貴族院這麼美麗。雪白的建築物更突顯出了森林的綠意與花朵的繽紛，讓人看得目不暇給呢。」

漢娜蘿蕾似乎也和只看過雪景的我一樣，對貴族院美麗的春日景致感到驚訝。讚美完周遭的景色後，漢娜蘿蕾開始訴說她看完《斐妮思緹娜傳》的感想。剛才因為有瑪格達莉娜在，她一直克制著沒開口。

「我真的、真的非常好奇之後的發展。要是斐妮思緹娜沒能得到幸福，那戴肯弗爾格……不對，是我該怎麼辦才好呢……」

漢娜蘿蕾渾身顫抖地看著我說。因為在《斐妮思緹娜傳》第二集，斐妮思緹娜接受了王子的求婚，還以為從此能過上幸福快樂的生活時，婚事卻遭到國王反對，義母更是用計要將她嫁給別的男人，就在主角墜入絕望深淵之際——下集待續。簡直是殘忍到了極點的安排。

「漢娜蘿蕾，妳不用太擔心，王子一定會去拯救斐妮思緹娜。因為兩人那麼深愛彼此，王子不可能會放棄的。」

錫爾布蘭德似乎也看了《斐妮思緹娜傳》，用堅定的語氣如此斷言。

「羅潔梅茵大人，對吧？」

兩人用充滿祈求的眼光朝我看來，我忍不住笑出了聲。

「還請自己翻開第三集，親眼確認結果吧。今天我把第三集帶來了喔。」

「哎呀，真的嗎？太好了……這次確定是完結篇沒錯吧？」

漢娜蘿蕾有些警戒地向我問道。《斐妮思緹娜傳》確實共三集沒錯。我笑著點點頭後，漢娜蘿蕾這才露出安心的笑容。

「……那是什麼？有一棟白色的建築物。」

安潔莉卡的聲音從上方傳來，因為她負責在樹上查探前方的情況。儘管從我們這裡看不見，但前方似乎有座不大的建築物。

「該不會是戴肯弗爾格舍吧？」

「不，並不是。戴肯弗爾格舍還要更遠，而且沒有這麼小。那棟建築物不大，又被樹木掩蓋住，若騎著騎獸在空中飛肯定看不見。」

聽完安潔莉卡的描述，其他人似乎也想不到是什麼建築物，全都偏過了頭。各領宿舍基本上都比森林裡的樹木要高。畢竟建築物內有地下室、下人所在的底樓，一樓有餐廳和多功能交誼廳，二樓是男性的房間，三樓是女性的房間，四樓或者該說閣樓，則是當成儲藏室使用。高度絕不可能隱沒在森林裡沒人看得到。

「安潔莉卡，麻煩妳去看看那裡是什麼地方。周圍如果很寬敞的話，我想在那裡休息一下。」

安潔莉卡立即強化身體，敏捷地從這一棵樹跳到另一棵樹上，很快消失在前方。戴肯弗爾格的護衛騎士也在漢娜蘿蕾的指示下，追上安潔莉卡。

「那棟建築物的大門上了鎖，牢牢緊閉。而且外觀看來充滿髒汙，多半已經十年以上無人使用。」

「就連我們也從沒見過那棟建築物，所以若在那裡休息，應該不會有人發現。」

聽完偵察隊的報告，我們決定往那棟建築物前進。正如報告所形容的，一棟白色的建築物被林木簇擁包圍，靜靜佇立在原地。建築物本身完全沒有人在維護清潔，四周更是雜草叢生，由此可知這裡已經荒廢很久了。

「只要有人負責管理、注入魔力，即使是白色的建築物也不會有汙損。看來現在真的沒有半個人會到這裡來。」

「這棟建築物還真小。是森林裡的管理小屋嗎？」

錫爾布蘭德說出自己的猜測後，阿度爾回道：「管理小屋一般還要更小。」這棟建築物雖然比宿舍和城堡要小，但又比涼亭和森林的管理小屋要大。而且沒有窗戶，看不見屋裡的模樣。儘管十分奇特，但大門兩邊都有石像這一點，莫名讓我聯想到了從平民區要進入神殿的那處大門。

「……搞不好這是祠堂喔。聽說我的祖父以前在比奪寶迪塔時，曾經弄壞位在貴族院偏僻角落的祠堂。而且索蘭芝老師跟我們分享的二十個不可思議當中，曾說過有個壞學生到處去祭祀神祇的祠堂惡作劇，結果就突然消失了吧？這裡說不定就是所謂的祠堂。」

我告訴大家，設在大門兩邊的石像跟神殿的大門很相似後，便下了騎獸走向建築物。眼看祭祀神祇的祠堂變得這麼髒亂不堪，當然不能坐視不管。

「羅潔梅茵大人？」

「總之先把建築物清理乾淨吧，要不然也無法坐在這裡休息。」

方才一路過來我都乘坐騎獸，但錫爾布蘭德與漢娜蘿蕾已經走了一大段路，應該會想坐下來休息一會兒吧。既然剛剛我都在休息，現在應該工作一下。於是我從腰間的皮袋裡拿出畫有魔法陣的魔紙。

「那是什麼呢？」

「是克拉麗莎研究出來的，對廣域魔法有輔助效果的魔法陣喔。有了這個，就可以非常輕鬆地施展大範圍魔法。」

我變出思達普，往魔法陣灌注魔力。魔紙於是浮到半空中，綻放光芒。然後我注視著魔紙詠唱「瓦須恩」，下一秒建築物便被水球整個包覆住。幾秒過後，水球就消失了，洗去了髒汙的建築物重新白得發亮。

「這樣就清理乾淨了。」

「我、我第一次看到有人用洗淨魔法清洗整棟建築物。」

由於之前進行大改造時，斐迪南曾一派泰然自若地施展洗淨魔法清洗整個平民區，所以我還以為雖然需要大量魔力，但這樣的做法十分常見。然而，如今看了周遭眾人的反應，顯然並非如此。

「如果沒有輔助魔法陣，我也辦不到喔。都是多虧了克拉麗莎呢。呵呵呵……」

我打哈哈這麼帶過。現在看起來，我會缺乏貴族方面的常識，搞不好根本都是斐迪南害的嘛？

「既然已經清理乾淨了，那就坐下來休息一會兒吧。錫爾布蘭德王子、漢娜蘿蕾大人，兩位應該都累了吧？」

我請兩人到門口前的階梯坐下來休息，錫爾布蘭德便展開笑顏跑過來。

「那我就接受妳的好意了，但其實這點距離不算什麼喔。因為母親大人是戴肯弗爾格出身，在她的教育方針下，我都要接受這年紀該有的訓練。」

雖說是王族，但錫爾布蘭德也是流有戴肯弗爾格血脈的男孩子。這段距離對他來說似乎一點也不累。漢娜蘿蕾看起來也不感到疲倦，還在考慮著該不該讓侍從回宿舍準備茶水。

……看來我是該坐騎獸沒錯。要我配合兩人的體力散步根本不可能嘛。

「這裡離戴肯弗爾格舍還算近，要不要讓人回去準備茶水呢？」

「請您不必費心，畢竟最好還是不要引起注目。況且侍從得騎著騎獸端茶水過來，太為難他們了。」

錫爾布蘭德的近侍們開口勸阻後，漢娜蘿蕾便點頭說：「那我也休息一下吧。」然後走過來準備休息。

「漢娜蘿蕾大人，請過來這邊。在瑪格達莉娜大人捎來奧多南茲之前，請和我分享您看完《斐妮思緹娜傳》的感想吧。」

我把手抵在門上，呼喚漢娜蘿蕾。然而下個瞬間，我居然被明明還關著的門扉吸了進去。

「嗚咦?!」

才一眨眼，森林的景致便從視野裡消失，我忽然置身在了供有神像的祠堂裡。儘管沒有窗戶，內部卻不昏暗。因為置於祠堂中心的石像手中有塊透明的藍色石板，那塊石板正綻放光芒，照亮祠堂內部。約莫六、七坪大的空間裡，排列著共計十三位神祇的石像。宏偉的石像中心是名拿著長槍與藍色石板的美男子，由此可知這裡是祭祀著火神萊登薛夫特的祠堂。

「我第一次看到這種祠堂。」

神殿與貴族院的祭壇上都放有最高神祇與五柱大神的石像，但像這樣包含所有眷屬在內、只祭祀火屬性神祇的祠堂，我還是第一次見到。

「哇噢，感覺對成長很有幫助。」

我立刻高舉雙手，向祠堂內的眷屬神們獻上祈禱。

「火神萊登薛夫特、引導之神艾爾瓦克列廉、培育之神安瓦庫斯……」

……請保佑我長得跟一般人一樣高！

我獻上祈禱後，飛出的魔力全被萊登薛夫特手中的藍色石板所吸收。我正盯著石板看時，石板倏地發出一陣亮光，然後我發現上頭刻有文字。

……寫了什麼呢？

我走向生平第一次見到的藍色石板，讀起上頭的文字。

「汝之祈求已達。萊登薛夫特在此予以認可，賜予取得梅斯緹歐若拉之書所需之語詞……」

接下來的文字剛好被萊登薛夫特的手指擋住了。我根本不懂關鍵的「取得梅斯緹歐若拉之書所需之語詞」是什麼意思，但還是朝著石像大發牢騷：「萊登薛夫特大人，祢這樣拿，我怎麼看後面的字嘛！」然後拿下祂手中的石板。

「僅吾之語詞尚且不足。下任君騰候補須取得所有神祇之語詞。」

唸完最後一個字時，藍色石板忽然被我的身體所吸收，然後與體內的思達普融合為一。透過體內的感覺，我明白到了這塊藍色石板，是自己至今祈禱時奉獻的魔力與「神的意志」的結合體。與此同時，就和黑暗之神與光之女神的名字銘刻在腦海裡時一樣，萊登薛夫特賜予的語詞自然而然浮現。

「克雷夫塔克。」

「那我就坐在這裡了。」

漢娜蘿蕾笑著往我靠近，然後在門前坐下來。我依然保持著手抵在門上的姿勢。時間似乎完全沒有流逝，這種奇怪的感覺讓我忍不住環顧四周。就在我脫口說出萊登薛夫特給予的語詞後，下一秒我人就站在祠堂外了。簡直就像是為了賜予語詞，萊登薛夫特把我召喚進去了一樣。

「羅潔梅茵大人，怎麼了嗎？」

「不，沒什麼。」

我露出笑容回應漢娜蘿蕾。周遭的景色還是和剛才一樣，甚至沒有任何人察覺到我進過祠堂。但是，腦海裡依然浮現著那句語詞。

……剛才說了，這是取得梅斯緹歐若拉之書所需的語詞吧？

睿智女神梅斯緹歐若拉之書，也就是沒看過的書。這真是難以抵擋的甜美誘惑。

……啊啊，好想看梅斯緹歐若拉之書喔。

我沒有在聽錫爾布蘭德與漢娜蘿蕾的對話，出神地想著梅斯緹歐若拉之書。

……女神的書會是什麼樣子呢？真是期待……嗯，等一下？梅斯緹歐若拉之書一般是指古得里斯海得吧？該不會是我不該看的書？

面對誘惑，差點被閱讀渴望沖昏了頭的我忽然恢復理智。瞬間，我開始從現實的角度檢視自己的行為。既然是一個人被吸到了祠堂裡面，其實在閱讀石板之前我應該先聯絡護衛騎士們才對，或者從一開始就不該接近可疑的石板。

……這就和芙琉朵蕾妮之夜，在女神的水浴場遭遇到的神奇體驗一樣。

當時應該也有某種魔力上的干涉，讓人反常地遺忘了要聯絡同行的人，還讓斐迪南他們無法進來。所以待在祠堂裡面的時候，也是類似的情況嗎？

……稍微鎮定下來，冷靜思考一下吧。

假如梅斯緹歐若拉之書真的是古得里斯海得，那我如果取得了恐怕會非常不妙。畢竟我並不想得到古得里斯海得，也不想成為君騰。若不想被捲進無謂的紛爭裡，我最好別輕舉妄動，並且對此絕口不提。

可是，一旦錯過這個機會，我又覺得自己以後肯定讀不到女神的書了。好想看喔。超級、超級想看。想看的心情一點也不假。

……而且，王族正在尋找古得里斯海得吧？有任何線索都不想錯過吧？

光是得知地下書庫裡有著成為君騰所需的知識，他們就卯足了勁在翻譯古老文獻。那麼我剛才的體驗，想必也能成為非常寶貴且重要的線索。

……但重要歸重要，王族能以同樣的做法取得嗎？

我在猜想藍色石板的構成來源，應該就是光柱立起時往外飛走的那些光芒。也就是說，首先要給予大量的祝福、奉獻魔力，讓光柱能夠出現。但是，王族光是為中央供給魔力就已經非常吃力，還有辦法來貴族院給予祝福，不斷立起光柱嗎？

……倘若王族辦不到的時候會怎麼樣？

一直以來，我都是把自己做不到的事情丟給他人去做，所以最先浮現在腦海裡的解決辦法，便是「那交給辦得到的人就好了」。讓有辦法取得的人去拿到古得里斯海得就好，倘若有辦法取得的人不是我，我大概會向王族這麼進言吧。

……那如果由我取得了古得里斯海得，王族會怎麼做？

要是可以在我看完後再讓給王族，這麼簡單就好了。但要是事情沒有這麼簡單呢？就連斐迪南也被視為是危險人物，奉國王之命入贅去了亞倫斯伯罕。我也很有可能被當成危險人物，必須接受國王下達的命令。

……最糟糕的結果，就是有可能送命。

政變可以說就是因古得里斯海得而起。斐迪南這個前例，已經顯示出了若有王族以外的人想得到古得里斯海得會是什麼下場。這時，斐迪南的話聲閃過腦海。

「妳有意成為國王嗎？」

聖典上出現成王指引的時候，斐迪南曾這麼問過我。我的想法仍和當時一樣。我並不想成為國王，但想看書。而且，也不想成為掀起紛爭的源頭。儘管應該要為王族提供這項情報，但為了自己又最好保持沉默。

我很想找人商量，卻想不到可以商量的對象，「唔……」地沉吟苦惱。這時我抬頭往上一看，忽然發現藍光劃過空中。數道藍光從祠堂屋頂往上升起。

「……那些藍光是什麼？」

「哪裡有藍光？」

錫爾布蘭德與漢娜蘿蕾都仰頭看向我指著的方向，一臉不明所以。明明這些不尋常的藍光如此清晰可見，他們卻好像完全看不到。而且不只他們兩人，近侍們似乎也看不見，眾人不是瞇起眼睛就是歪過頭。向看不到的人再怎麼解釋，他們也無法理解吧。我眨了幾下眼睛後搖搖頭。

「……好像是我看錯了。大概是樹葉間灑下來的陽光太刺眼了。」

「陽光確實比預期的還要耀眼呢。」

漢娜蘿蕾同樣抬起頭，因為刺眼而瞇起眼睛。藍光就在她看著的方向，但她似乎完全沒有注意到。

……藍光最終抵達的盡頭有著什麼呢？

我凝神注視著天空時，看見飛來的奧多南茲。白鳥停在阿度爾的手臂上，重複了三次瑪格達莉娜的傳話，要我們返回地下書庫。

祠堂的所在

「能到外面走走，是否有稍微轉換了心情呢？」

回到地下書庫以後，侍從馬上為我們準備茶水。由於在外面走了好一陣子，喉嚨也渴了，茶水喝起來特別美味。瑪格達莉娜一邊喝茶，一邊詢問我們在外面如何打發時間。

「是的，母親大人。索蘭芝老師幫我們開門以後，我們成功從閉架書庫離開了圖書館。後面就是圖書館的後院，但因為陽光對羅潔梅茵來說太刺眼了，我們決定進入森林。後來，就在森林裡的祠堂前面休息。祠堂的門上了鎖，我們進不去……」

錫爾布蘭德向母親報告了自己在外的行動。瑪格達莉娜面帶和藹的笑容，催促兒子往下說：「你們明明進不去，怎麼知道那裡是祠堂呢？」

「因為羅潔梅茵說了，建築物跟艾倫菲斯特的神殿入口很像。」

「……既然貴族院的儀式都有那般重要的意義了，或許祠堂的存在也有什麼意義呢。」

瑪格達莉娜思忖了一會兒後這麼低喃。我很想點頭回她：「意義非常重大喔。」但最終我沒有明白地直接告知，而是提供了不怎麼重要的情報。

「聽說我的祖父以前曾在比奪寶迪塔時弄壞祠堂，當然現在大概都已經修好了，但他說的祠堂位在貴族院的偏僻角落，應該和剛才的祠堂不一樣。畢竟我們從圖書館走一段路就到了，這樣的距離不會形容為偏僻吧？」

中央樓、文官樓、侍從樓、圖書館等建築物所在的區域，位在貴族院的中心。要說偏僻的話，應該是指散布著各領宿舍的那些區域。聽了這樣的暗示，他們會明白我的意思是可能還有其他祠堂嗎？我觀察著眾人的反應時，漢娜蘿蕾顯然聽懂了我的暗示。

「那說不定其他地方也有同樣的祠堂，或是祭祀著神祇的場所喔。有沒有由王族負責管理的貴族院地圖呢？還是說有祠堂的鑰匙……」

「從前各領為了比迪塔，曾自行繪製地圖，標記各領宿舍的所在地，但我從未聽說王族持有標記祠堂的地圖呢。我再問問索蘭芝或王宮圖書館的館員吧。」

瑪格達莉娜這麼回道。對喔，記得斐迪南寫的迪塔指導手冊裡，也有簡略版的貴族院地圖。等回到宿舍以後，可以調查看看。

「瑪格達莉娜大人，剛才您與蒂緹琳朵大人聊了些什麼呢？」

「……自稱是下任君騰候補的人個性竟如此獨特，實在教我大吃一驚呢。好了，閒聊到此為止，我們接著繼續吧，時間可是所剩不多。」

八成是不怎麼想提起，瑪格達莉娜盈盈微笑道，催促我們繼續工作。

……之前就連戴肯弗爾格的第一夫人也很驚訝呢。剛才在閉架書庫裡聽到的那些話，我想應該不至於當著瑪格達莉娜大人的面說吧。但她可是蒂緹琳朵大人……

先前在貴族院參加茶會時，蒂緹琳朵也會說些失禮的話，但基本上都是對著身分比她低的貴族，所以大家也只是皺皺眉頭。而今奧伯．亞倫斯伯罕已經亡故，她便成為領內地位最高的人，那麼為了領地著想，應該不會對著地位比自己要高的王族做出失禮之舉吧，一般來說近侍也會制止。

然而，一想到瑪格達莉娜剛才結束話題的方式，我忽然感到非常不安。看來蒂緹琳朵似乎對著現在的王族，自稱是下任君騰候補。萬一她對王族太過不敬，將成為她丈夫的斐迪南很可能遭到連坐。此時此刻我真是打從心底慶幸，幸好兩人的星結儀式延期了。目前斐迪南還只是未婚夫，無法出席領主會議，那不管蒂緹琳朵在這裡做了什麼，應該都還不會波及到他。

……那我是不是該盡早取得古得里斯海得比較好？

有了古得里斯海得，緊要關頭就可以拿出來懇求王族：「我把古得里斯海得給你們，請放過斐迪南大人吧！」畢竟兩手空空，無法與人談判。到時候我只能眼睜睜看著斐迪南被蒂緹琳朵拖累。

……這樣子也會被說是擔心過度嗎？

我悄悄捂住胸口。倘若蒂緹琳朵真的把在閉架書庫說過的話當面告訴了瑪格達莉娜，那麼我的擔憂想必會在不久的將來變作現實。現在只是在心裡擔心，並沒有說出口的話，應該不會被罵吧。

……梅斯緹歐若拉之書未必就是古得里斯海得，說不定是獲取古得里斯海得的必要之物。況且就算真的是古得里斯海得，也不可能馬上就能取得吧。總之先暗中尋找看看。

我接過奧黛麗遞來的紙筆文具，進入地下書庫。休華茲仰頭看著我說：「公主殿下，祈禱不夠。」目前只得到了藍色石板的我，祈禱確實不夠吧。

……也不曉得祠堂都在哪裡，得先確認位置才行。

「休華茲，這裡有標記了獻上祈禱用的祠堂在哪的貴族院地圖嗎？」

「有。」

我只是隨口一問，沒想到休華茲拿了好幾塊石板過來。休華茲取來的石板，全都分布在正中央到右側的書櫃裡。由於我習慣從左邊書櫃的最上面開始閱讀資料，按我原本的方式，大概要到很久之後才看得到吧。

「休華茲，謝謝你。」

我摸了摸休華茲的額頭，接著察看起排開來的地圖。其中有份地圖非常簡略，有份則非常詳細，但兩者標示有疑似是祠堂地點的數量卻完全不一樣，讓人根本不知道該去哪裡獻上祈禱。再加上，這些地圖都沒有標示出各領宿舍的所在位置或是可當地標的建築物，難以判斷祠堂的精確位置。這下子得全部畫下來，等回到宿舍以後，再與迪塔所用的地圖比對。看來，就連調查祠堂的所在位置也得花上不少時間。

「羅潔梅茵，結束了！」

「呀啊?!」

手上的石板突然被人抽走，我嚇了一跳抬起頭，只見齊爾維斯特正把白色石板遞給休華茲。

「妳還真的專心看起書來，就完全聽不到旁人的聲音。妳知道我叫了妳幾次嗎？」

「……不知道。」

「快點收拾。」齊爾維斯特一臉傻眼地催促。我將已經翻譯好的資料交給瑪格達莉娜，再摺起自己謄畫好的地圖收進皮袋。

「原來是養父大人來接我啊。」

「那當然。現在芙蘿洛翠亞懷孕了，怎能讓她進到如此巨大的魔導具中。」

他說地下書庫會以強大的魔力篩選能夠進來的人，所以從閉架書庫的入口開始，就稱得上是一個巨大的魔導具。由於不曉得會對肚子裡的胎兒造成怎樣的影響，他不想讓芙蘿洛翠亞進來。

「倘若養父大人不想讓養母大人進圖書館，所以是您每天要來接我嗎？」

「我就是這個打算。走吧。」

齊爾維斯特朝我伸出手臂。但我不明白他這麼做是什麼意思，困惑地歪過頭。這種時候我該怎麼反應才好？

「妳發什麼呆？對於我來護送有任何不滿嗎？」

「沒有……我只是沒想到養父大人會護送養母大人以外的人。」

「有芙蘿洛翠亞在的時候，我當然優先護送她啊。」

於是我朝齊爾維斯特伸出手，在他的護送下離開書庫。不管是上樓梯還是下樓梯，他都像對待公主一樣細心，讓我感到非常不可思議。

離開圖書館時，太陽早已西斜。我在齊爾維斯特的護送下走在暮色籠罩的迴廊上。

平民時期，我雖然和人牽過手，但從不曾像現在這樣抓著某個人的手臂走路，成為貴族以後也只有出席宴會的時候才有人護送。

……雖然之前握著祖父大人的手指走路過，但那與其說是護送，更像是一項重要任務。再說，我在城堡裡時都是坐著騎獸移動。

「羅潔梅茵，對於我的護送，妳有必要露出這麼古怪的表情嗎？」

「……因為我不習慣這樣的護送，所以有些不知該如何反應。」

「不習慣？斐迪南與韋菲利特應該經常護送妳吧？」

齊爾維斯特一臉驚訝，但我才驚訝呢。日常生活中，兩人從不曾像這樣護送過我。

「日常生活當中，斐迪南大人從來不曾護送我喔。啊，不過，他走路太快的時候，我會跑過去抓住他的袖子，他就會稍微放慢速度，讓我不至於暈倒。但也只是從小跑步變成快步走而已啦……」

「啊？就這樣？」

我連忙回想斐迪南做過的貼心之舉。

「呃──他讓我共乘騎獸的時候，會把我抱上去和抱下來喔。雖然是因為我太矮，沒辦法一個人上下騎獸。」

「……韋菲利特呢？他是未婚夫吧？」

「出席宴會的時候他會護送我喔，但日常生活中倒是沒有……啊，還有在貴族院上領主候補生課程的時候，他會幫我把重物搬到近侍進不去的教室裡。」

這件事就連漢娜蘿蕾也十分驚訝，還稱讚他是體貼的未婚夫。然而齊爾維斯特聽了，卻是不滿地垮下臉。

「畢竟妳在城堡裡大多是乘坐騎獸，但在貴族院明明只能走路，韋菲利特到底在做什麼啊？」

「可是，本來就幾乎沒有學生在貴族院上課時，會有人護送吧。」

「我那時候就會。」

……看來是以護送為藉口，緊緊跟在養母大人身邊不放吧。可是，養父大人是為了讓喜歡的人理睬自己才拚命表現，韋菲利特哥哥大人與我訂婚卻是基於義務，我想兩者不能相提並論。

雖說不能相提並論，但齊爾維斯特對芙蘿洛翠亞以外的女性確實也很紳士。真希望全世界的男性都能看齊一下。

「跟斐迪南大人與韋菲利特哥哥大人比起來，養父大人對女性十分體貼細心呢。老實說我嚇了一跳。」

「我倒是沒想到自己的弟弟這麼不懂溫柔體貼。明明出席宴會的時候可以做到無可挑剔，平常私底下居然連裝也不裝……」

「因為對越親近的人，斐迪南大人的態度就越隨便啊。」

我覺得斐迪南不光對我，有時候對齊爾維斯特的態度也很隨便。儘管他的操心到了無微不至的地步，人也確實很好，但態度一點都不溫柔體貼。聽完我所說的，齊爾維斯特露出了五味雜陳的笑容，低頭朝我看來。

「怎麼了嗎？」

「沒什麼，我只是感慨地在想，有些事情還真是時間久了才會知道。」

「……我倒是覺得養父大人近來缺乏年輕人的活力喔。」

「妳以為是誰害的？」

……原來是我害的嗎？那真是對不起。

以前班諾也常常這麼罵我呢——我正感到懷念的時候，想起了有事情必須告訴齊爾維斯特。

「有件事情可能會讓養父大人更缺乏年輕人的活力……」

「雖然我一點也不想聽，但還是非聽不可吧？」

齊爾維斯特臭著臉催促我往下說。我慢吞吞地邁開腳步，開口說了。雖然近侍們都在旁邊，但這件事不需要屏退其他人。

「聽說在我主持星結儀式的時候，舞臺上浮現了魔法陣。」

「是啊，這又如何？」

「我那時候因為專心看著上方、獻上祈禱，所以完全沒有注意到，但聽說那個魔法陣和蒂緹琳朵大人成年禮時的一樣，都是用來選出下任君騰候補的。」

據說眾人也因此認可了席格斯瓦德是下任君騰候補。這件事固然值得恭喜，但那個魔法陣的功能就只有篩選而已。單是讓魔法陣發光，不代表就能成為君騰。

「我現在終於明白，為什麼想推選正統君騰的中央神殿會那麼想要重現古老儀式。而我身為有能力重現古老儀式的神殿長，今後中央神殿很可能會不斷插手與我有關的事情。」

我喃喃說完，齊爾維斯特用右手輕拍了拍我抓著他左臂的手。

「放心。妳和韋菲利特的婚約已經得到國王同意，我完全無意取消。」

……但如果我得到了古得里斯海得，具有可以成為君騰的資格呢？為了能在最糟糕的事態發生時幫助斐迪南大人，我想預先準備好籌碼。

雖然齊爾維斯特會竭盡全力保護我，但一想到他曾說過現在要把斐迪南視為是他領的人，我就說不出口自己已經成為下任君騰的候補人選了。況且我並不想成為君騰，也就不打算說。

但除了這件事，其他事情我都一五一十向齊爾維斯特報告。像是蒂緹琳朵來過地下書庫，以及我在閉架書庫裡聽到的對話。

「雖然我不知道席朗托羅莫之花是指什麼，但好像只有在亞倫斯伯罕才能取得。另外，歐丹西雅的丈夫身兼中央騎士團長，他似乎也與喬琪娜大人有什麼關聯。」

「這樣啊。」

「銀布一事，養父大人會向王族稟報吧？最好先想一下，有沒有辦法能在屏除騎士團長的情況下報告喔。」

齊爾維斯特的臉色變得凝重。他與中央騎士團長可說是素不相識，也不知道就是勞布隆托視斐迪南為眼中釘，促使了斐迪南前往亞倫斯伯罕。畢竟斐迪南說過，這件事他並不打算告訴齊爾維斯特，而我也沒有信心可以在不提到阿妲姬莎的情況下好好說明，便就此不再多言。

回到宿舍以後，我從交誼廳圖書區的騎士課程教材中，拿出了以前比迪塔時用過的地圖。周遭的大人們都正為了明天之後的行程在忙碌做準備，因此我沒有在這裡打開地圖，而是帶回房間。

「羅潔梅茵大人，您在做什麼？」

萊歐諾蕾一臉興味盎然地低頭看向地圖。我突然把騎士課程的教材帶回房間，也難怪她這麼感興趣吧。我攤開自己在地下書庫裡謄畫的地圖，開始比對祠堂的位置。

「我在地下書庫裡找到了地圖，標示著像是今天看到的祠堂的所在地點。可是太簡略了，我根本看不出來哪裡是哪裡，才想到可以和這份地圖比對……啊，這個圓圈就是今天的祠堂吧。」

「這個圓圈在圖書館往南一些的地方，應該錯不了。這個則在文官樓後方，這個則是侍從樓後方再遠一點……羅潔梅茵大人，您不覺得祠堂是以中央樓一帶為中心，分散在相隔都差不多遠的地方嗎？」

萊歐諾蕾說完，我也定睛端詳起地圖。她說得沒錯。地圖上以略大的圓圈標示著今天看到的祠堂，而同樣的圓圈共有六個，在靠近中心一帶以幾乎相等的間隔排開。

「貴族院內到處散布著小圓圈呢。這邊又是什麼？」

「圓圈的大小不同，可能是指其他的建築物吧。」

「明天到了地下書庫我再報告這件事。」

我一邊收起地圖，一邊拚命動腦思索。我想趁著領主會議這段時間前往所有祠堂，因為貴族院到了冬天就會被積雪掩蓋，根本去不了這些地方。

……可是，該怎麼做才好？只是直接說「我想去」，不可能去得了吧。

無法參加領主會議的未成年者若在貴族院內到處走動，實在太可疑了；而且如果不說明原因，近侍們也不可能同意我前往。為了能夠援助斐迪南大人，我想得到古得里斯海得，然後搶先看完——要是老實這麼說了，想也知道會被罵到臭頭。

隔天一到地下書庫，只見亞納索塔瓊斯與艾格蘭緹娜已經到了。他們今天也是只有上午能幫忙翻譯資料。

「我試著調查過了祠堂的所在位置。看起來像是以中央樓為中心，間隔相等地落在圓周之上。不覺得這其中可能有什麼秘密嗎？」

我攤開地圖這麼報告後，亞納索塔瓊斯睜大雙眼，低頭看著我謄畫的地圖。

「看起來確實可疑。我會吩咐王宮圖書館的人，也查查看有沒有詳細資料。」

「亞納索塔瓊斯王子，我昨天已經聯絡過王宮圖書館的館員了。」

瑪格達莉娜沒有放過蒐集到的少許情報，似乎也已機靈地採取行動。亞納索塔瓊斯先是向她道謝，然後站起來。

「我想去看看祠堂。畢竟沒有親眼察看過，很難向父王說明。」

「……說得也是呢。」

瑪格達莉娜也站起來，讓錫爾布蘭德負責帶路，王族一行人前去察看昨天發現的祠堂。我與漢娜蘿蕾則留在地下書庫裡繼續翻譯作業，書庫裡只剩下我們兩人以後，感覺頓時輕鬆許多。

「昨天一借到《斐妮思緹娜傳》，我馬上就翻開來看了。由於遲遲停不下來，柯朵拉還罵了我一頓呢。所以我今天有些睡眠不足。」

漢娜蘿蕾說她不顧首席侍從柯朵拉的制止，硬是看到了王子衝出來解救斐妮思緹娜那段才停下來。儘管還是很在意後續，但至少可以安心地閉上眼睛睡覺了。

「好期待看完整本書呢。」

我們接著繼續作業後，不久前去察看祠堂的亞納索塔瓊斯一行人回來了。只見艾格蘭緹娜臉色蒼白，欲言又止地看著我。

「艾格蘭緹娜大人，怎麼了嗎？」

「羅潔梅茵大人，我有事想與妳商量。方便占用妳一點時間嗎？」

面對艾格蘭緹娜的請求與亞納索塔瓊斯的瞪視，我的回答當然只有一個。

「如果我能幫上忙的話。」

商量

艾格蘭緹娜說她想商量的事情不方便在書庫裡討論，因此邀請我前往離宮舉辦茶會。而且事態似乎十分緊急，她希望時間最好能訂在明天上午。本來我除了來地下書庫就沒有其他行程，又是艾格蘭緹娜的邀請，所以什麼時候都沒關係。

「妳到底要找羅潔梅茵商量何事？」

「這個……我會在與羅潔梅茵大人討論過後，再向亞納索塔瓊斯大人說明。」

「艾格蘭緹娜，聽起來妳似乎是拒絕讓我一同出席。」

即便丈夫以含有怒氣的低沉嗓音發出質問，艾格蘭緹娜似乎仍是心意已決。她平靜地注視亞納索塔瓊斯。

「我想談話的對象是羅潔梅茵大人，明日的茶會還請亞納索塔瓊斯大人迴避。」

「不行。事情只要一牽扯到羅潔梅茵，幾乎都會發展成難以收拾的局面。我必須即時掌握事態的發展，所以不能同意。」

艾格蘭緹娜與亞納索塔瓊斯開始僵持不下。其實亞納索塔瓊斯有沒有一同出席我都無所謂，但我受不了他對我大擺臭臉，所以不想要事後被針對。

……現在我更擔心的，反而是艾格蘭緹娜大人看起來身體很不舒服。

明明心愛的妻子面色慘白，比起爭吵，應該先關心她的身體狀況才對吧。但顯然亞納索塔瓊斯無法妥協，堅持要一起出席茶會。這時候要是隨便插嘴，一定只會讓他們吵更久，所以我決定在他們討論出結果前，回到書庫裡去閱讀文獻。

……亞納索塔瓊斯王子實在太愛吃醋、太難纏了。我還是先回書庫裡去吧。

夫妻吵架我才不奉陪呢——這麼心想的我果斷決定撒手不管，然而還不習慣與王族應對的奧黛麗，似乎無法輕易地調適好心情。她抓住正想走回地下書庫的我，小聲問道：

「羅潔梅茵大人，明天的行程該如何安排？領主會議期間並沒有預計會接到王族的邀請，因此我必須向奧伯稟報並且做準備。」

拜訪王族時得做不少的準備，比如要穿什麼衣服、帶什麼見面禮等等。如今兩人僵持不下，還不知道明天的行程要怎麼安排，侍從也就無法做好自己的工作。尤其大家還吩咐過我，領主會議期間絕不能被其他人看見，所以完全沒有預計會接到王族的邀請。此刻奧黛麗的腦袋肯定正一團混亂吧。

「這我也不知道。兩人若沒有討論出共識，我也不知道該怎麼辦呢。」

我看向兩人，手托著腮嘟囔：「真是傷腦筋。」就在這時，喝著茶的瑪格達莉娜放下茶杯站起身，然後慢慢走到兩人面前，刻意地大嘆口氣。

「亞納索塔瓊斯王子、艾格蘭緹娜大人，兩位現在這樣都有些不太體面唷。」

「瑪格達莉娜大人……」

竟然可以說得這麼直截了當，我不由得對瑪格達莉娜肅然起敬。因為不管是我，還是慢慢與兩人拉開距離、觀察著情況的漢娜蘿蕾，都絕對做不到。

「亞納索塔瓊斯王子，你是不是忘了為何土之女神蓋朵莉希會向其他人求救，並與生命之神埃維里貝保持距離呢？看來你該回貴族院重新學習神話吧？」

瑪格達莉娜用傻眼至極的語氣這麼斥責後，亞納索塔瓊斯嚇得一震。生命之神在被土之女神拒絕時，想必也露出了這樣的表情吧。

「偶爾女性之間也有需要單獨討論的事情。平時艾格蘭緹娜大人總是非常包容，以你的意見為重，那麼這次會拒絕你肯定是有她的理由。你身為丈夫，應該要能體諒她的心情才對吧？若與生命之神一樣太過限制她，會被討厭的唷。」

用這些威脅讓亞納索塔瓊斯閉上嘴巴後，瑪格達莉娜接著轉動紅色眼珠，看向艾格蘭緹娜。

「艾格蘭緹娜大人，妳也有些思慮不周呢。若要將亞納索塔瓊斯王子屏除在外，應該先向他說明清楚才對。夫妻若沒有先討論出共識，再開口邀請羅潔梅茵大人的話，亞納索塔瓊斯王子會將不滿都宣洩在羅潔梅茵大人身上喔。」

艾格蘭緹娜像是遭到當頭棒喝，面色為難地來回看著我與自己的丈夫。瑪格達莉娜注視著她的雙眼於是稍微放柔，接著又道：

「隔天突然就要與王族會面，不僅是接到邀請的當事人，也會給領地及其近侍們造成極大的負擔。雖然可能是因為妳現在身體不適，但還是少了點體諒呢。」

「……看來是我一時間亂了方寸呢。抱歉是我想得不夠周到。」

艾格蘭緹娜向我以及瑪格達莉娜道歉。

「羅潔梅茵大人，實在非常抱歉。儘管我很想立即與妳談話，但還是過幾天再找時間吧。」

居然得先安撫好丈夫的情緒才能舉辦茶會，艾格蘭緹娜還真是辛苦。「請您不必介意。」我這麼回答後，也向幫忙打圓場的瑪格達莉娜道謝，然後進入書庫。由於預計要舉辦的茶會延期了，眼角餘光中只見奧黛麗顯得如釋重負。

一直到齊爾維斯特來迎接為止，我都在書庫裡翻譯資料，之後與他一起返回宿舍。半路上告訴他艾格蘭緹娜預計邀請我參加茶會後，齊爾維斯特用力皺起眉頭。

「為何不是找我這個奧伯，而是邀請未成年的妳前往王族的離宮？不能直接在圖書館裡談話嗎？感覺妳去了只會被捲進麻煩裡，我希望能一起出席。」

「艾格蘭緹娜大人說了，她有事想找我商量。因為她以前也找我問過有關神殿的事情。雖然她什麼都還沒說，但我猜可能是跟儀式有關的問題。」

我說完後，齊爾維斯特露出了難以接受的表情低頭看我。

「找妳商量事情嗎……唉，如今中央神殿與王族的關係並不好，如果有任何關於儀式的問題，問妳確實最快吧……但還是教人不安。」

「亞納索塔瓊斯王子也是基於和養父大人相同的理由，說他想要一起出席喔。但因為艾格蘭緹娜大人拒絕了，現在茶會的時間還沒決定。」

「……若連亞納索塔瓊斯王子也被拒絕，更不可能准許我一同出席吧。」

但只有艾格蘭緹娜大人的話，還算安全嗎？——齊爾維斯特嘆氣說道。他的表情看起來非常苦惱。

「等確定時間了，我再向養父大人稟報吧。畢竟現在什麼也還沒決定。」

「嗯，記得一定要通知我。」

結果在聽完瑪格達莉娜的勸告後，不想被妻子討厭的亞納索塔瓊斯顯然決定讓步。回到宿舍以後過沒多久，我便收到奧多南茲，與艾格蘭緹娜的茶會訂在了兩天後。在那之前，每天的生活就和原本預定的一樣，去地下書庫翻譯資料、用午餐，傍晚齊爾維斯特再來接我回宿舍。再這樣下去，根本沒時間出去找祠堂。

……要找到機會能採取行動固然重要，但首先也得勘察過地點。

若想迅速地前往每一座祠堂，必須先知道所在位置。

「安潔莉卡、達穆爾，你們兩人的一整天是怎麼度過的呢？」

晚餐過後我開始試探。兩人因為無法進入地下書庫，得一直在圖書館外守著。

「我們要看著通往圖書館的迴廊。」

「柯尼留斯與萊歐諾蕾吩咐過了，要我們提高警覺，因為蒂緹琳朵大人有可能再來圖書館拜訪。」

聽完安潔莉卡與達穆爾的回答，我稍微想了想。

「你們其中一個人，能不能照著這份地圖去找祠堂呢？以中央樓為中心，隔著同樣的距離，應該會有我們在圖書館南邊看到過的祠堂。只要知道大概位置，要找到所有祠堂應該不難吧。你們可以輪流去找。」

我攤開地圖這麼說明後，兩人便欣然答應。大概是一直待在原地不動也很累，兩人說好上午跟下午互相輪流，一個人負責把守，一個人就負責找祠堂。
「羅潔梅茵大人，您找到祠堂後要做什麼呢？」
本該與文官們待在一起、為明天做準備的克拉麗莎，忽然間加入我們的對話。我微微一笑回答：
「我想洗淨祠堂。因為祠堂是祭祀神祇的所在，怎麼可以任其髒亂不堪呢。前幾天我也清洗過一座祠堂，當時克拉麗莎所研發的輔助魔法陣還幫了我大忙喔。為了也能洗淨其他祠堂，我想準備更多輔助魔法陣……」
「我馬上為您準備。我的研究竟然能為羅潔梅茵大人派上用場，真是我的榮幸！不過，您是如何使用那個魔法陣的呢？」
克拉麗莎一臉詫異，無法把洗淨魔法和廣域魔法聯想在一起。達穆爾於是為她說明，我是怎麼利用輔助魔法陣清洗了整座祠堂。
「羅潔梅茵大人竟然活用我的研究，施展大規模的洗淨魔法。四濺的水滴想必還閃爍著虹光，祠堂也重新綻放神聖的潔白光輝，而我居然沒能親眼目睹羅潔梅茵大人這樣的身姿……」
眼看克拉麗莎悲痛得開始泛淚，我決定先下好封口令。
「當時漢娜蘿蕾大人也在場，所以大概戴肯弗爾格的人也都知道這件事了吧。只不過，這件事是在協助王族期間發生的，所以不可以告訴其他人喔。豎起耳朵在偷聽的哈特姆特，你也聽到了嗎？」
「謹遵您的吩咐。」

我們討論著這些事情的時候，奧黛麗與莉瑟蕾塔則忙碌地在為面見王族做準備。先前在貴族院與上位領地以及王族往來時，主要都是由原為首席侍從的黎希達與布倫希爾德在負責。幸好如今是齊爾維斯特侍從的黎希達，也陪同來到了貴族院。等一下要向她請求協助，準備好當天要穿的衣服與要帶去的禮物等等。

「陪著羅潔梅茵大人來到貴族院的時候，每天都會像這樣手忙腳亂吧。」我終於明白為何谷麗媞亞才剛成為近侍，就已經那般訓練有素。

奧黛麗不曾在貴族院接待過王族，說完後揚起苦笑。

「羅潔梅茵大人，感謝妳應邀前來。」

道完寒暄以後，艾格蘭緹娜便喝口茶、吃口點心，接著招呼我享用。發現亞納索塔瓊斯真的不在這裡，只有我與艾格蘭緹娜兩個人，這讓我感到不可思議。

「艾格蘭緹娜大人，您的氣色好多了呢。記得您剛從祠堂回來時面無血色，讓人十分擔心。」

「抱歉讓妳擔心了。當時我只是魔力消耗過度，現在已經沒事了。」

「您也對祠堂施展了洗淨魔法嗎？」

除了施展洗淨魔法外，我想不到還有什麼原因會在祠堂那裡消耗大量魔力，於是這麼問道。艾格蘭緹娜睜大亮橙色雙眼，咯咯輕笑起來。

「妳都已經清洗過祠堂了，哪需要再清理一次呢。」

艾格蘭緹娜與亞納索塔瓊斯是夫妻，因此兩人共用一座離宮。聽說亞納索塔瓊斯今天一個人去地下書庫了，艾格蘭緹娜屏退其他人以後，屋裡只剩下我們兩個人，但她仍是謹慎地再向我遞來防止竊聽的魔導具。

「沒想到您會這麼堅持不讓亞納索塔瓊斯大人在場，真是教我吃驚。」

我邊說邊喝了口茶，艾格蘭緹娜便微笑道：「因為我認為得與羅潔梅茵大人商量過後，才有辦法向亞納索塔瓊斯大人說明……」

「那麼，您想找我商量什麼事情呢？要是我真能幫上忙就好了……」

「我開口要求想與妳商量的那一天，不是去察看過祠堂嗎？」

艾格蘭緹娜目不轉睛地注視著我，開始說明。她說他們在錫爾布蘭德的帶領下到了祠堂後，她一伸手觸碰門扉，馬上就感覺到魔力被吸走，然後整個人也被吸了進去，回過神時人就在祠堂裡了。

……跟我那時候幾乎一模一樣呢。

差別只在於我並沒有感覺到魔力被吸走，但艾格蘭緹娜說她感覺到自己的魔力從思達普釋出了一些。

……難道是因為被吸走的量不多，我才沒注意到？

由於我全身上下都戴著嵌有魔石的護身符，隨時處在魔力被身上某處魔石吸走的狀態，因此就算被門扉吸走了一些魔力，也不會察覺到有任何不對勁。在魔力釋出這方面上，其實我這個人的感覺相當遲鈍。

「那座祠堂祭祀的是火神及其眷屬神們。我抬頭看著萊登薛夫特神像的時候，忽然覺得必須要祈禱才行……於是我跳了奉獻舞。」

……我則是獻上祈禱，希望能長得跟一般人一樣高呢。

看來面對神祇，每個人的行動也會有些微的差異。像我根本沒有想到要跳奉獻舞。但對艾格蘭緹娜來說，如果要向神獻上祈禱，就是要跳奉獻舞吧。

「就和戴著魔石、在大禮堂的舞臺上跳舞時一樣，我可以感覺到魔力正自行往外釋出，卻一點也不覺得這有哪裡奇怪。就這樣奉獻了魔力以後，漸漸地，萊登薛夫特手中開始出現一塊藍色魔石。」

……嗯~？但我進入祠堂的時候，萊登薛夫特手中是一塊藍色石板吧？石板微微發光，上頭還刻有文字，看到的時候應該不會覺得是魔石，而是一塊石板吧。

……難不成，是至今奉獻的魔力量不同所造成的差異？

得到藍色石板時，我感覺得出石板是自己至今祈禱時奉獻的魔力與「神的意志」的結合體，所以恐怕是這樣沒錯。

「由於奉獻舞幾乎耗掉了我所有魔力，我便飲用了平常掛在腰間上的回復藥水。儘管效果並沒有羅潔梅茵大人之前發的藥水那麼好，但也足以恢復大量魔力。」

艾格蘭緹娜說她喝了王族所用的回復藥水，恢復了魔力。然而魔力一恢復，她又覺得必須繼續獻上祈禱才行。

「咦？所以您在魔力恢復後又獻上祈禱了嗎？」

「是啊。因為我有種非這麼做不可的感覺。」

結果，艾格蘭緹娜不停地奉獻魔力，一直到所有回復藥水都喝完了為止。

「總算結束的時候，藍色魔石也變得相當巨大。然而，魔石上卻浮現了文字，寫著『祈禱尚且不足』。」

……萊登薛夫特大人，祢到底想搾取多少魔力?!

「魔力耗盡以後，我就像被趕出祠堂一般，瞬間人已經在外頭了。可是，明明我覺得自己在祠堂裡面待了很久，出來後卻發現外頭的時間全然沒有流逝，而且其他人似乎都進不了祠堂。」

當時亞納索塔瓊斯一邊按著門扉，一邊說「門確實上鎖了」，所以她才判斷他應該沒能進入祠堂。她說瑪格達莉娜的反應也沒有任何不尋常。

「羅潔梅茵大人，那座祠堂是不是讓下任君騰候補獻上祈禱的地方呢？地下書庫的資料裡曾有塊石板提到過，要來回繞行無數次、獻上祈禱吧？倘若祈禱足夠了，那塊藍色魔石在完成時會變成什麼樣子呢？」

面對艾格蘭緹娜的提問，我佯裝什麼也不知道，側過頭說：「這我也不知道呢。」既然現在王族當中出現下任君騰候補了，那有關我的事情最好絕口不提。因為要是老實坦承「我已經得到藍色石板了」，那麼跟只是讓飾選用的魔法陣浮現、就自稱是下任君騰候補的蒂緹琳朵相比，我給王族帶來的威脅遠遠要大得多。

「……但是，羅潔梅茵大人也進入祠堂了吧？」

「為何您會這麼覺得呢？」

「因為妳不僅會在神殿獻上祈禱，還取得了許多加護，我認為妳應該進得了那處祠堂。再說了，妳聽完我說的這些話後一點也不吃驚。」

由於我一直在比較自己與艾格蘭緹娜的差異，確實完全沒有表現出驚訝。真是失策，我剛才應該要表現得非常吃驚才對。

「哎呀，我非常驚訝喔。驚訝得都說不出話來呢……其中我最驚訝的，是您說您戴了魔石，在大禮堂的舞臺上跳舞。王族已經嘗試過讓魔法陣發光了嗎？」

我趕緊轉移話題。艾格蘭緹娜微笑回道：

「是的。妳與斐迪南大人不是告訴我們，那是用以選出下任君騰候補的魔法陣嗎？所以在畢業生重新舉行了加護儀式以後，王族也再一次舉行了加護儀式，還測試了自己能否讓魔法陣發出光芒。」

既然蒂緹琳朵能讓魔法陣發光，王族便也戴上魔石，一邊釋出魔力一邊跳奉獻舞。最終，特羅克瓦爾、席格斯瓦德、亞納索塔瓊斯與艾格蘭緹娜四個人，都成功地讓篩選用的魔法陣發出光芒。

「君騰、席格斯瓦德王子與亞納索塔瓊斯大人都在重新取得加護後變成了全屬性，也成功讓魔法陣發出光芒。但是，當時卻只有我一個人進入了那座祠堂。我與亞納索塔瓊斯大人究竟是哪裡不一樣呢？」

「就是思達普喔。」

我回答後，艾格蘭緹娜「咦？」地眨眨眼睛。

「瑪格達莉娜大人還沒有報告嗎？昨天即將離開地下書庫之前，在我完成翻譯的石板上，記載了大祠堂與小祠堂的用途……」

小祠堂祭祀著眷屬神，獻上祈禱以後，據說就會和艾格蘭緹娜所描述的一樣出現魔石；獲得魔石之後，便能強化屬性。藉由取得所有眷屬神的魔石、舉行加護儀式，便能得到大神的加護，因此留下紀錄的王族說自己在學生時期很努力地獻上祈禱。

「思達普一生只能獲取一次吧？所以那位王族為了在採集思達普的畢業前夕能夠得到大神的加護，好像非常努力地獻上祈禱喔。因為據說君騰候補人選的思達普，一定要在創始之庭取得才行。艾格蘭緹娜大人從一開始就是全屬性，應該是在創始之庭取得思達普的吧？」

「……我還是第一次聽到創始之庭這個名稱，但我確實是在一處叫作這個名字也不奇怪的地方取得了思達普。那裡有棵白色巨木，看起來非常不可思議。」

艾格蘭緹娜一臉愣怔地說完，隨即灰心地垮下肩膀。

「這不就意味著，取得思達普時並非是全屬性的席格斯瓦德王子，既進不了祭祀火神的祠堂，也成為不了下任君騰候補嗎……」

要是就連重新取得加護後變成了全屬性的亞納索塔瓊斯也進不去，那席格斯瓦德大概也不行吧。

「但錫爾布蘭德王子的話還有可能喔。只要把取得思達普的時間改回到畢業前夕，再讓他去小祠堂獻上祈禱、增加屬性，然後在加護儀式上取得所有大神的加護，他應該就可以成為下任君騰候補吧。」

錫爾布蘭德年紀還這麼小，就意志堅定到願意努力壓縮魔力，所以我相信他一定辦得到。倘若艾格蘭緹娜不願成為候補，那把這項任務交給錫爾布蘭德就好了。既然已經知道如何能取得大神的加護，王族可以自己想辦法吧。

……只不過問題在於，現在的君騰能否撐到錫爾布蘭德王子成年那時候。

眼看王族當中能夠推出下任君騰的候補人選，我感到如釋重負。然而，艾格蘭緹娜卻是沉下臉來。

「……羅潔梅茵大人，如今已經對外宣布，下任君騰是席格斯瓦德王子。我或者錫爾布蘭德王子若成為下任君騰候補，會讓尤根施密特再度陷入動盪不安吧。」

席格斯瓦德不僅讓魔法陣發光，星結儀式上也得到了前所未有的祝福。她說中央現在正團結一心，要擁戴席格斯瓦德為下任國王。所以這種情況下，她與錫爾布蘭德絕對不能掀起紛爭。

「我非常明白您不想引發紛爭的心情，但現在尤根施密特會動盪不安，追根究柢不就是因為沒有古得里斯海得嗎？倘若想要解決國境門的開關、領地邊界的重新劃分等重大問題，應該要盡快取得古得里斯海得才對吧？而且與其由王族以外的人取得，若能由您或是錫爾布爾德王子取得，造成的混亂會少得多吧。」

「話是如此沒錯……」

明明身為王族，但艾格蘭緹娜似乎十分抗拒要由自己去獲取古得里斯海得。可能是因為手足曾遭殺害，讓她留下了心理陰影吧。

……嗯～那如果由我取得古得里斯海得，再以要讓斐迪南大人回到艾倫菲斯特為交換條件，然後讓給席格斯瓦德王子，這樣做會比較好嗎？

眼看艾格蘭緹娜萬般苦惱，還無法找進不了祠堂的亞納索塔瓊斯商量這件事，我在心裡頭這麼思索。

但是，我沒有實際說出自己的想法。

畢竟現在這時候，距離古得里斯海得最近的人恐怕就是我。大概是因為我在貴族院內多次獻上了祈禱吧。我在進入祠堂的時候，神像手中就已經出現藍色石板了。要是去了其他祠堂，多半也能不怎麼費力地取得石板。

……可是，以前斐迪南大人曾說過，古得里斯海得放在「只有王族能夠進入，其他人打不開的書庫」裡。

再者，我還沒看完地下書庫裡的所有資料。即使去了大神的祠堂蒐集到了所有石板，我也不見得能符合條件。最好還是別讓王族抱有無謂的期待。

……而且……

如果真有下任君騰候補能夠進入祠堂、取得古得里斯海得，王族絕不可能放任不管。若王族真的堅持要讓席格斯瓦德成為下任君騰，那我很可能被迫嫁給他，最糟糕的結果則是古得里斯海得被搶走後，連性命也沒能保住。所以，我最好什麼也不要多說。因為我並不想離開家人所在的艾倫菲斯特。

「只要繼續調查地下書庫裡的資料，或許就能發現可以讓席格斯瓦德王子取得古得里斯海得的情報吧。」

我說著好聽的場面話，露出貴族特有的客套笑容。艾格蘭緹娜欲言又止地凝視我後，靜靜垂下目光。

「羅潔梅茵大人，感謝妳今日前來。」

離開艾格蘭緹娜的離宮後，我返回宿舍。安潔莉卡與達穆爾來向我報告，說他們已經掌握了地圖上所有大神祠堂的所在位置。

祠堂巡禮

雖然知道祠堂在哪裡了，但只能在地下書庫與宿舍間往返的我沒有機會前往祠堂。那麼，現在該怎麼辦才好？如果能像前幾天那樣，和漢娜蘿蕾或是錫爾布蘭德一起出去散步就好了，但未成年的我們被禁止在外走動，所以這個方法行不通。

……要是艾格蘭緹娜大人有意前往各個祠堂的話，我就會向她報告了呢。

還想不出好辦法的我往地下書庫移動。今天亞納索塔瓊斯與艾格蘭緹娜似乎也是上午會待在這裡幫忙。看來又是尋常不變的一天。

「羅潔梅茵大人，請留步。」

「艾格蘭緹娜大人，怎麼了嗎？」

抱著文具正要進入書庫的我被叫住後，轉身回過頭去。只見艾格蘭緹娜面帶沉穩微笑，身旁則是有些臭臉的亞納索塔瓊斯。

「今天和我們一起去祠堂吧。我想親眼看看羅潔梅茵大人是如何用廣域魔法洗淨祠堂……也想請妳測試一下。」

艾格蘭緹娜對我這麼說道，露出花兒盛放般的甜美笑容。亞納索塔瓊斯則是一臉無奈地道：「畢竟能用廣域魔法洗淨祠堂的也只有妳了。」聽起來，只能理解為這是王族的命令。

……改用這種方式嗎？

想必是因為茶會上，我沒有正面回答自己是否進入了祠堂吧。看來他們打算以王族的身分在旁監督，確保我非得靠近祠堂不可。

……我本來還不願去想，艾格蘭緹娜大人他們有可能會採取這種強硬的手段呢。

頓時我的心情就像吞下了一塊大石頭般沉重。於是我微低著頭，在近侍們的陪伴下與兩人一同離開了圖書館。為了能夠配合王族的走路速度，我坐著騎獸移動。亞納索塔瓊斯的目標似乎是文官樓後方的祠堂。

「羅潔梅茵，拿去。」

接過亞納索塔瓊斯遞來的防止竊聽魔導具後，我仰頭看向他。不知為何，他老大不高興地用那雙灰眸往我瞪來。

「在我被排除在外的茶會上，妳似乎對艾格蘭緹娜有所隱瞞。昨晚艾格蘭緹娜的心情十分消沉喔。」

「……是艾格蘭緹娜大人讓我感到為難，問了我無法回答的問題喔。該意志消沉的人是我才對。」

要是當時我在茶會上回答「我沒能進入祠堂」，他們會說我對王族撒謊吧；但要是我老實坦承「我不僅進入祠堂，還已經得到石板了」，他們說不定會指控我有意謀反。萬一他們認定我比只會自吹自擂的蒂緹琳朵還要不敬，那我也無從辯駁。

……所以我才保持沉默，結果現在竟然說我有所隱瞞。

但我再怎麼想隱瞞，一旦他們命令我一同前往祠堂，還要我試著能否進入祠堂的話，我根本無路可逃啊。王族的命令只能遵從，但偏偏強迫我的是這兩個人，讓我的心情分外沉重。明明我盡量用了貴族該有的姿態應對，沒想到他們卻要強行揭穿。

「羅潔梅茵大人，對不起喔。但是，我也無法退讓。」

儘管艾格蘭緹娜惹人憐愛地道歉，我的心情還是非常沉重。為了防止紛爭發生，她也許是想得到某種不為人知的方法，讓席格斯瓦德能夠進入祠堂，但我根本提供不了連自己也不知道的事情。只要繼續閱讀地下書庫裡的石板，也許就能有新的發現，這是我唯一能提供的解答了吧。總不能老老實實表示：「那我想先取得古得里斯海得，等我看完以後，再以斐迪南大人能免於連坐為交換條件讓給王族。」

「會在神殿祈禱，又取得了大量加護的妳想必能夠進入祠堂。畢竟妳能操控那麼多神具，又會舉行儀式，隱瞞此事又有什麼意義。」

「……亞納索塔瓊斯王子不是說過，不要什麼都說出來，要懂得情報的價值嗎？您應該稱讚我比以前有進步了吧？」

我語氣略帶挖苦地這麼說完，被他狠狠一瞪：「羅潔梅茵。」

「所以您是在命令我，要全部坦誠相告嗎？」

「沒錯。妳若有所隱瞞，感覺暗地裡會有不得了的大事發生。妳我之間向來都是所有事情據實以告，一切才能順利進行，所以妳不要無謂隱瞞。能夠輕易舉行那麼多儀式、還能操控神具的妳，不可能進不了祠堂。」

亞納索塔瓊斯沒有稱讚我身為貴族的表現有所成長，反倒叫我不要隱瞞。

「會因為有所隱瞞而挨罵，也是我自己至今那些行為所導致的結果，所以是我自作自受吧。但是，我真的不知道有什麼完美的解決辦法，可以如艾格蘭緹娜大人所願。」

我直截了當地說出自己的感想。對此，亞納索塔瓊斯卻是輕挑起眉：「真是這樣嗎？」他的眼神還在懷疑我是否有所隱瞞。但隱藏在心底的真心話太無禮了，我哪敢說出口啊。

席格斯瓦德之所以無法進入祠堂，是因為他取得思達普時並非全屬性；會沒能成為全屬性，是因為明明地下書庫裡就有資料，他卻從來沒看過；看不到那些資料，是因為政變與肅清過後不僅知識的傳承斷絕了，王族又不夠認真學習，無法看懂古文。除此之外，規定思達普一生只能取得一次的人並不是我，我也無力更改。所以從現在開始仍有機會得到古得里斯海得的王族，就是艾格蘭緹娜與錫爾布蘭德。若能交由兩人去各個祠堂獻上祈禱，這是最實際的做法吧──這樣想的我有哪裡不對了？與其由艾倫菲斯特出身的我去取得，相信他領的貴族更能接受。但如果還是想讓無法自己取得古得里斯海得的席格斯瓦德成為下任國王，那我只想得到一個方法。

「……因為，只要想想一旦王族確認了我能夠進入祠堂，下一步會怎麼做，我當然會想保持沉默啊。屆時我得離開家人所在的艾倫菲斯特，還要嫁給自己幾天前才在星結儀式上給予祝福的男人當第三夫人，這根本不是我想要的未來。」

「看來妳多少也會考慮後果了嘛。」亞納索塔瓊斯喃喃說道。艾格蘭緹娜只是發出輕笑聲說：

「哎呀，羅潔梅茵大人，妳今天終於據實以告了呢。我明白妳的意思，但中央現在正好不容易團結起來，無論如何一定要避免紛爭再次發生。」

艾格蘭緹娜臉上帶著一如往常的溫柔微笑，但無視了我所說的「這根本不是我想要的未來」這句話。

「而且，我們需要盡快取得古得里斯海得。妳願意協助我們吧？」

我默默別開視線。這時我還有足夠的自制力，不至於直接回絕說「我不要」。但是，我也一點都不心甘情願。

在兩人帶著笑容的無聲催促下，我們先是經過文官樓前方老師們所栽種的藥草園，隨後抵達祠堂。

「同樣的祠堂真的有好幾座呢。」

隨行前來的王族近侍們看著祠堂，全都一臉詫異。我的近侍們則是面露擔憂地看著我與王族，完全沒有看向祠堂所在的方向。我把防止竊聽的魔導具還給亞納索塔瓊斯後，對著近侍們擠出笑容。

「我們只是在討論要如何洗淨祠堂。」

下了騎獸以後，我搭配輔助用魔法陣，施展大範圍的洗淨魔法清洗整座祠堂。幾秒鐘後髒汙便被徹底洗淨，祠堂變得潔白閃亮。艾格蘭緹娜佩服地望著這幕光景，微笑道：「好壯觀呢。」

「羅潔梅茵，麻煩妳確認一下這座祠堂是否也上了鎖。」

聽到亞納索塔瓊斯指名，我心情沉重地伸手觸碰門扉。才剛覺得自己被吸進了門裡，下一秒人就在祠堂裡面了。

「……這裡是祭祀黑暗之神的祠堂嗎？」

內部和祭祀火神的祠堂一樣，共有十三座神像。中心是黑暗之神，偌大的披風閃耀著星空般的璀璨光輝，而神像手中果不其然已經有著黑色魔石形成的石板。與艾格蘭緹娜不同，這次我也是一進來石板就完成了，上頭的文字清晰可見。

「還是祈禱一下比較好吧？」

不說一聲就拿走石板總覺得不太好，於是我高舉雙手，抬起左腳。

「黑暗之神、星神索提爾拉德、隱蔽之神費亞勃肯、驅魔之神飛德雷歐斯……請讓老是自說自話、提出過分要求的王族遠離我吧。祈禱獻予諸神！」

我懷著對王族的滿腔怒火獻上祈禱。暗的眷屬神中有驅魔之神，我誠摯希望祂能幫我趕跑老是帶來麻煩的王族。

「嗯？內容好像跟火屬性的祠堂不一樣……賜予汝，詠唱吾之名？」

……吾之名是指什麼？黑暗之神的名字嗎？

這麼心想的瞬間，三年級在術科課上取得的名字忽然清晰地浮現腦海。

「向黑暗之神席坎札坦哈特獻上祈禱。」

如此詠唱之後，手上的黑色石板吸走了一些我的魔力，然後重新出現另一段文字。

「汝之祈求已達。在此予以認可，賜予取得梅斯緹歐若拉之書所需之語詞。僅吾之語詞尚且不足。下任君騰候補須取得所有神祇之語詞。」

待我唸完最後一個字，黑色石板便被身體吸收，與體內的思達普融合為一。徹底吸收完畢後，席坎札坦哈特賜予的語詞在腦海裡浮現。

「庇列迪亞爾。」

下一秒，我人就在祠堂外面了。目光正好與低頭緊盯著我、確認我是否進入了祠堂的亞納索塔瓊斯與艾格蘭緹娜對上。這時候撒謊說「我進不去」也沒意義吧。

「……多了黑色的光線呢。」

「什麼？」

如今劃過祠堂上方的奇妙光線不只藍色，還多了黑色。兩人轉頭看向我望著的方向，旋即一臉莫名地互相對看，因此我只是堆起模稜兩可的笑容。

「還要去其他祠堂嗎？」

我這麼詢問後，艾格蘭緹娜不敢置信地眨眨眼睛，緊接著擔心地注視我。「妳的身體不要緊嗎？」

「是的，現在沒有問題……但一路走到下個祠堂的話大概會暈倒吧。」

雖然心裡有股衝動很想要乾脆暈倒，把這一切全部敷衍過去，但我剛才都是乘坐騎獸，並沒有消耗到體力。而且很遺憾地，也沒消耗到多少魔力。

「如果要去下一座祠堂，可以走這邊的小路喔。」

我叫住正要走回文官樓的王族，指向森林裡的小徑。在我眼裡，這條小路正幽幽發光。這大概就是地下書庫的石板上提到過的，從前君騰的候補人選在前往各個祠堂時會使用的路徑吧。

「羅潔梅茵，坐上騎獸。走吧。」

亞納索塔瓊斯先是用力緊閉雙眼，接著走向我指的小路。大概因為我說過祠堂是隔著相等的距離排開，亞納索塔瓊斯似乎也預先確認過了祠堂的所在位置。儘管是森林裡的小路，他卻走得毫不遲疑。

隨後，他再度遞來防止竊聽的魔導具。我一握住，亞納索塔瓊斯便宣告：

「妳要嫁給王兄當第三夫人。這樣一來，所有事情都能圓滿解決。」

「一點也不圓滿吧。我雖然想看女神的書，但並不想嫁給席格斯瓦德王子當第三夫人。」

所有事情都能圓滿解決的只有王族，我可是完全無法接受。

「……艾格蘭緹娜不希望自己成為引發紛爭的源頭，所以不願成為下任君騰。若由她取得古得里斯海得，庫拉森博克等上位領地必然會立即有所行動。」

面對滿腦子只想著要實現艾格蘭緹娜心願的亞納索塔瓊斯，我不禁心頭火起。

「所以就讓我來當那個引發紛爭的人，苗頭不對時再讓艾倫菲斯特承擔他領所有的不滿，中央與王族便能獲得圓滿的結果吧。但是，兩位以為艾倫菲斯特會點頭答應嗎？我已經有未婚夫了，而且個人的希望是留在艾倫菲斯特。」

「嗯，與戴肯弗爾格交涉的時候，妳好像也這麼說過。」

儘管如此，亞納索塔瓊斯顯然也沒打算改變心意。他的態度讓我噘起嘴唇。

「……兩位絲毫不為艾倫菲斯特著想呢。」

「我們並不是完全沒有設想過，但與防範中央的紛爭於未然相比，就沒有那麼重要了。這點妳應該明白的吧？」

就和我並不了解中央的情況，所以無法設身處地著想一樣，艾格蘭緹娜也無法為艾倫菲斯特多做考慮吧。

「我必須要考慮的，是王族、中央，乃至於整個尤根施密特。此外，還有艾格蘭緹娜。為了消除艾格蘭緹娜的不安與擔憂，這也是沒辦法的事。艾倫菲斯特的事就交給艾倫菲斯特的人自己去煩惱吧。」

為了自己優先考慮的事情，亞納索塔瓊斯表明他將不顧我的心情與艾倫菲斯特的現狀。明明我一直以來都在為王族提供協助，如今他們竟然完全不顧慮我的想法，這讓我的心情苦澀不已。

「倘若兩位真的認為，艾倫菲斯特的事情就該由我們自己解決，那中央的事情也由中央自己解決不就好了嗎？若由艾格蘭緹娜大人取得古得里斯海得，庫拉森博克便能成為她的後盾，中央神殿也不會有異議吧。與其由不是王族的我來取得，造成的影響會遠遠小得多。請不要一而再地從艾倫菲斯特搶走領主候補生。」

「羅潔梅茵，妳說得太過火了。」

亞納索塔瓊斯朝我瞪來，但我反瞪回去。

「是您要我坦誠相告的吧？若要我奉王命嫁給席格斯瓦德王子當第三夫人，至少請把斐迪南大人還給艾倫菲斯特。斐迪南大人離開以後，艾倫菲斯特撐得非常辛苦。」

「不可能。亞倫斯伯罕會面臨瓦解。」

我的請求被他想也不想地回絕。眼看他對艾倫菲斯特與對亞倫斯伯罕的態度差這麼多，我內心一陣光火，用力握緊手中的防止竊聽魔導具。

「您對待艾倫菲斯特與對亞倫斯伯罕的態度截然不同呢。亞倫斯伯罕的煩惱也交給他們自己解決不就好了嗎？明明說好從今年的領主會議開始，會給予我們等同獲勝領地的待遇，那現在這樣又是怎麼一回事呢？我與艾倫菲斯特對王族的貢獻就這麼微不足道嗎？」

要是他們回答這就是王族的行事作風，那我也無可奈何吧。但是，我還是不甘心到了忍不住緊緊咬牙。艾格蘭緹娜的眼神就像在看著無理取鬧的小孩子，微笑道：

「羅潔梅茵大人，妳的貢獻絕非微不足道喔。但是論緊急程度與重要程度，亞倫斯伯罕還是比艾倫菲斯特要高。」

她說亞倫斯伯罕是獲勝方的大領地，還負責管理半個舊孛克史德克。論土地面積與人口，再加上目前唯一還開著的國境門等等，重要性遠遠大於艾倫菲斯特。然而，現在領內卻只有兩名已經成年的領主一族，加上斐迪南以後也才勉強三人。這樣的人數實在不足以支撐大領地。

……雖然亞倫斯伯罕因為領主一族的人數太少，確實很辛苦，但這得怪他們領內特有的規定，也就是領主一換人，就要把其他領主候補生降為上級貴族吧？

如今卻要由斐迪南與艾倫菲斯特來替他們收拾爛攤子，未免太不公平了。

「所以意思是，不管我對王族提供再多的協助也毫無意義吧。」

「不是這樣。而是有的事情我們做得到，有的則無能為力。妳要我們把斐迪南還給艾倫菲斯特，這話說來簡單，但現在實際上支撐著亞倫斯伯罕的正是斐迪南。除非出現持有古得里斯海得的君騰，否則無法讓他離開。」

「……這是什麼意思？」

「意思就是首先必須由擁有古得里斯海得的君騰重新劃分領地邊界，將亞倫斯伯罕分成數個小領地後，再任命各領的領主一族成為奧伯。如此一來，才有辦法把斐迪南還給艾倫菲斯特。」

亞納索塔瓊斯說完，艾格蘭緹娜點點頭。

「如今是在沒有古得里斯海得的情況下，由中央與大領地管理在政變中落敗的領地。倘若亞倫斯伯罕支撐不下去了，根本沒有其他領地能幫忙分擔。好比就在隔壁的艾倫菲斯特，屆時能幫忙管理整個亞倫斯伯罕嗎？」

艾倫菲斯特也因為進行肅清的關係，領內貴族人數減少，光是維持自領的運作就已經分身乏術，根本沒有餘力管理其他領地。

「若不是現在的情況極度缺乏魔力，蒂緹琳朵大人那樣的言行舉止，王族絕不可能輕易放過。」

艾格蘭緹娜告訴我，前陣子在圖書館遇到蒂緹琳朵後，瑪格達莉娜相當氣憤。據說蒂緹琳朵的失禮程度，已經到了就算當場被處刑也不奇怪的地步。

也就是說，一旦王族擁有了充足的魔力，蒂緹琳朵將是他們第一個要處分的對象吧？我的心情彷彿被人當頭澆了一盆冷水。

「……那請至少答應我，不會因為蒂緹琳朵大人就連帶處分斐迪南大人。當初他可是在國王的命令下被迫做出選擇，是要把兄長拉下臺，還是要前往亞倫斯伯罕與自己不喜歡的人成婚，並每天過著喝藥水工作的生活喔。假使有人強迫亞納索塔瓊斯王子必須把席格斯瓦德王子拉下來，不然就得與蒂緹琳朵大人結婚的話，您又作何感想呢？要是最後還因為蒂緹琳朵大人的不敬之舉而慘遭連坐……」

亞納索塔瓊斯先是極度不快地皺起臉龐，隨即灰色雙眸挑釁地看向我。

「一旦斐迪南與她正式結為夫妻，便難以免除連坐。妳若想拯救他不受牽連，就要趁著兩人延期舉行星結儀式的這一年內取得古得里斯海得。」

看著那雙毫不猶豫要利用我的灰色眼睛，我渾身直打冷顫，但也筆直望回去。

「……那麼，只要我取得了古得里斯海得，王族就會把斐迪南大人還給艾倫菲斯特嗎？」

「若想從亞倫斯伯罕帶走斐迪南，還給艾倫菲斯特，就得先預想到會發生的種種情況，並且一一想好解決對策。能夠做到的話，要把他送回去也無妨。」

……我絕不讓蒂緹琳朵大人連累斐迪南大人。

此刻我甚至不得不在王族的命令下前往各處祠堂，並取得古得里斯海得，他們還強迫我嫁給席格斯瓦德當第三夫人。我必須不擇手段。

……就算別人都說不可能，我也要得到古得里斯海得，用來當作籌碼解救斐迪南大人。

「……好，到了。」

亞納索塔瓊斯示意前方，結束對話。前方是座白色祠堂，我和剛才在暗屬性祠堂做過的一樣，搭配輔助魔法陣施展洗淨魔法，接著裝作非常自然的樣子觸碰門扉，進入祠堂。

「……這裡是風之女神的祠堂呢，也有帶著貴色的石板。」

成排的女神像中，中心是左手拿著圓盾、右手拿著黃色石板的風之女神。

「風之女神舒翠莉婭、飛信女神沃朵施奈莉、時之女神德蕾梵庫亞、睿智女神梅斯緹歐若拉……為了解救斐迪南大人，請賜予我梅斯緹歐若拉之書。祈禱獻予諸神！」

我邊詠唱神祇的名字邊獻上祈禱，然後拿起已經完成的石板。

「汝之祈求已達。舒翠莉婭在此予以認可，賜予取得梅斯緹歐若拉之書所需之語詞……」

石板上的文字彷彿範文，和其他的石板一模一樣，差別只在於得到的語詞而已。石板與體內的思達普合而為一後，得到的語詞便在腦海中浮現，我開口將其唸出。

「泰底悉恩達。」

唸完語詞就會回到祠堂外的現象，現在我也已經習慣了。確認大門上了鎖，我轉身走向在旁觀看著的亞納索塔瓊斯一行人。抬頭一看，半空中又再多了黃色的光線，甚至隱約能夠看見複雜的圖騰。

「去下一個祠堂吧。接下來所有人都使用騎獸。」

果然一直走路也會累吧。這次所有人都坐上騎獸，在小徑上奔馳，沒花多久時間就到達了下一座祠堂。施展洗淨魔法清洗祠堂後，我進入內部。

「呃……這裡看起來好像是命屬性的祠堂……」

內部有持劍的生命之神埃維里貝與其眷屬神，所以應該是命屬性的祠堂沒錯。但與其他祠堂不同的是，十三尊神像環繞似地圍起了一座小祠堂。看起來就像是祠堂裡面還有祠堂。

……那個該不會是土之女神的祠堂吧？

否則我想不到還有哪個祠堂會被生命之神與其眷屬神們這樣牢牢守護。

……用不著連祠堂也這麼忠於神話吧……

我正想嘆氣的時候，忽然間不知為何，覺得必須向生命之神獻上祈禱不可。我倏地舉高雙手，看向生命之神埃維里貝。

……啊，石板還沒有完成！

神像手中的貴色石板只完成了一半左右。與其他大神相比，我向生命之神獻上祈禱的次數確實比較少。在貴族院，也只有在準備要與戴肯弗爾格比求娶迪塔時祈禱過。記得教韋菲利特怎麼使用神具的時候，曾經立起過光柱。

「生命之神埃維里貝、冰雪之神休諾亞斯德、夢神席朗托羅莫、料理之神科威克勞羅……」

……早知道向科威克勞羅多祈禱一點，是不是就能開發出更多新料理了呢？

我邊想著這些事情邊大喊：「祈禱獻予諸神！」接著就和艾格蘭緹娜說過的一樣，瞬間大量的魔力從戒指釋出，被石板所吸收。就在我快要保持不住祈禱的姿勢時，石板似乎完成了。腦海裡響起一道聲音。

「汝之祈求已達。在此予以認可，准許汝向吾妻蓋朵莉希獻上祈禱。」

……咦？那取得梅斯緹歐若拉之書所需的語詞呢?!

內容居然跟其他祠堂不一樣。我錯愕地眨著眼睛時，被神像們圍在中心的祠堂門扉漸漸打開。不出所料，裡頭是土之女神蓋朵莉希的神像。大概是因為在貴族院舉行過奉獻儀式的關係，帶有貴色的石板已經完成。

……不過，我該怎麼做才能拿到石板呢？

土之女神的祠堂被生命之神及其眷屬神們團團包圍，根本無法靠近。而且感覺要是隨便靠近，生命之神手中的長劍就會往自己劈過來，太恐怖了。我一邊思考著該怎麼拿走紅色石板，一邊從腰間的藥水袋裡拿起回復藥水喝下。

……但埃維里貝已經給予認可了，代表我可以靠近沒關係吧？

剛這麼心想的我猛然又意識到，祂准許我的只有獻上祈禱而已，並沒准許我接近土之女神。

我仰頭看著擋在土之女神前方的埃維里貝神像，開始向土之女神獻上祈禱。

「還請告訴我該怎麼拿取石板吧！祈禱獻予土之女神蓋朵莉希！」

魔力從戒指飛出後，蓋朵莉希手中的紅色石板便輕輕一晃消失無蹤，緊接著出現在埃維里貝手中，與白色石板並列。

「汝之祈求已達蓋朵莉希。蓋朵莉希與埃維里貝在此予以認可，賜予取得梅斯緹歐若拉之書所需之語詞……」

……所以負責回答、遞交石板的，都是埃維里貝嗎？

這守備還真是徹底，絕不讓任何人碰到蓋朵莉希。居然設計了這麼麻煩的機關來重現神話，最初創造這些祠堂的君騰到底是多麼龜毛的完美主義者啊？我正對很久很久以前的君騰感到佩服時，蓋朵莉希的祠堂再度關上。我伸手拿起生命之神手中的白色石板。

本以為上頭的文字也會不一樣，結果還是跟之前的石板相同，看來差別只在於獲得的語詞而已。石板與體內的思達普融合後，我唸出浮現在腦海裡的語詞。

「奈古恩修。」

接著我再拿起紅色石板，閱讀上面的內容。

「僅吾之語詞尚且不足。下任君騰候補須取得所有神祇之語詞。」

唸完最後一個字時，紅色石板被我的身體所吸收，與體內的思達普合而為一。

「特雷拉凱特。」

由於拿到了兩塊石板，我應該在祠堂裡待了很長時間，但出來卻發現時間完全沒有流逝，只聽見大家還在稱讚我洗淨了祠堂。抬頭看向天空，不同顏色的光線又增加了。那等我取得了所有石板會怎麼樣呢？這種往未知領域邁進的感覺讓人有些恐懼。

「去下一座祠堂吧。」

亞納索塔瓊斯這麼呼喊後，我左右搖搖頭，甩開湧上心頭的恐懼。我必須有籌碼才能與王族談判，什麼也沒有就只是提出請求，他們根本不會伸出援手。

……不怕不怕。我已經下定決心要解救斐迪南大人了。

我坐著騎獸，在小徑上奔馳。總覺得標示著小徑的光芒越來越明亮了。

「這樣的祠堂究竟總共有幾個呢？」

奧黛麗語帶擔憂地喃喃低語道，預先調查過祠堂位置的達穆爾便回：「共有六個。」奧黛麗露出一臉「你怎麼知道？」的訝異表情時，前方已經可以看見祠堂了。

「到了。羅潔梅茵，洗淨祠堂吧。」

我在命令下洗淨祠堂，然後佯裝檢查門扉有沒有上鎖的樣子進入內部。

「這裡是光之女神的祠堂。」

祠堂內有十三尊神像。中心是光之女神，頭上戴著宛如在展現光芒的頭冠，手上則拿著金色石板。已經完成的石板發出微光，引人聯想到契約魔法的金色火焰。

「光之女神、秩序女神蓋芭朵儂、淨化女神溫懷爾休奈、結緣女神黎蓓思可赫菲……我會全力以赴，請指引方向讓我能夠幫助斐迪南大人。祈禱獻予諸神！」

獻上祈禱後，我拿起石板閱讀上面的文字。

「啊，果然，跟黑暗之神的一樣，也是寫著『賜予汝，詠唱吾之名』。」

三年級上術科課時，我也取得了光之女神的名字。名字立即在腦海裡浮現。

「向光之女神斐雅思珀蕾狄獻上祈禱。」

說完，手上的金色石板便吸走了我些許的魔力，重新出現另一段文字。

「汝之祈求已達。在此予以認可，賜予取得梅斯緹歐若拉之書所需之語詞。僅吾之語詞尚且不足。下任君騰候補須取得所有神祇之語詞。」

唸完最後一個字時，金色石板便被我的身體所吸收，與體內的思達普融合。光之女神賜予的語詞脫口而出。

「奧斯圖里克。」

回到祠堂外時，我發現亞納索塔瓊斯也伸出了手在觸碰門扉。他眉頭緊皺，不甘心地瞪著大門。大概是察覺到了我的目光，他立即收起表情。

「結束了嗎？」

我輕輕點頭，他便轉身揚起披風說：「那走吧。」走向自己的近侍們。

……接下來是最後一座祠堂了。

地圖上的大祠堂一共有六個。坐著騎獸在小徑上移動，洗淨最後一個祠堂後，我觸碰門扉進到內部。

祠堂內有十三尊神像，中心是右手持著長杖，左手拿著發光綠色石板的水之女神芙琉朵蕾妮。祂是既強大又溫柔的女神，可以在初春時以大量融化的雪水沖走埃維里貝，也能夠治癒受傷的蓋朵莉希。

「水之女神芙琉朵蕾妮、雷之女神妃亞唐蓮娜、治癒女神洛古蘇梅爾、海之女神緋亞弗蕾彌雅……我想擁有強大的力量，把降臨在斐迪南大人身上的災難全部沖走。祈禱獻予諸神！」

雖說坐著騎獸移動，但與王族一起前往各處洗淨祠堂之後，我大概也累了吧。我在祈禱時忍不住直白地提出請求，隨後拿起綠色魔石形成的石板。由於已經去過所有祠堂，石板上的文字和之前不一樣。我驚訝地閱讀上面的內容。

「……汝之祈求已達。在此予以認可，賜予取得梅斯緹歐若拉之書所需之語詞。獲得所有神祇之語詞的下任君騰候補啊，接下梅斯緹歐若拉之書吧。」

唸完最後一個字時，綠色石板便被身體吸收，與思達普融合為一。水之女神賜予的語詞脫口而出。

「隆姆貝庫亞。」

終於所有祠堂都去過了一遍，還得到了令人感激的宣告：「接下梅斯緹歐若拉之書吧。」如果水之女神說的是真的，那麼這下子我就能得到古得里斯海得了。

……為了解救斐迪南大人，我真希望可以馬上拿到，但「接下梅斯緹歐若拉之書吧」，具體來說是要怎麼接啊?!

目前最可疑的就是每進一座祠堂，半空中的貴色與光線都會隨之增加。我仰頭看向有著五顏六色光線的天空，試著伸出雙手。

……梅斯緹歐若拉之書，到我手中來吧！

「妳在做什麼？」

結果不僅沒有發生任何變化，亞納索塔瓊斯還朝我投來可疑的眼光。

「不，沒什麼。我只是在想既然所有祠堂都變乾淨了，那也向諸神祈禱吧。」

情急之下我隨便編了個藉口，順勢在王族與近侍們的注視下，用戒指朝著天空釋放魔力：「祈禱獻予諸神！」然而，結果還是一點變化也沒有。

……怎麼辦？神啊，祢們的說明是不是有點不太夠？

但現在絕望還太早。地下書庫裡曾找到過有關祠堂的資訊，關於接下來該採取的行動，或許也能在地下書庫裡找到提示。

……總之先恢復魔力吧？

洗淨所有祠堂後，魔力減少了不少，再加上雖說一直是坐在騎獸裡頭，但長時間的移動也對身體造成了不小的負擔。如果還要回地下書庫，最好也恢復一下體力。我往腰間上的好心版回復藥水伸出手時，奧黛麗臉色一變。

「羅潔梅茵大人，您多次施展了洗淨魔法，會不會對身體造成太大的負擔呢？況且您今天似乎已經移動了很長的距離……」

「放心吧，已經結束了。等羅潔梅茵一恢復，我們就回圖書館。」

亞納索塔瓊斯在一旁說道，我也對奧黛麗揮揮手說：「等魔力恢復就沒事了。」對目光中充滿憂心的她投以微笑後，我靜靜等著身體恢復。

……嗯？

那種魔力滿溢到不受控制的感覺好像沒有了？我一點一點地試著壓縮魔力。現在好像和舉行加護儀式之前一樣，就算壓縮魔力也沒有問題了。我目不轉睛地望著自己的雙手，納悶歪頭。

……難不成是我的思達普成長了？

「羅潔梅茵大人，怎麼了嗎？」

艾格蘭緹娜語帶擔憂地向我攀談。我稍微環顧四周，察覺到我在意眾人目光的舉止，她便向我遞來防止竊聽的魔導具。眼尖地發現我們打算說悄悄話，亞納索塔瓊斯立刻走過來。艾格蘭緹娜露出苦笑，也遞給他一個防止竊聽的魔導具。

「我的思達普好像成長了。」

「啊？什麼意思？」

「我只是有這種感覺，自己也還不太清楚……但我之前說過，自從舉行加護儀式以後，一年級時取得的思達普就變得不太適合自己使用吧？」

「嗯，妳是說過。」亞納索塔瓊斯點頭後，我一邊張握拳頭一邊往下說。

「我在祠堂裡面取得的石板，和神的意志非常相似。取得所有石板以後，操控起魔力就變得輕鬆多了。」

「所以若能取得祠堂裡的石板，思達普就會產生變化囉？那這樣一來，席格斯瓦德王子也有希望了吧。」

艾格蘭緹娜開心地綻開笑靨。但現在高興還太早了，因為也不曉得能否成功。首先，得前往小祠堂反覆奉獻魔力、蒐集魔石，才能取得大神的加護。即便成功再取得了大神的加護，也不一定能夠進入祠堂。這條路將非常漫長。

「首先得去小祠堂獻上祈禱，然後重新舉行儀式、取得大神的加護，再前往創始之庭改良思達普……這樣的過程將非常漫長，而且充滿不確定性。況且就算去了創始之庭，也不一定真的就能改良思達普。這部分是神的領域，我無法負起責任。」

「可是，還是比毫無辦法要來得好吧。我太高興了。」

看著艾格蘭緹娜燦爛的笑臉，我的心情也跟著放鬆下來，但馬上搖搖頭。

「羅潔梅茵大人？」

「現在所有祠堂都去過了，那接下來呢？」

「總之先回地下書庫吧，很快第四鐘就要響了。所有人坐上騎獸！」

歸還防止竊聽的魔導具後，我坐進騎獸裡。眾人一鼓作氣往圖書館移動。

……啊！

為了直接在空中飛行，我飛得比樹木要高，這時我才發現連結起各個祠堂的七彩光線交織成了複雜的圖案，形成巨大的魔法陣。由於飛行的高度不高，無法看見全貌，因此我不清楚這是什麼魔法陣。但是，巨大的魔法陣似乎一路覆蓋到了貴族院邊緣，中心則落在中央樓，多半就是祭壇所在的最奧之間。

雖然不曉得這是怎麼一回事，但肯定有不得了的大事正在發生。

心臟「撲通」地用力一跳，帶來不祥的預感。

地下書庫的更深處

亞納索塔瓊斯與艾格蘭緹娜說了，把我送回到地下書庫後，他們就得回去用午餐並參加下午的會議。

「我必須把妳去完了所有祠堂一事向父王他們報告，然後好好商議。」

「……今天的事情，該不會是亞納索塔瓊斯王子的獨斷獨行吧？」

「不完全是，但我也知道自己有些先斬後奏。」

……有些？真的只是有些而已嗎？

亞納索塔瓊斯看似面無表情，但灰色雙眼中有著焦急。同樣都是為了掩蓋真實情緒的面無表情，但跟斐迪南比起來他好懂多了。

……剛才兩人的態度還那麼強硬……難道是王族發生了什麼事嗎？

發現自己還想相信兩人，我不禁嘆了口氣，走下通往地下書庫的階梯。錫爾布蘭德與瑪格達莉娜正在透明牆壁內側抄寫資料，休華茲與懷斯則隔著透明的牆壁站立。漢娜蘿蕾似乎正在休息，沒在書庫裡面看見她的身影。近侍們都在準備午餐，一看見我們回來便停下動作：「歡迎回來。」

「我們回來了。和瑪格達莉娜大人打聲招呼後，我們就要返回離宮。我有事必須立即與父王以及王兄商議，幫我聯絡兩位。」

還沒走下階梯，亞納索塔瓊斯與艾格蘭緹娜便匆忙地向近侍下達指示。只見兩人的近侍們忙碌起來，有人負責送出奧多南茲，有人負責收拾帶來的物品；瑪格達莉娜的近侍則是朝著書庫比劃動作，示意主人出來。我經過忙碌的一行人，走向放下茶杯、朝我露出微笑的漢娜蘿蕾。

「羅潔梅茵大人，您回來啦。所有的祠堂都洗淨完畢了嗎？」

「漢娜蘿蕾大人，我回來了。都已經洗淨完畢了喔。」

感覺漢娜蘿蕾溫暖和煦的笑容治癒了我受傷的心靈。我笑著與她打招呼時，懷斯忽然蹦蹦跳跳地走過來。以前書庫打開的時候，懷斯總是站在透明的牆壁前面一動也不動，此刻卻突然動了起來，讓我大吃一驚。漢娜蘿蕾似乎也十分驚訝，眨了眨紅色雙眼，注視懷斯。

「懷斯，你突然動起來，嚇了我一跳呢。還以為發生什麼事了。」

但懷斯沒有理會漢娜蘿蕾，而是徑直地往我走來，然後握住我的右手。

「公主殿下，帶路。」

「咦？等等，懷斯？」

你要帶我去哪裡？——正想這麼問的我猛然意會過來。如今我已經去過所有的祠堂祈禱完畢，他要帶我去的地方當然只有一個。也就是為了取得梅斯緹歐若拉之書，該前往的下一個場所。我吞嚥口水時，錫爾布蘭德在休華茲的催趕下走出書庫。

「休華茲突然要我出來，到底發生什……羅潔梅茵？」

所有人都一臉詫異地望著行動與先前截然不同的休華茲與懷斯，以及被懷斯牽著手走向書庫的我。

……我跟著走進去沒關係嗎？

我往後回頭，看見亞納索塔瓊斯緊張得臉色僵硬，點了點頭。確認得到了王族的許可後，我與懷斯一起進入書庫。一進書庫，休華茲接著握住我的左手。

「公主殿下，抄寫。」

抄寫什麼——不用問我也知道答案。在前方等著我的，肯定就是梅斯緹歐若拉之書。休華茲與懷斯帶著我走向書庫裡的一面牆壁，拉起我的手觸碰壁面。魔力流向白色牆壁後，牆面就和地下書庫的門扉打開時一樣浮出魔法陣，緊接著出現開口。

……居然出現了一條通道。

好奇眾人反應的我回過頭去，卻發現不知為何，原本透明的牆壁竟然變成了一片雪白，完全看不到在牆壁另一邊的眾人。

「公主殿下，這邊。」

被休華茲與懷斯拉著手，我走進牆上形成的出入口，心臟跳得飛快。裡面的通道同樣是白色的，一想到梅斯緹歐若拉之書就在盡頭，我緊張得雙腳開始打顫，心臟撲通狂跳，情緒也不由得亢奮起來。

……梅斯緹歐若拉之書會是什麼樣子呢？

走了一會兒後，便見一扇門上浮現著複雜的魔法陣。看得出來這裡受到層層的保護，我心裡更是緊張了。

「公主殿下，這裡。」

我照著兩人說的伸出手，觸碰魔法陣。瞬間「啪滋」一聲，伴隨著被靜電電到的感覺，我的手被彈開了。跟有人未經許可就觸碰休華茲他們時的情況非常相似。

「呀啊?!」

始料未及的結果讓我慌忙縮回手，休華茲與懷斯仰頭往我看來。

「公主殿下，沒有登記。」

「接下來進不去。」

聽見休華茲兩人的斷然宣告，我一時間不能理解，半是茫然自失地反問：

「……什麼登記？」

「王族登記。」

這麼簡潔不過的答案，讓我全身的血液彷彿在瞬間凍結了。記得斐迪南說過，古得里斯海得保管在只有具有王族血統的人才進得去的書庫。他還說平民出身的我進不去，所以不可能成為國王。

但是，由於自己能夠進入祠堂，又得到了各屬性的石板，我一直樂觀地以為接下來的地方也進得去吧。沒想到會因為我並未登記為王族，就被魔法陣彈開。其實想也知道，像保管古得里斯海得這種重要物品的地方，當然會在門上設有識別魔法。

……怎麼辦？

並非王族的我，哪有可能在一年之內取得古得里斯海得，解救斐迪南。最確實有效的方法竟然就這樣沒了，眼前的世界頓時一黑。

……若想登記成為王族，還得等到三年後……？

為免中央單方面地搶走優秀的領主候補生，按規定領主候補生只有結婚才能轉籍至中央。所以我若想要登記成為王族，就只能成為席格斯瓦德的第三夫人，而星結儀式得等到成年之後。也就是說，最快還得再等上三年的時間。但斐迪南的星結儀式在一年之後，等到三年後的話根本來不及。

「開門……」

我用手拍了下門，隨即「啪滋」一聲被彈開。反彈的力道變得比剛才要強，指尖陣陣發麻。我來回看了看自己的指尖與眼前的魔法陣，再度用力拍門。

「快打開。」

被彈開的手又更痛了。明明就在眼前卻進不去的不甘、解救不了斐迪南的絕望，以及被彈開後對魔法陣湧起的憤怒等，種種情緒在心裡頭翻湧交錯。

「讓我進去！」

我握起發麻的手，任憑自己失去理智地用力搥門。我想要打破魔法陣的魔力與守護門扉的魔力互相衝撞，劈哩啪啦地迸起火花。手腕上一個護身符忽然碎裂開來，緊接著又是一個。守護門扉的魔法陣開始發動反擊，眼看斐迪南給我的護身符一個個接連損壞，我慌忙收回手。

「公主殿下，危險。」

「公主殿下，排除。」

休華茲與懷斯將攻擊魔法陣的我判定為危險人物，額頭上的魔石開始發光。

不能再讓斐迪南送我的護身符繼續減少了。「回去吧。」我喃喃這麼說完，垂頭喪氣地開始往回走。休華茲與懷斯則警戒著我的行動，緊跟在後。

回到書庫以後，入口處的牆壁依然是一片雪白，無法看見外頭。我呆站在入口前，看向自己刺痛發熱的雙手。挹打過魔法陣的地方彷彿燙傷一般又紅又腫，看來就連斐迪南的護身符也無法徹底擋下魔法陣的反擊。

「好痛喔……」

我低頭看著傷口的時候，休華茲與懷斯已經關閉通道，一蹦一跳地站到牆壁前面。懷斯一穿過牆壁，壁面便重新變得透明，在外屏息以待的人們躍入眼簾。

「羅潔梅茵！」

錫爾布蘭德剛要起腳跑過來，亞納索塔瓊斯便制止他說：「其他人別進來。」然後獨自一人進入書庫。

「羅潔梅茵，妳……」

「我失敗了。必須要登記為王族，裡面的門才會打開。」

「……是嘛。」亞納索塔瓊斯一臉遺憾地低喃，注意到我手受傷後臉色不變。

「妳的手是怎麼回事……」

「……被魔法陣彈開的。」

「沒想到會變成這樣……快離開書庫施以治癒。」

亞納索塔瓊斯急忙想把我帶出書庫，但我抓住他的手，連連搖頭。

「現在更重要的是斐迪南大人該怎麼辦？我根本不可能在一年之內取得古得里斯海得，那我該怎麼……」

「羅潔梅茵，妳冷靜一點。妳的魔力……」

怎麼可能叫我冷靜就冷靜得下來，我忍不住狠瞪亞納索塔瓊斯。

「要是沒能在一年之內取得古得里斯海得，斐迪南大人就會被蒂緹琳朵大人牽連而遭到處分吧？如果有人告訴您，自己的家人與艾格蘭緹娜大人會因為蒂緹琳朵大人而遭到處分，您還能保持冷靜嗎?!」

亞納索塔瓊斯一臉痛苦地緊緊咬牙後，隨即面色不解地看著我。

「……但斐迪南既不是妳的家人，更不是妳的丈夫或未婚夫吧？」

「他就像是我的家人一樣。對我來說，斐迪南大人是早在我受洗前就一直照顧著我的監護人兼保護人，也是我的師父兼主治醫師。就和無論如何一定要守護到底的家人一樣，所以我會擔心他也是理所當然的吧。明明我們已經拒絕過了，國王還是下令要他與蒂緹琳朵大人結婚。如今他只能過著每天都要喝藥水的不健康生活，努力維持亞倫斯伯罕的運作，結果卻要因為蒂緹琳朵大人而被連坐處刑嗎？那他這麼辛苦到底是為了什麼？對我來說這麼重要的人卻要遭受這種對待，我怎麼可能不生氣?!」

失去理智的瞬間，身上的護身符赫然發亮。全身上下的護身符開始盈滿魔力，發出光芒。

……糟糕。再這樣下去，我會對王族使出威懾……

發現魔力就要滿溢而出，我的腦袋迅速恢復冷靜。我慢慢地深呼吸，開始壓縮急速增加的魔力。果然思達普確實成長了，現在壓縮起魔力變得容易許多，魔力也沒有往外溢出，護身符的光芒順利重新暗下。

「就和家人一樣嗎……本來我只是想刺激妳，讓妳能盡快取得古得里斯海得，看來是我多說了沒必要的話。」

亞納索塔瓊斯發出嘆息，臉上滿是後悔，同時為我施展治癒。

「按照過往慣例，兩人一旦成婚，斐迪南勢必連坐受罰。但就算真的要處置蒂緹琳朵，也得等到亞倫斯伯罕的情勢穩定之後了。說得更具體一點，也就是至少要等到王族取得古得里斯海得，或是萊蒂希雅成年並與錫爾布蘭德舉行星結儀式之前吧。在那之前，妳大可儘管提供協助，讓斐迪南能保全自己。」

原來現在的情況，並不是斐迪南馬上就會受到株連。聞言，我不禁歪了歪頭。亞納索塔瓊斯用自嘲的語氣低聲說了：

「看來我也被逼急了吧。雖說我是以貴族的常識在採取行動，卻忘了很多事情在妳身上並不管用。儘管我之前那些話是故意要刺激妳，但斐迪南多半與妳不同，他早就理解到了吧。」

……斐迪南大人早就理解到自己會被蒂緹琳朵大人牽連嗎？

這麼說來，記得蒂緹琳朵昏倒後，接到艾格蘭緹娜的召見時，他就帶了錄音魔導具過來，主張自己不該被追究責任。但就算是這樣，我還是無法接受一旦結了婚就要受到株連這種事。

「斐迪南似乎花不到半年的時間就掌握了亞倫斯伯罕的情況，所以與其擔心他，妳不如先擔心自己吧。」

「擔心自己嗎？」

除了斐迪南與艾倫菲斯特，還有什麼需要擔心的事情嗎？

「……我撤回要妳嫁給王兄當第三夫人這個命令。既然只有王族才能取得古得里斯海得，那麼妳的危險性多少也會降低吧。最主要是妳若無法取得古得里斯海得，我找不到任何理由該由王族來保護妳。」

亞納索塔瓊斯疲倦地大嘆口氣，然後有些擔心地低頭往我看來。

「咦？危險性？保護我嗎？」

「這些事應該都已經告訴奧伯．艾倫菲斯特了。妳沒聽說嗎？」

「完全沒有。」

「……詳細情況，妳再回去問奧伯吧。」

真沒想到妳會一點消息也沒聽說——亞納索塔瓊斯搖頭說道。看來我與齊爾維斯特之間，報告、聯絡與商量做得並不夠確實。

「若能馬上取得古得里斯海得，並由妳或是王兄在收下後做使用的話，那麼不管要用什麼方法，都得把妳招攬為王族。但既然現在妳並沒有資格成為君騰的候補人選，我們必須重新另做打算。」

亞納索塔瓊斯護送著我走出書庫後，將我交給近侍們。

「抱歉，今天讓妳陪著我們去各個祠堂……還有，這是我的忠告，妳身邊最好再多帶幾名護衛。」

說完，亞納索塔瓊斯與艾格蘭緹娜便離開去用午餐。兩人一走，近侍們立即將我團團包圍。

「羅潔梅茵大人，到底發生什麼事了？」

「……呃……大家看到的又是什麼情況呢？」

聽說我與懷斯一進入書庫，牆壁就變成了白色的，什麼也看不見。而且不只近侍們，就連原本能夠進入書庫的王族們也進不去。

「羅潔梅茵大人，您在白色牆壁的另一邊做了什麼呢？」

面對近侍們與漢娜蘿蕾的提問，不知該如何回答的我看向瑪格達莉娜。她面帶微笑，輕輕搖了搖頭。意思是最好別隨便說出來吧。我微微一笑。

「我什麼也沒辦法做喔，因為我的資格並不足夠。」

「資格？妳指什麼資格？用來做什麼的？」

錫爾布蘭德一臉訝異地問道，但我想起艾格蘭緹娜曾說，她不希望上位領地之間產生不必要的對立。因此我沒有回答，只是笑著回道：「詳細情況請去問亞納索塔瓊斯王子吧。」

該如何解答錫爾布蘭德的疑惑，由王族他們自己去討論就好了。我不想要再多嘴，與王族扯上任何關係。光是今天上午發生的事情，就讓我深刻地體會到，為什麼齊爾維斯特與斐迪南總是一而再地告誡我：「別與王族還有上位領地扯上關係。」交情再好，彼此的立場終究不同，優先考慮的事情也不一樣；嘴上說著我們是朋友，身分地位也還是不平等，所以不管再無理的要求我也只能接受。如果不想被逼著接下那些無理的要求，就必須擁有能夠拒絕的力量，或是別與他們有任何交集。

「上午一直在外面走動，又發生了許多事情，我肚子餓了呢。來用午餐吧。」

我轉身背對錫爾布蘭德，向奧黛麗說道。

「……遵命，羅潔梅茵大人。方才第四鐘已經響過了，也難怪您肚子餓了呢。柯尼留斯，帶羅潔梅茵大人就坐。」

柯尼留斯一直微微皺眉，擔心地低頭看我，聞言向我伸出手來。我把手疊在他的手臂上，往座位移動。

「等一下，羅潔梅茵。我……」

「錫爾布蘭德，太過深入追問，會給羅潔梅茵大人造成困擾唷。」

瑪格達莉娜出聲制止後，大家都一邊留意著我的情況，一邊重新動作。侍從們開始泡茶，護衛騎士們則站到主人的座位旁邊。錫爾布蘭德一臉憂心地頻頻回過頭來看我，走向瑪格達莉娜。

在難以言喻的尷尬氣氛下用完午餐後，下午我繼續認真翻譯資料。把石板上的內容翻譯成現代語時，我忽然想起了翻譯戴肯弗爾格的史書時看過的記述。

……記得曾有國王是來自戴肯弗爾格，這是為什麼呢？

由於記述十分古老，並未詳細描寫到成王的經過。但是，如果必須登記為王族才能取得古得里斯海得，那戴肯弗爾格的人就不可能成為國王。難不成還有其他方法嗎？還是說，是有人不想讓他領的人成為國王，便在後來設下了識別用的魔法陣？

……結果害我無法使用這個最確實有效的手段。

亞納索塔瓊斯說了，即使斐迪南會遭到連坐，也是許久之後的事情，而且本人也一直在採取對策保全自己，但我根本不知道他說的話哪些是真的。要是可以寫信提醒斐迪南會有危險，並確認他是否平安無事就好了，偏偏大家又叮囑過我不能太擔心他。

「那個，羅潔梅茵大人。」

漢娜蘿蕾非常難以啟齒似地左右張望了一圈後，壓低音量輕聲對我說：「您的袖子……」看來魔法陣反擊的時候，不只造成了燙傷，也劃傷了身體。我的袖子上濺到了幾滴鮮血。由於亞納索塔瓊斯已為我施展治癒，傷口都已經好了，所以我完全沒有注意到血跡。

「漢娜蘿蕾大人，感謝您的關心。亞納索塔瓊斯王子幫我施展過治癒了，所以傷口都已復原，請您不用擔心。」

「咦？亞納索塔瓊斯王子為羅潔梅茵大人施展了治癒嗎？」

我點頭予以肯定。當時亞納索塔瓊斯制止了其他人進來，在書庫裡與我談話，所以能為我施展治癒的應該只有他。我愣了一下，不明白漢娜蘿蕾為何如此驚訝。她有些不知所措地告訴我：「因為王族一般不可能為他人施展治癒。」

她說王族的魔力必須為國家所用，一般不會為個人施展治癒。看來身為不能輕易道歉、也不能道歉的王族，這是亞納索塔瓊斯向我道歉的方式。

……真是太難懂了呢。況且不管他再怎麼道歉，我也絕對無法容忍斐迪南大人會被牽連。

「羅潔梅茵，我來接妳了。」

經過這幾天，齊爾維斯特似乎已經領悟到喊我根本沒用，一進來就直接抽走我手中的石板。我收拾好文具，把今天的翻譯成果交給瑪格達莉娜，然後離開圖書館。

「養父大人，我很危險嗎？亞納索塔瓊斯王子說了，詳細情況要我回來問您。」

「這件事晚點再說。」

齊爾維斯特短暫地面露不快後，接著加深臉上的笑意注視我。

「……看來發生了什麼事情，妳與王族才會有這樣的對話吧？」

「這件事也晚點再說吧。」

我們兩人對看一眼，然後不約而同地長嘆口氣。顯然齊爾維斯特也被捲進了不少麻煩裡。

「養父大人，經過今天這一天，我終於深刻明白，為什麼你們一直叫我別與王族扯上關係。」

我垮著肩膀發表感想後，齊爾維斯特露出厭倦至極的表情垂眼往我看來。

「唉……妳現在才知道嗎？太遲了，已經來不及了。」

……到底是什麼事情來不及了?!

信與談話

一路上我們與近侍一同討論，安排好晚餐後要進行談話。回到宿舍以後，便見莉瑟蕾塔快步往我們走來。

「歡迎兩位歸來。赫思爾老師已在多功能交誼廳裡等著兩位。」

「赫思爾老師嗎？」

我與齊爾維斯特面面相覷，接著走進多功能交誼廳。今天的會議已經結束，但大人們仍為了明天之後的行程在忙碌做準備。當所有人都在忙進忙出時，赫思爾卻悠然自得地待在書櫃前面看書，看起來非常突兀。

「赫思爾?!妳怎麼會過來……？」

「奧伯．艾倫菲斯特、羅潔梅茵大人，兩位終於回來啦。」

赫思爾「啪噹」一聲闔上書本，放回書櫃上，抬頭往我們看來。

「是斐迪南大人託我送信。」

「咦？明明星結儀式延期了，斐迪南大人還是到貴族院來了嗎？」

「畢竟斐迪南大人尚未舉行星結儀式，籍貫仍是艾倫菲斯特，所以沒辦法出席會議吧。不過，人應該還是有到宿舍吧？因為把這箱東西送來給我的，就是斐迪南大人的侍從。」

這麼說來，斐迪南還在艾倫菲斯特的時候，有時出了狀況也會把在城堡留守的他叫到貴族院來。看來亞倫斯伯罕也會做一樣的事情。

「奧伯．艾倫菲斯特，快點打開吧。」

赫思爾指著一個箱形魔導具。如果是用來裝信，未免太大了點。她說這個箱子只有奧伯．艾倫菲斯特才打得開。

「斐迪南大人說了，為了確保我一定會把信送到艾倫菲斯特舍來，他在裡面放了研究資料。還真是有夠壞心眼。」

「那是因為他非常了解赫思爾老師啊。若不是裡面放有想看的研究資料，老師會覺得拖到冬天再送過來也沒關係吧？」

「那當然啊。」

……這種時候請不要得意挺胸！

在我們鬥嘴的時候，齊爾維斯特則是面帶苦笑，打開箱形魔導具。下一秒，赫思爾立刻撲上去拿出資料，心情極佳地開始閱讀。

「請問是什麼的研究資料呢？」

「是有關圖書館的魔導具。藉由依用途分開製作魔導具，比如整理資料用的與搜尋資料用的，似乎就能降低魔導具的製作難度。不過，在我看來還是十分困難，而且需要高品質的原料……」

……整理資料用與搜尋資料用的圖書館魔導具嗎?!這也就是說，我可以在自己的圖書館裡設置簡易版的休華茲與懷斯囉?!

休華茲與懷斯似乎還要負責帶王族去取得古得里斯海得，但如果要放在我的圖書館裡，就不需要有這種功能。

「赫思爾老師，既然是圖書館的魔導具，請讓我也看看那份資料！反正老師都不整理資料，不需要這種魔導具吧？」

我奮力往上一跳，想要看到斐迪南的研究資料。沒想到赫思爾居然把手舉高，一點也不給我看。

「我先看，羅潔梅茵大人。況且妳能自行整理資料，而我老是把資料隨手亂丟，應該是我比妳更需要這些魔導具吧？」

……啊嗚，這倒是。

想起研究室的慘狀，我把手縮了回來。要是做出了魔導具以後，能讓赫思爾的研究室變得乾淨整潔，那麼這份資料與研究就可以說是意義重大。

「等到貴族院開學時，我會用到的部分應該也已經研究完了，所以如果妳真的很感興趣，屆時再來研究室就好了吧。」

「還要等到冬天嗎……好想早點看到喔。」

「原本這個時候，羅潔梅茵大人應該在艾倫菲斯特，而不是在貴族院喔。在可以光明正大地過來之前，還請耐心等候。」

現在是領主會議期間，我不能在貴族院內隨意走動。另外，我會來到這裡是為了幫王族的忙，所以不能為了自己個人的興趣就進入文官樓，或在赫思爾的研究室裡久待。

……嗚嗚，圖書館的魔導具。

本來我就很希望也能在自己的圖書館裡設置休華茲與懷斯，所以迫不及待地想擁有這種魔導具。能不能偷瞄到製作方法呢？我在旁邊探頭探腦了一陣子後，赫思爾低頭朝我看來，輕笑出聲。

「我會把製作所需的原料寫下來，在領主會議結束前送來宿舍。這樣妳就能提前做好準備，並在冬天來研究室製作魔導具吧？」

好耶！我握起拳頭時，齊爾維斯特用紙拍了拍我的頭。信封裡面，似乎同時放了要給我和他的信。

「羅潔梅茵，這封是給妳的。」

齊爾維斯特遞來了一封信。我正要伸手接下時，瞬間又縮回手，因為我擔心信裡可能有以發光墨水寫成的內容。不過，剛才齊爾維斯特用信敲我頭的時候就沒有出現任何反應了，想必是沒有以發光墨水寫成的內容吧。

……應該沒問題吧？斐迪南大人肯定不會這麼粗心大意，把用發光墨水寫成的信放在同個信封裡吧？

我有些戰戰兢兢地伸出手。把信遞來的齊爾維斯特一臉納悶地看著我。

「羅潔梅茵，妳怎麼了嗎？」

「……呃，那個，養父大人。我可以回信嗎？因為，我不能擔心斐迪南大人和寫信給他吧？」

我邊問邊確認收下的信並未發光，齊爾維斯特露出了有些為難的神色。

「……回信的話倒無妨。與妳的談話就延到明天吧。總之妳先看完斐迪南的來信，看完他的來信後，我大概也有事情得思考一番。」

把自己的那封信交給文官後，齊爾維斯特轉頭對赫思爾說：「赫思爾，有勞妳送信了。我會讓人準備妳的晚餐，吃完再走吧。」然而，赫思爾捧著資料斷然拒絕。

「感謝您的好意，但我想立刻返回研究室。」

「這樣啊，那我也不勉強。」

齊爾維斯特送走赫思爾後，擺擺手回自己的房間去了。我也捧著斐迪南寫的信，回到自己房間。

用完晚餐、洗過澡，我便進入秘密房間。寫回信用的紙張與墨水也都準備好了，只不過，由於原本並未預計領主會議期間會寫信給斐迪南，所以我沒帶發光墨水來。

「信會經過檢查，那只能寫些無關緊要的事情呢。雖然有很多事情想寫下來，像是銀布還有可能遭到連坐的危險……但這些重要的消息，養父大人應該會告訴斐迪南大人吧……」

我嘆著氣把信攤開。斐迪南開頭先提醒道：「這封信是我趁著眾人開會時寫下，並由艾克哈特放入箱子，所以回信時別忘了會經過檢查。」看來斐迪南雖然處在可以自由寫信的環境，卻無法自由自在看信。

……我也知道寫好的信會經過檢查啊。

而且不光亞倫斯伯罕，齊爾維斯特多半也會檢查我寫的信。眼看情況變得這麼麻煩，我內心的不滿不斷累積，看起以熟悉字跡寫下的問候。信裡正式開始的本文，頭一句話就是抱怨。

「那麼，明明是妳要我寫信，好確認我的安危，為何妳自己卻斷了音訊？」

……嗚嗚，對不起。

因為齊爾維斯特要我別太擔心斐迪南、減少寫信的次數，在聽完一番告誡後，我就沒再寫信給斐迪南了，也難怪他會抗議。

「其實我也有很多事情想寫下來啊。」

我噘起嘴唇，把齊爾維斯特說過的話一股腦地全寫下來。簡單歸納的話，其實一句話就能總結：「因為我現在看起來不再是小孩子了，所以大家都說不行。」但只寫這麼一句話實在無法一吐為快。

我順便也寫了因為他要我多關心韋菲利特，我就和以前對斐迪南做過的一樣，每天對韋菲利特噓寒問暖，結果卻慘遭嫌棄。由於無法向任何人抱怨，光是像現在這樣把滿腹牢騷寫在紙上，心情就暢快許多。

「把不開心的事情全部寫下來後，心情好像輕鬆一點了……不過，回信得重寫就是了。這種跟內部有關的事情不能被亞倫斯伯罕的人看到嘛。」

我把寫滿抱怨與牢騷的信摺起來，推到一邊去，接著先簡單地寫下一句總結，再補充說：「我現在成長了許多喔。」這樣就沒問題了。

接著繼續看信。信上寫著，他在舉行祈福儀式的時候，也讓亞倫斯伯罕的貴族們一起參加，還去採集了原料；更寫著他曾透過賽吉烏斯送去好心版的回復藥水，結果被萊蒂希雅拒絕道：「我還不需要這麼高品質的藥水。」

不同於沒有體力、動不動就倒地不起的我，萊蒂希雅只要使用魔力回復藥水就足夠了。雖然會有魔力不足的情況，但是祈福儀式期間，萊蒂希雅從來沒有病倒過。斐迪南在信上寫著，跟普通的健康孩童相比，他再次為我的虛弱程度感到驚訝。

「跟斐迪南大人記憶中的那陣子比起來，我現在也變得健康許多了喔。像這次的祈福儀式，一路上我只昏睡了三次而已，行程結束以後也只休息了兩天，就恢復得差不多了。」

怎麼樣啊？我得意洋洋地寫下自己現在的身體狀況，但一跟萊蒂希雅對比，不由得有些消沉。看來自己離普通的健康孩童還很遠。

……還是一步一步慢慢努力吧。

「祈福儀式期間我去了亞倫斯伯罕各地，所以順便把取得的培禮諾之花送妳。這種原料適合做成護身符，我這裡沒有工坊，無法幫妳製作，但妳應該可以自己製作了吧？」

我還在想那個箱子只用來裝信和研究資料好像太大了，原來還有斐迪南分送給我的原料。太好了，正好我剛弄壞幾個護身符。

……時機太完美了。不愧是斐迪南大人。

我接著往下看，信上寫有培禮諾之花適合製成怎樣的護身符。

「……做為回報，要麻煩妳在明年的領主會議之前幫我準備幾樣東西。我想要最高品質的魔紙，數量越多越好，至少三百張。你們與多雷凡赫研究魔紙後，發表了如何能提升品質的方法吧？記得盡量提升魔紙的品質。另外是工坊裡的葛歇提非托的皮革、澤嫩司魯卡的魔石、雷根辛的魔石……全部都要最高品質。」

……給我等一下。跟給我的培禮諾之花比起來，這要求未免也太多了吧?!

雖不曉得斐迪南蒐集這些原料要做什麼，但要求未免太多。除了魔紙，其他都能在他讓給我的工坊裡找到，但數量還是相當驚人。

……最高品質的魔紙嗎？

如果至少要三百張，光陀龍布紙可能不夠。今年因為孤兒院裡有貴族的孩子們在，就連要量產陀龍布紙，都有些不太方便。

……不然回去以後，再問問伊庫那的布麗姬娣吧？

當初就是為了研究伊庫那開發出的新魔紙要如何使用，才與多雷凡赫展開了共同研究，說不定伊庫那現在又開發出了新紙張。倘若完全沒有，就得瞞著近侍們，與孤兒院的孩子們一起採集陀龍布。

斐迪南的要求固然棘手，但我還是回道：「我會努力準備的。」隨後他更表示：「夏季將舉行奧伯．亞倫斯伯罕的葬禮，屆時也麻煩妳送來我的行李，順便補充餐點。」接著是所需物品清單。總覺得斐迪南也太隨心所欲地使喚我了。

……可惡！我也很忙耶。

「一直要妳幫忙做事，我也過意不去，所以預計把魚備妥送妳。如果妳有什麼想要的魚，儘管提出。」

「好耶！最高品質的魔紙與餐點一定幫您準備妥當！祈禱獻予諸神！」

我先是回道，以後他的行李都會交由齊爾維斯特做準備，然後一邊哼著「魚啊魚、好吃的魚～」，一邊寫下我想吃的魚。

「陶納頓那種有毒的魚就不用了，但之前用索普勒什做成的魚丸湯很好喝，所以我想要很多的索普勒什。另外最好有平民廚師也能處理的魚……嗯，這樣就好了。」

眼看可以吃到久違的魚料理，我看著回信咧嘴傻笑。真是太期待夏天的到來了。

然而，斐迪南先是用魚討我歡心，接下來的內容卻是滿滿的牢騷與近況報告，讓人一看就心情鬱悶。

「居然在星結儀式上重現古老儀式，妳到底在想什麼？」

由於我現在一直都待在地下書庫，並不清楚領主會議的情況。哈特姆特與克拉麗莎在報告時也只說：「領主會議真的很忙。」但斐迪南說了，現在領主會議上，中央神殿正不斷提出請求，希望能由我擔任神殿長；而艾倫菲斯特以外的領地也都表示贊同，還要求王族解除我與韋菲利特的婚約。

據說眾人希望，由我擔任中央神殿的神殿長後，能前往所有領地教導他們如何舉行儀式，並且重現古老儀式。畢竟我現在是艾倫菲斯特的神殿長，不可能把我派到各領去，但如果成了中央的神殿長，就可以派我去各領舉行儀式。

再加上，如今已經證明了藉由祈禱能取得更多加護，那麼重現古老儀式、推廣正確的儀式做法，便有助於提升尤根施密特整體的魔力。

中央神殿更主張，最重要的是藉由重現古老儀式，便能選出真正的下任君騰。

據說會議上附和中央神殿的，便是擁有蒂緹琳朵這個下任君騰候補的亞倫斯伯罕。

喬琪娜不停到處宣揚，說斐迪南奉王命到了亞倫斯伯罕後，便自願幫忙舉行祈福儀式，還讓貴族們也參加，領內的收成與貴族們能取得的加護量將很可能因此增加。她還煽動性十足地對他領的領主夫婦說：「倘若羅潔梅茵大人成了中央的神殿長，同樣的事情便能發生在各個領地吧。」、「這樣的知識不該由艾倫菲斯特獨占。」

由於尚未成婚，斐迪南無法出席領主會議，也就無法在茶會與聚餐等場合上阻止喬琪娜發言。儘管在場的文官與侍從會在事後向他報告，但即便向喬琪娜抗議，她也只是回了一句「哎呀，這是事實嘛」便不再理會。

「此外，今年王族拒絕了蘭翠奈維呈獻公主一事，回到亞倫斯伯罕後，與蘭翠奈維的交涉恐怕會相當棘手。雖然總比接受了呈獻要讓人心情好一些……」

領主會議結束後還得與蘭翠奈維交涉的斐迪南，感覺現在精神上的疲勞就已到達極限。儘管如此，他還是把尤修塔斯留在了亞倫斯伯罕，領主會議期間不讓喬琪娜把注意力放回領地，似乎就是斐迪南的任務。

另外他也提到，蒂緹琳朵在圖書館遇見了一位無禮的女性後氣憤不已，心情大受影響，但想讓我進入中央神殿的人們都奉承她說：「古老儀式若能重現，也許就能確定您是下任君騰。」因此，近來她的心情變得很好。

據斐迪南說，亞倫斯伯罕的其他貴族在面對蒂緹琳朵時，都覺得「與其讓她大吵大鬧，不僅影響工作又麻煩，不如在她為基礎染好魔力之前，都先吹捧她是下任君騰」，所以完全沒人想阻止她。

……嗚哇……亞倫斯伯罕的情況真是太糟糕了。

而在喬琪娜的煽動下，面對他領的群起而攻，艾倫菲斯特努力迎擊回道：「竟然要求羅潔梅茵大人成為中央的神殿長，這種胡話還請適可而止。」、「若想讓他領的領主候補生進入神殿，請自領也推出領主候補生進入中央神殿。」、「依規定禁止領主候補生轉籍至中央。」但是，由於有太多領地都因魔力不足而收成減少，因此情勢似乎對我們相當不利。況且看了艾倫菲斯特與法雷培爾塔克就能知道，由擁有魔力的貴族舉行儀式確實能夠增加收成。斐迪南評估，即便今年勉強擋得下來，但明年多半不容易。

「因為眾人一致認為，若能讓妳進入中央神殿，王族便能壓制住中央神殿，並且學習到正確舉行儀式的方式，之後再推廣至各地。此外，若能遵循正確的做法選出君騰，特羅克瓦爾國王也能卸下重擔。」

對此感到困擾的只有我和艾倫菲斯特而已，其他人一點也不困擾，所以他說所有人都在想方設法讓我進入中央神殿。

「妳是養女。只要解除妳與齊爾維斯特的養父女關係，讓妳變回上級貴族，就能轉籍至中央。但想要解除養父女的關係，需要有妳、齊爾維斯特與卡斯泰德三人都點頭同意。儘管他們可以施加壓力，但光是國王下令也不能為所欲為。」

他說國王能下令干涉我們的方法，就是解除我與韋菲利特的婚約。只要可以撤回下達的婚約許可，那麼無論齊爾維斯特如何主張，他們都能駁回，說這只是我們自己在內部決定的事情。

「基本上不要拒絕王族提出的要求，否則他領對艾倫菲斯特的印象會越來越糟。畢竟，艾倫菲斯特得到相當於獲勝領地的待遇後，落敗領地都極其眼紅，獲勝領地更是認為我們應該提供協助。之後妳多半會和我那時一樣接到召見，說有些事情必須問過本人才能知曉。妳不要拒絕，但要爭取時間。最少一年，總之越久越好。」

他建議我可以向王族抗議，說我明明協助王族立下了功勞，卻要被要求從領主候補生降為上級貴族，今後怎麼可能還願意提供協助；也可以向喜歡艾薇拉所寫戀愛故事的讀者們訴苦，謊稱自己深愛著韋菲利特，不想與他解除婚約。

……雖然我很感謝這些忠告與建議，但撇開第一個不說，第二個建議實在是……我有辦法演出很愛韋菲利特哥哥大人的樣子嗎？況且我根本沒有戀愛經驗啊。嗯……

抱著紛亂的思緒進入夢鄉後，大概是一整天發生了太多事情，隔天早上我開始發燒，然後陷入昏睡。

「昨天上午為了洗淨祠堂，您一直在外走動嘛。今天正好是可以休息的土之日，請您不必擔心其他人，好好歇息吧。奧伯也說了，等您身體康復後再談話即可。」

奧黛麗為我準備好了藥水。看見我臥病在床，克拉麗莎擔心得不知如何是好，莉瑟蕾塔還在旁邊安慰她說：「這已經是常有的事了。」

「克拉麗莎，接下來會演變成我非去中央神殿不可嗎？」

「艾倫菲斯特不能失去羅潔梅茵大人。我與哈特姆特都會保護您的，請您放心吧。」

克拉麗莎拍著胸脯向我保證。可靠歸可靠，但斐迪南也說了，現在的情勢對艾倫菲斯特十分不利。那麼，想必齊爾維斯特正承受著非常龐大的壓力。他老在不必要的時候耍帥、該說的話也不說，所以多半不會告訴我們他扛下的壓力有多麼巨大吧。我想亞納索塔瓊斯說的，應該就是指這件事。

「克拉麗莎，妳能站在他領的角度思考吧？那妳覺得艾倫菲斯特該怎麼做呢？倘若這時候中央神殿想要的人才並不是我，妳會怎麼做？」

聞言，克拉麗莎驀地正色，然後神色肅穆地望著我。

「……我會認為，這是向王族與他領賣人情的大好機會。既然王族已經宣布會將艾倫菲斯特視為獲勝領地，那正好能以肉眼可見的方式，向他領展示艾倫菲斯特確實做出了符合此等待遇的貢獻。雖然還有些事情需要協商，比如保障您領主候補生的待遇、任期要到什麼時候、對於去各領指導儀式時艾倫菲斯特有權干預順序等，但單單一名領主候補生便能賣出這麼多的人情，這樣的機會可說是絕無僅有。」

語畢，克拉麗莎接著露出傷腦筋的苦笑。

「所以反過來說，艾倫菲斯特若獨占羅潔梅茵大人，會招來全領地的埋怨與嫉恨吧。我因為了解艾倫菲斯特的內部情況，知道現在不能讓您離開領地。但換作還在戴肯弗爾格那時候，大概只會覺得居然這麼小氣，想要獨占羅潔梅茵大人吧。因為一定有很多人想親眼目睹，艾倫菲斯特的聖女羅潔梅茵大人舉行儀式時的神聖姿態啊！」

好不容易展現出了能幹文官的一面，卻被她自己的最後一句話破壞殆盡。不過，我也因此明白了其他領地的想法。當我在地下書庫裡認真翻譯資料，結果成了下任君騰候補，又得知自己不具備資格的時候，齊爾維斯特似乎也是相當辛苦。

到了傍晚已經退燒，我便前往宿舍的會議室，要與齊爾維斯特談話。今天芙蘿洛翠亞也在場，她面帶溫柔的微笑地迎接我：「羅潔梅茵，看來妳退燒了呢。」

「看完斐迪南大人的來信，我知道領主會議的現況了。」

我把斐迪南的來信與自己寫好的回信，都拿給齊爾維斯特過目。他看完兩封信後，先把我的回信交給文官，再把斐迪南那封信還給我。

「……但是，我既無意解除妳與韋菲利特的婚約，也不打算把妳交給中央神殿。」

齊爾維斯特咧開笑容說完，芙蘿洛翠亞一臉擔憂地注視著我們兩人。

「王族是怎麼說的呢？」

「王族說這樣一來，他們便能壓制中央神殿，也能實現他領的要求；而且既然能夠更加了解儀式、提升尤根施密特整體的魔力，他們希望我能答應。但是，我拒絕了。」

齊爾維斯特說他這麼向王族反駁：「目前神殿受到的眼光依然非常不友善，怎能提出這種要求。」另外，他還鄭重有禮地陳述，明明當初說好了只讓我主持這麼一次星結儀式，藉由給予席格斯瓦德王子祝福，讓眾人認可他具有成為下任君騰的資格，怎能一轉頭就要求我進入中央神殿。況且只因我擁有豐富的魔力，就要我去協助王族，這話說來輕巧，那應該也知道我對艾倫菲斯特來說有多麼重要。如今斐迪南已經奉命去了亞倫斯伯罕，不能讓我也被搶走。而且按規定，領主候補生不能轉籍至中央——

「君騰也贊同我的主張。大概是因為幾乎所有領地都向他提出了請求，他無法忽視，必須做做樣子問我一聲吧。但是……」

說到這裡，齊爾維斯特盤起手臂。教人頭疼的是，席格斯瓦德似乎支持他領的看法，還跑來要求齊爾維斯特把我送去中央神殿，說：「艾倫菲斯特只有現在這個機會，能向所有領地賣個人情。」、「既然舉行儀式後，能取得更多加護，操控起魔力也更輕鬆，那應該要推行到整個尤根施密特。」

……咦？這是什麼時候的事呢？君騰與席格斯瓦德王子還不曉得我成了下任君騰候補嗎？

目前在討論的，都是要不要讓我成為中央神殿的神殿長。與亞納索塔瓊斯不同，完全沒有考慮要把成了下任君騰候補的我納為王族。由於前往各處祠堂還是昨天的事，君騰他們可能還不知道，但應該至少會聽亞納索塔瓊斯與艾格蘭緹娜提過，我也許能夠進入祠堂吧。

……還是說，就連這項消息他們也還沒告訴其他王族？

在拉著我前往各處祠堂之前，亞納索塔瓊斯應該還不確定我已是下任君騰候補。他說過那是自己的獨斷獨行，而艾格蘭緹娜若不想讓身邊的人陷入混亂，也沒說明祠堂用途的話，想必瑪格達莉娜也還不知道。

……但發生在地下書庫裡的異常情況，應該多少讓她有所察覺吧。只不過，這些也都是昨天才發生的事情，可能剛剛傳入君騰耳中？

不曉得王族之間的情報究竟互通到哪種程度了？我正苦惱著這個問題時，齊爾維斯特輕輕聳肩。

「今早我收到邀請函，兩天後王族會再傳我過去晉見。不過，感覺君騰仍會贊同我的主張，所以我打算就這樣拖到領主會議結束。不管其他人怎麼說，領主候補生除了結婚以外都不能轉籍至中央。」

齊爾維斯特說他要拖到領主會議結束為止。但是，如果王族是在得知我成為下任君騰候補以後，才向他發出邀請函，情況便與先前截然不同。

「那個，養父大人。今後要再拒絕，恐怕會很困難喔。」

「什麼？」

齊爾維斯特與芙蘿洛翠亞都眨眨眼睛。我吩咐奧黛麗，請她拿來防止竊聽的魔導具，然後遞給齊爾維斯特與擔任他護衛的卡斯泰德。發現自己沒有拿到魔導具，芙蘿洛翠亞神色非常不安地看著我。

「因為我怕衝擊太大，會影響到養母大人肚子裡的孩子，所以請養父大人在聽完後再決定要不要告訴養母大人吧。」

「是這麼駭人的內容嗎？」

「可以的話，我還希望能屏退其他人。」

聞言，齊爾維斯特輕輕揚手。近侍們留下我、齊爾維斯特、卡斯泰德與芙蘿洛翠亞，魚貫走了出去。近侍們都離開以後，我才用力握緊防止竊聽的魔導具說了：

「我現在是下任君騰候補了。」

「啊?!」齊爾維斯特與卡斯泰德都發出了高八度的大叫，雙眼張得老大。

「莫名其妙，妳在說什麼啊?!」

「其實我自己也一頭霧水……因為我只是順著當時的情況，照王族所說的幫忙後，就變成這樣了。」

我只是在神殿與貴族院獻上祈禱，就成了下任君騰的候補人選。之後被亞納索塔瓊斯帶著前往所有祠堂，然後又得知自己因為沒有登記為王族，所以沒有資格。

「至於成為候補的方式，由於我不曉得能否告訴兩位，暫時就先省略，但我現在恐怕是最有希望成為下任君騰的人選。只不過，我因為並未登記為王族，所以無法成為下任君騰。王族如果想要施壓，多半會從現在開始。」

「我怎麼從來沒聽說！」

「因為是昨天才發生的事情。」

原本我預計從圖書館回來後，就要找齊爾維斯特商量，結果後來要先看斐迪南的信，再後來我又發燒病倒了。身體恢復以後，就到了現在。

「無論如何，我想王族肯定會要求我們解除婚約。在我成年之前的這三年內，若有王族能夠取得古得里斯海得的話當然最好，但為防無人能夠取得，王族會想要先把我招攬進去吧。」

亞納索塔瓊斯雖然撤回了要我嫁給席格斯瓦德當第三夫人的命令，但我猜是因為他想與王族們另尋他法。對於眾人希望讓我成為中央神殿長的請求，君騰還能避重就輕地帶過說：「既然艾倫菲斯特不願意，那也沒辦法。」但是，倘若事關「如何能不讓眾人感到混亂，並以最快速度推舉出擁有古得里斯海得的下任君騰」，他不可能再袖手旁觀吧。

「斐迪南大人在信裡面，寫下了王族為了讓我轉籍至中央可能會採取的手段，只不過他預想的是我會被迫擔任中央神殿長，他另外也有寫一些忠告喔。所以我們必須仔細思考一旦國王下令，艾倫菲斯特該如何應對。」

齊爾維斯特不甘地皺起臉龐。畢竟事關重大，這跟把我交給中央神殿完全是兩回事。既然事關下任君騰與古得里斯海得的取得，一介領主不可能有辦法拒絕。

「我想最好也把韋菲利特哥哥大人叫過來……因為是關係到一輩子的事情嘛。」

對於我的提議，齊爾維斯特想了想後搖搖頭。

「……不了，我不會把韋菲利特叫來。」

「為什麼？這對哥哥大人來說也是一件大事吧？」

「是啊。但是把他叫來，情況會有任何改變嗎？無論他聽完有什麼感想，一旦國王下了命令，我們根本無法違抗。到時候，韋菲利特只會在貴族院內不受控地大鬧一場吧。萬一他發起脾氣大表不滿，或讓近侍們知道了這件事，情況只會更糟。」

的確，如果要向君騰主張「羅潔梅茵不能離開艾倫菲斯特」，由領主夫婦出面就夠了。況且王族都還沒有正式找我們談話，要是「羅潔梅茵是下任君騰候補」一事被人傳出去就糟了。

「現在這種緊要關頭，我沒時間安撫鬧脾氣的兒子。更重要的是晉見王族之前，必須決定好艾倫菲斯特的應對方針，思考屆時該如何談判、提出哪些條件。韋菲利特尚未成年，既不能出席領主會議，王族也沒有邀請他，我不認為有叫他過來的必要。雖然會演變成事後才向他宣布結果，但婚事本來就由父母作主，不會有問題吧。」

說話時齊爾維斯特眉頭深鎖，顯得言不由衷。這番話雖然很符合他領主的身分，表情卻不一致。接著，他將那張明顯心口不一的臉龐轉向我。

「不只韋菲利特，妳也沒有受邀出席與王族的談話。再者，我才是奧伯．艾倫菲斯特。雖說我會盡全力與王族交涉，但艾倫菲斯特畢竟沒有足夠強大的力量，結果可能無法如妳所願。這點希望妳先作好心理準備。」

我也知道，與王族的交涉只能全權交給齊爾維斯特和芙蘿洛翠亞。

「當初是養父大人救了我與重要的家人一命。雖然事情的結果往往出乎預料，但我自認身為養女，一直照著您所說的盡到自己的職責。所以，只要養父大人願意保護我的家人、神殿裡的大家，還有古騰堡夥伴們，身為養女，我會遵從奧伯．艾倫菲斯特所下的決定。」

只見齊爾維斯特用力咬牙。從那張流露出不甘的臉龐，感覺得出他對我的疼愛。接著我把防止竊聽的魔導具也遞給芙蘿洛翠亞。

「既然領主夫婦都收到了邀請，這件事必須坦白告訴養母大人吧。養父大人，麻煩您說明了。」

齊爾維斯特滿臉苦惱地張開嘴巴，卻遲遲說不出一句話來。見狀，芙蘿洛翠亞揚起微笑催促道：「從你的表情來看，現在應該沒有時間煩惱了吧？」

「好吧。其實是……」

得知我成為了下任君騰候補，芙蘿洛翠亞面帶笑容靜止不動，最終以手扶額：「經過冬天的那些報告書，我還以為自己多少習慣了呢……」

「王族應該不想引發無謂的混亂，所以關於我成為候補一事，還請養父大人、養母大人和父親大人都要保密。」

「這我知道。再說了，現在也不知道王族究竟想要怎樣的結果。」

艾格蘭緹娜告訴過我，王族想要維持現狀。他們不希望大領地與大領地展開鬥爭，而且他們希望擁立席格斯瓦德為下任君騰……想到這裡，我忽然驚覺。

這是艾格蘭緹娜的期望才對。亞納索塔瓊斯說過，他想要解決艾格蘭緹娜的煩憂，那說不定這只是兩人的期望。況且也不是君騰或席格斯瓦德親口說出：「羅潔梅茵，妳要取得古得里斯海得，並嫁給席格斯瓦德當第三夫人。」現在就連王族之間情報也沒有互相流通，就這麼斷定他們想要的結果好像太危險了。

「養父大人說得沒錯，我們並不知道王族究竟想要怎樣的結果。所以，暫時先把王族拋到腦後去吧。現在您該思考的是，要如何與王族交涉，才能為艾倫菲斯特爭取到最大的利益。」

「羅潔梅茵?!」

我一提議暫時先別管王族後，齊爾維斯特與芙蘿洛翠亞雙雙睜大眼睛。

「亞納索塔瓊斯王子本來想命令我嫁給席格斯瓦德王子當第三夫人，還說艾倫菲斯特的事情我們要自己想辦法。由此可知，王族並不會為艾倫菲斯特著想，我們必須主動為自領爭取最大的利益……參考去年與戴肯弗爾格交涉出版權時的情況，首先要設好絕不退讓的基本條件，然後是評估過後應該可以談成的條件，最後是如果能談成便可說是大獲全勝的條件。」

齊爾維斯特與卡斯泰德對看一眼，露出苦笑說：「妳現在的表情就和商人沒兩樣。」這次召見，應該不會馬上就開始談條件，但至少要先作好心理準備。我試著從兩種情況，一個是自己得進入中央神殿，一個是王族提及下任君騰候補時，分別提出具體的條件。

「就我個人而言，我不希望對於我要帶往中央的近侍設有限制。還有，如果要我進入中央神殿，我會要求必須給予領主候補生的待遇，而不是成為青衣見習巫女。最後，是要有比艾倫菲斯特圖書室更多的書。」

「喂，羅潔梅茵。這些都只關係到妳個人，與艾倫菲斯特的利益無關吧。」

大概是平常都只負責統整文官提出的意見，或是從中選出適當的建議吧。齊爾維斯特聽了我提出的條件後，皺起臉龐。

「倘若養父大人如此認為，還請您與養母大人也自己提出條件吧。因為這次的事情不曉得可以讓多少人知道，不像平常可以找文官商量。兩位必須自己為艾倫菲斯特爭取利益喔。」

齊爾維斯特與芙蘿洛翠亞這才反應過來，為了艾倫菲斯特的利益，開始提出自己的看法。畢竟平常會聽取文官的報告，會議上也會與他領奧伯議事，想出了一個以後，接下來的速度就很快。我把他們接連提出的欲得利益和條件都寫在寫字板上，只要再排出優先順序，就能在與王族談話的時候多少派上用場吧。

「這次召見，王族應該只會提出要求而已。但即便如此，王族也一樣是需要交涉的對象。請從頭到尾都一定要堅定立場，表現出有利可圖的話我們不介意提供協助，但如果對我們來說完全沒有好處，便不可能給予協助。此外，如果要解除養父女的關係也需要我的同意，請拜託王族也問問我的意見。」

隔天我沒有去地下書庫，決定再休息一天。因為我才剛退燒，奧黛麗擔心如果我又到處走動，很可能再次發燒，也因為克拉麗莎態度非常強硬地表示反對，認為我的身體健康更重要。

「羅潔梅茵大人，這陣子您都待在地下書庫裡閱讀一整天的文獻資料，想必累了吧。還請好好放鬆歇息。」

於是我聽從近侍們的建議，乖乖回到床上，然後指向書箱。

「克拉麗莎，那我想好好休息，幫我把那邊的書拿過來吧。」

「您要在床上看書嗎?!」

「受人所託跟自己的興趣又不一樣，而且想休息的時候當然要有本書吧？」

看到克拉麗莎這麼驚訝，我一邊說著：「好久沒看到有人有這種反應了呢。」一邊指定自己之前讀到一半的書。

「雖然早就聽哈特姆特說過，但親眼見識到後還是教我吃驚呢。」

「近來因為羅潔梅茵大人太過忙碌，再加上身體變得健康許多，都沒有時間能從容悠哉地看書呢。」

莉瑟蕾塔邊咯咯笑道，邊調整床鋪以便我看書。克拉麗莎則是打開書箱，幫我把書拿來。我再拜託奧黛麗，請她向漢娜蘿蕾或瑪格達莉娜送去奧多南茲，告訴他們我今天休息。接著，我才翻開書頁。當克拉麗莎說著「那我去參加領主會議了」的話聲在遠處響起時，我已經完全沉浸在書裡的世界。

我愜意地享受著閱讀樂趣時，忽然有奧多南茲飛了進來。白鳥降落在書本上，讓人完全無法忽視。

「我是錫爾布蘭德。羅潔梅茵，聽說妳身體不舒服。雖然我很想送點慰問的禮物過去，但被母親大人制止了。她還斥責我說，尚未成年的妳不能被發現人在貴族院……希望妳快點好起來。」

聽完這麼可愛的慰問，我忍不住輕笑起來，送去回覆說：「其實我已經退燒了，但因為近侍們還是很擔心，便再觀察一下情況。明天我就會去地下書庫了。」

隔天，如同對錫爾布蘭德說過的，我出發前往地下書庫。齊爾維斯特與芙蘿洛翠亞則是在召見下，前往與王族談話。結果要等回到宿舍以後才知道了。地下書庫裡，漢娜蘿蕾、錫爾布蘭德與瑪格達莉娜都到了。今天亞納索塔瓊斯與艾格蘭緹娜似乎也有社交活動要參加。

「羅潔梅茵大人，早安。看您精神不錯，我就放心了。」

漢娜蘿蕾似乎十分擔心，會在茶會上暈倒的我是不是因為去了各個祠堂才病倒。我面帶微笑，告訴她自己已經沒事了，這時錫爾布蘭德也朝我們走來。

「羅潔梅茵，幸好妳恢復活力了。」

「錫爾布蘭德王子，感謝您捎來奧多南茲關心。」

我道謝後，錫爾布蘭德便露出開心的笑容，紫色雙眼閃閃發亮。以王族來說，他總是非常坦率地表露情感，讓人覺得很可愛。而且喜歡親近我的樣子，總覺得跟麥西歐爾很像，所以我也忍不住對他露出寵溺的笑容。

在與錫爾布蘭德交談時，我忽然感覺到一股視線，回過頭去。只見瑪格達莉娜正目不轉睛地望著我們。目光與她對上後，她微微一笑說道：「各位，我們該進書庫了。」

我安靜地認真抄寫起資料，不久後有人輕拍我的肩膀。

「羅潔梅茵，可以跟妳說幾句話嗎？」

「錫爾布蘭德王子，怎麼了嗎？是有看不懂的字嗎？」

因為他之前也來問過我問題。我從資料上移開目光，轉頭看向他。錫爾布蘭德表情非常苦惱地看著我，開口說了。

「我想趁著漢娜蘿蕾與母親大人在休息的時候跟妳談談……妳會取得古得里斯海得，成為君騰嗎？」

「……我並不是王族，所以不具有資格喔。」

錫爾布蘭德會這麼問我，代表王族之間已經分享情報，都知道我是下任君騰候補了吧。儘管他有特別留意不讓漢娜蘿蕾聽到，但在這種地方討論這件事沒關係嗎？我正感到困惑時，錫爾布蘭德輕輕握住我的手。

「羅潔梅茵，我想幫妳。」

這是什麼意思？我還眨著眼睛，「喀喀喀」的腳步聲便快速逼近。

「錫爾布蘭德，你在做什麼？」

「母親大人……」

錫爾布蘭德的臉色頓時變得慘白，由此可知他剛才其實不該說那些話吧。瑪格達莉娜低頭往我看來。

「羅潔梅茵大人，錫爾布蘭德說了什麼呢？」

「錫爾布蘭德王子說想幫我。明明我的身體狀況已經恢復了，錫爾布蘭德王子真是好心呢。」

我完全沒有提到下任君騰候補，只是微笑這麼回道。瑪格達莉娜以試探的目光打量我們以後，最終一臉無可奈何地結束對話：「錫爾布蘭德，我們去休息吧。」

為免錫爾布蘭德與我接觸，就在瑪格達莉娜一直監視著他的情況下，我們用完了午餐，接著默默地繼續翻譯資料。就在這時，席格斯瓦德出現了。領主會議開始之後，這是我第一次在地下書庫裡見到他。

對於受王族所託每天都要來地下書庫的我們，席格斯瓦德先是開口慰勞，接著請漢娜蘿蕾離開：「今天請妳先回去好好休息吧。」

「不敢當，感謝您的關心。」

漢娜蘿蕾擔心地頻頻回過頭來看我，然後離開書庫。我也想站起來時，但席格斯瓦德要我坐下。

「因為只有在這裡才能與妳談話。」

席格斯瓦德帶著沉穩笑容，在我對面坐下後，不疾不徐開口。

「亞納索塔瓊斯跟我說了，與妳談話時，若不直接到開門見山那種程度的話，妳根本聽不懂。所以我希望談話時盡量都能了解彼此的意思，沒問題嗎？」

亞納索塔瓊斯的說法讓我有些不高興，但也是實話沒錯。與王族談話的時候，與其不小心會錯意，我更希望講清楚說明白。

「若我講話太直接也不會遭到處分的話……」

「我們怎麼可能處分重要的君騰候補呢。」

席格斯瓦德輕笑著這麼說完後，筆直地注視我。

「聽完亞納索塔瓊斯的報告，我們已經知道妳是下任君騰候補。此外，也知道了若沒有登記為王族，就無法取得古得里斯海得……」

他說經過了蒂緹琳朵的奉獻舞與星結儀式，貴族們開始有些相信中央神殿的主張。也就是藉由重現古老儀式，選出正統君騰。正因如此，他們本來以為即便是我，也能取得古得里斯海得。然而，結果並不是這樣。

「並非王族的我沒有取得的資格。既然沒有資格就無法取得，由王族去取得古得里斯海得是最理想的吧。此事請去拜託艾格蘭緹娜大人。」

「很遺憾，王族現在沒有這樣的餘力。」

席格斯瓦德一臉為難地告訴我，正如同圖書館裡相當於基礎的魔導具曾經險些魔力枯竭，中央裡頭也有魔力快要枯竭的魔導具。

「切記此事不得外傳。之前因為事態緊急，能提供魔力的人不多，中央裡頭有許多已經停止運作的魔導具……但前些日子，其中一個魔導具竟崩解了。」

「崩解嗎？」

「有的魔導具若是魔力完全耗盡，似乎便會消散崩毀。」

平常我們所用的魔導具即使用完了魔力，也不會消散崩毀。但古老的魔導具一旦耗盡了所有魔力，似乎就會崩解潰散到看不出原形。

「那些都是由古至今代代傳承下來的貴重魔導具，絕不能在我們這一代任其崩毀。所以父王與我們正一邊使用回復藥水，一邊為那些原本判定並不重要、便一直置之不管的魔導具灌注魔力。現在根本沒有大量的魔力能前往各個祠堂獻上祈禱。」

席格斯瓦德主張，他們必須盡快將我納為王族、取得古得里斯海得，獲得魔力與能讓貴族服從聽令的權力。確實，如果再不做補救，感覺國家輕易就會滅亡。

「其實本該等妳成年之後，再藉由聯姻將妳納為王族。然而，現在我們根本無法等到妳成年，必須立即讓妳成為王族的一員。妳要與奧伯．艾倫菲斯特解除養父女關係，並且成為父王的養女，取得古得里斯海得，成年後再與我結婚。妳不認為這是最穩當的未來嗎？」

若想解救與蒂緹琳朵結婚後便會遭到連坐的斐迪南，可以馬上取得古得里斯海得的這個提議確實不錯。但考慮到艾倫菲斯特的現況，當然還是不能一口答應下來。

「父王認為，既然要請你們提供協助，自然也該為艾倫菲斯特提供益處，於是開出了各種條件。然而，奧伯．艾倫菲斯特卻不願接受。」
「……請問是怎樣的條件呢？」
我詢問後，席格斯瓦德先是聲明：「這樣的待遇應該已是相當優渥……」接著為我說明。
「為了禮遇妳的出身領地艾倫菲斯特，我們會提高領地排名，並盡量招攬貴族進入中央，鞏固妳這個未來君騰的地位。但沒想到，奧伯竟然拒絕了。」
換作是其他大領地，王族這樣的提議將能提升自領的影響力，想必會欣然接受吧。但是，據說齊爾維斯特淡漠地回絕道：「這樣的協議於雙方都沒有好處。」
……嗯，我想也是。
「艾倫菲斯特竟如此貪得無厭，我們正為此傷透腦筋呢。」
「席格斯瓦德王子，其實艾倫菲斯特正因為排名提升太快，導致領內的貴族一時間都還適應不了變化。就連他領也都說，我們的應對進退不符合排名。因此我們暫時只能維持現有排名，或是讓排名稍微下降，優先處理領內事務。若是再提升領地排名，只會造成我們的困擾。」
我直接坦承了艾倫菲斯特的內部情況後，席格斯瓦德驚訝地瞪大了眼。不管是下位領地還是上位領地，面對王子自然都要畢恭畢敬，所以席格斯瓦德說他幾乎感覺不出兩者在言行舉止上的差異。而且他似乎以為這種事情只要多加留意便能改正，完全沒有意識到這需要花上好幾年的時間去改變。也因為艾倫菲斯特今年還提出了不要提升排名，但要給予與獲勝領地相同待遇的要求，他就以為艾倫菲斯特是非常具有野心的領地。

「那為了鞏固妳的地位，招攬貴族一事呢……？」

「艾倫菲斯特的貴族人數本就不多，之前冬天更因為不得已的理由進行了肅清。如今領內的貴族人數已經大幅減少，若王族還要求我們盡量把貴族送到中央去，艾倫菲斯特會無法維持運作。」

席格斯瓦德默然不語地扶額，朝我看來。顯然我的回答與他預期的相差甚遠，也與他了解到的有很大的出入。

「所以就是這樣，艾倫菲斯特也有自己的難處。我無法馬上成為國王的養女。」

「難道這比拯救即將崩毀的尤根施密特還重要嗎？」

席格斯瓦德的話聲中有著難以形容的焦急，但我依然不能退讓。

「王族所面臨的問題，用一句魔力不足便能概括吧？但艾倫菲斯特卻是非我不可。」

「願聞其詳。」

席格斯瓦德略微往前傾身。

「在艾倫菲斯特，我不只要管理印刷業，還身兼神殿長與孤兒院長，另外也得履行領主一族的職責。其中領主候補生的職責，雖然可以馬上交給其他手足，但其他事情就沒有這麼簡單了。」

神殿長的工作雖然可以交接給麥西歐爾與他的近侍們，但若想要示範過所有儀式，至少需要一年的時間，而且也要讓麥西歐爾願意接管孤兒院。至於印刷業，除了要把工作交接給艾薇拉，也得思考古騰堡成員今後要如何去外地出差、我若轉籍至中央那專屬們怎麼辦等等，有很多問題需要處理。

「此外，艾倫菲斯特的下任奧伯人選是因為與我訂了婚才確定下來，婚約一旦取消，領內將會動盪不安。所以無論如何，我們都需要做好充足的事前準備。既然王族也因為政變與肅清而面臨困境，不想與大領地產生紛爭，應該也能明白奧伯在肅清過後，不想與領內基貝產生爭執的心情吧。」

艾格蘭緹娜與亞納索塔瓊斯也說過，他們不希望再發生像政變那樣的紛爭。我絕不接受他們說無法理解我們的難處。

「再來，是我的養母現在懷孕了。在生下孩子之前，她都無法幫忙供給魔力。而養父預計明年的這個時候才要迎娶第二夫人，舍妹也是到了冬天才會在貴族院舉行加護儀式。所以考慮到魔力的供給，我至少要等到明年才能離開艾倫菲斯特。」

「但比起艾倫菲斯特，現在是尤根施密特的情況更緊急且嚴重……」

「對我來說，是艾倫菲斯特的情況更緊急且嚴重呢……」

我沒有理會提高了音量的席格斯瓦德，盈盈一笑。

「既然如此，就來設法解決王族的魔力不足吧。請讓我以魔力買下一年的時間。然後請拋開大領地的常識，在考量過艾倫菲斯特的情況後，接受對我以及對艾倫菲斯特有利的條件。」

瞬間席格斯瓦德臉上沒有任何表情，緊接著微笑道：「抱歉，妳剛才說的話我沒聽清楚。」於是我再次表示，想以魔力買下時間。

「……用一年份的魔力，換取一年的緩衝時間嗎？原本王族就有七人份的魔力。縱然妳的魔力再多，一個人也提供不了這麼多魔力吧。」

席格斯瓦德的語氣就像在開導一個不知世事的小孩子，面帶溫和笑容，說著明眼人都知道的事情。對此我微微一笑。我當然也不認為光靠自己一個人，能提供得了這麼大量的魔力。

「我從頭到尾一句話也沒說過，要由我一個人提供吧。現在貴族院裡不是有很多擁有魔力的貴族嗎？」

席格斯瓦德臉上再一次嚴肅起來，很快又堆起微笑，但這次他的笑容有些僵硬，彷彿很努力在理解我所說的話，小聲複述：「……有很多擁有魔力的貴族？」看來靜止一拍後再露出笑容，是他嚇到時特有的反應。

……就和斐迪南大人的當機一樣吧。

面對笑臉底下似乎十分錯愕的席格斯瓦德，為了表現出遊刃有餘的樣子，我讓臉上的笑容更是燦爛，拚命思考怎樣的條件能讓自己獲得勝利。

最完美的勝利，就是讓對方以為這不是為了我，而是為了王族才要舉行奉獻儀式；然後在由王族主辦的名義下，把奉獻儀式的準備工作全部丟給中央，並爭取到一年以上的時間；順便也讓王族幫忙不善宣傳的艾倫菲斯特，向各領賣個人情；就這樣取得優勢以後，再讓想收我為養女的王族，盡可能答應艾倫菲斯特所開出的條件。

我注視著席格斯瓦德，思考已徹底切換成商人模式。首先做為熱身賽，我想爭取到一年以上的緩衝時間。接下來不再是貴族那種只要王族說了什麼或下命令，就只能唯唯諾諾遵從的應對方式。得把這裡變成我的主場，由我來掌握主導權、引導談話。

此刻在我面前的席格斯瓦德不是王族，而是交涉的對象。通常王族也和齊爾維斯特他們一樣，都是交由文官進行交涉，自己只負責同意或否決。因此在近侍進不來的地下書庫裡，勝算會比在外面時要高得多吧。

……最起碼不管用什麼手段都要爭取到一年以上的時間，並讓王族保證會改善斐迪南大人的待遇。我會加油的！班諾先生，借給我力量吧！

「我建議在領主會議上舉行奉獻儀式。」

「難道妳想讓前來參加會議的奧伯們提供魔力？這種事簡直前所未聞……」

聽完我的提議，席格斯瓦德的笑容有些抽搐。但是，王族都已經有過在貴族院向學生搜刮魔力的紀錄了。那不管是學生還是奧伯，並沒有多大的區別吧。順便再補充一點，我不只想向奧伯索取魔力，還打算讓隨行的近侍們也參加儀式。

……這就好比能讓對方掏出錢來的時候，要能拿多少就拿多少……對吧，班諾先生？

「哎呀，您為何如此驚訝呢？為了達到席格斯瓦德王子的期望，舉行奉獻儀式是必要之舉吧？」

席格斯瓦德的表情頓時有些困惑，似乎不明白奉獻儀式與自己的期望有什麼關聯。華麗的金色劉海在他額上輕輕晃動。

「我的期望……？所以妳願意成為國王的養女，取得古得里斯海得，成年後與我結婚嗎？」

「不是的。我聽奧伯與一同出席會議的文官們說過，席格斯瓦德王子的期望就是由我擔任中央神殿的神殿長，再派我去各地舉行儀式，增加各地的收成與貴族可取得的加護。為了尤根施密特，提升貴族整體的魔力量是首要之務吧？」

「那是……」席格斯瓦德正想反駁，我不給機會地再次逼問：「您是這麼向奧伯·艾倫菲斯特提出要求的吧？」前幾天本人才這麼說過，讓艾倫菲斯特的貴族們傷透腦筋。我絕不讓他在這時候推托抵賴。

「所以我是照著您的期望要舉行奉獻儀式喔。讓各領奧伯及貴族參加儀式後，他們便能理解到神殿與儀式的重要性；而且只要參加過一次，之後想在自領內舉行同樣的儀式就容易得多，也能增加收成與取得的加護量。此外，既然中央神殿希望能由魔力量多的人來舉行儀式，想當然會願意提供協助吧。」

不管是主張艾倫菲斯特的聖女應該成為中央神殿長，並前往各領傳授儀式相關知識的他領貴族；還是沒有魔力能重現儀式，就想把魔力豐富的我拉去當神殿長的中央神殿，通通都得參加奉獻儀式。我絕不讓他們拒絕。

……我就如大家所願舉行儀式，然後盡情搜刮大家的魔力吧。哼。

「這樣一來，不僅能如王族所願提升各領的魔力水平，還能取得大量魔力，我也能在成為養女之前有一年的緩衝時間。這可說是皆大歡喜的完美提議吧？」

原本面無表情認真聽著我說話的席格斯瓦德，恍然回神似地眨了眨眼睛，隨後慢慢彎起微笑。

「……這提議確實不錯，但妳預計何時舉行？」

領主會議有時會耗上兩週以上的時間。現在還有一週以上的時間，想想之前在貴族院舉行過的奉獻儀式，準備時間可以說是相當充分。雖然得一邊出席領主會議一邊進行準備，行程會有些緊湊，但中央貴族的人數遠比艾倫菲斯特要多，想必沒有問題。

「訂在領主會議的最後一天就好了吧？有這麼充裕的時間，足以做好準備。」

「這未免太臨時了。要動員這麼多人，若行程原本沒有安排是不可能的。」

席格斯瓦德平常都是在取得充裕的時間後，再交由文官或侍從安排行程，然後照著計畫走吧。他肯定從來不曾被迫捲進與自己無關的事情裡，還不得不更改原定計畫。對於要臨時安插行程，他表現出了抗拒。

除此之外也看得出來，由於我對王族的態度與一般貴族不同，他相當不知該如何應對，又因為沒人可以商量而傷透腦筋。但是，我完全不打算放緩對席格斯瓦德發動的攻勢，繼續窮追猛打。

……為了讓養父大人之後在與王族交涉時可以輕鬆一點，我要火力全開！

「真沒想到，席格斯瓦德王子居然會不想要舉行奉獻儀式呢。」我托著臉頰故作驚訝，雙眼還有些泛淚地注視席格斯瓦德。「之前說首要之務是指導他領如何舉行儀式，以提升尤根施密特整體魔力的人，不正是席格斯瓦德王子嗎？難不成其實並不緊急，就為了讓他領奧伯閉上嘴巴，您就要求我進入中央神殿？」

「不是這樣……」

「聽到王族要求我成為中央神殿長，奧伯．艾倫菲斯特可是非常為難，結果其實一點也不緊急嗎……」

我模仿安潔莉卡，極力裝出傷心的樣子，顫抖著睫毛垂下眼去。效果簡直顯著。

席格斯瓦德再也維持不住笑臉，忙不迭搖頭。

「羅潔梅茵，等一下，妳誤會了。現在確實是該盡快提升尤根施密特整體的魔力量……但是這般大規模的儀式，應該要多花點時間與中央神殿以及文官們商量討論，再配合行程做好準備吧？現在既沒有這樣的時間，原本也沒有這樣的計畫，實在是太突然了，我才會嚇一跳。」

……哦～啊，是喔。你好意思這麼說？

看著不斷找藉口的席格斯瓦德，這次換我面無表情。「妳應該能明白的吧？」席格斯瓦德微笑說完，我揚起冷笑。

「席格斯瓦德王子，我心裡有個疑問……不知您是否介意？」

「請說。」

「在我的人生計畫當中，從未預計要當國王的養女。既然是領主候補生要成為國王的養女，原本君騰與奧伯應該花上充足的時間好好商議，得到彼此都能滿意的結果後，才開始安排行程做準備不是嗎？」

席格斯瓦德依然面帶微笑，無語地僵住不動。我看著他繼續往下說：

「命令我成為國王的養女，與命令眾人準備奉獻儀式，究竟是何者更突然且教人困擾呢？……對王族來說，把我收為養女是比奉獻儀式更簡單的事情嗎？看來王族相當看輕我與艾倫菲斯特呢。」

我當面指責了王族的行為後，席格斯瓦德木然地眨著眼睛注視我。他可能以為我是不管王族說什麼，都會乖巧聽話的貴族千金吧。也可能是因為至今雖然有人會以貴族特有的委婉說法表達抗議，卻從來沒有人會當面直接指責吧。

「會突然要收妳為養女，是因為現在情況非常緊急，絕不是看輕妳。」

「所謂情況緊急，指的是王族魔力不足吧？倘若情況真的緊急到了非收我為養女不可，既不管我還未成年，也不顧艾倫菲斯特會陷入混亂，那也可以命令中央神殿與各領奧伯準備奉獻儀式吧？明明王族最擅長的，就是無視他人的想法與安排，只為了自己方便就強人所難。」

「妳認為王族只為了自己方便就強人所難嗎？其實我們已經盡可能衡量過利弊關係了。」

席格斯瓦德一臉意外地回道，我忍不住厭惡皺眉。

「既然您現在願意傾聽我的意見，代表確實是有心要衡量利弊關係吧。可是，實際上王族只是一再強調自己的情況有多麼緊急，完全不理會我們的難處，也無法提供益處給我們吧？再說了，想要魔力與古得里斯海得的都是王族，也是王族想收我為養女，讓我前往各領指導奧伯如何舉行儀式，沒有一件事情是我與艾倫菲斯特的期望。這點您真的明白嗎？」

其實如果真能取得古得里斯海得的話，我很想看看內容，但這種真心話我當然不會在這種時候坦白說出來。為了能推給王族主辦奉獻儀式，我毫不留情地繼續對席格斯瓦德發動攻勢。

「我會提議舉辦麻煩的奉獻儀式，都是為了王族喔。因為如果想了解儀式的話，各領奧伯大可以回領後去神殿調查，再自己想辦法就好。畢竟亞納索塔瓊斯王子曾說過，自領的事情應該自己解決。」

一直靜靜聽著我說話的席格斯瓦德，在這時微微側了側頭。

「但妳會提議舉行奉獻儀式，是為了用魔力爭取一年以上的時間。所以現在需要時間的不是王族，而是妳與艾倫菲斯特吧？」

之前王族不管怎麼找都找不到古得里斯海得，所以現在肯定就像是古得里斯海得已經懸在眼前，才會看不清楚周遭情況吧。看著一臉無法理解的席格斯瓦德，我決定把現實攤到他面前。

「不過短短數天之前，王族才知道我是距離古得里斯海得最近的人，接著就輕易說出要收我為養女。那麼，請問王族已經做好要收養我的所有準備了嗎？我記得已經受洗的王族，都會獲賜一座離宮吧？」

如果只是要簽訂收養契約，或許一下子就能辦好手續，但如果要以國王的養女展開新生活，光是隨便一想就有很多事情需要做準備。比如離宮是否已經安排妥當、哪些家具與生活用品要搬過去，還得從中央貴族當中選出近侍的候補人選，以及為隨我前往中央的艾倫菲斯特近侍準備住處，也要備好中央的披風與胸針等諸如此類。

「我總不能一點準備也沒有就成為養女，難不成王族認為在我成為養女以後，並不需要為我提供離宮，只要在成年前把我丟在中央神殿裡擔任神殿長就好吧？還是說不過短短的幾天時間，王族就已經連離宮也包含在內，一切都已準備妥當？哎呀，既然王族身邊有這麼多優秀的中央貴族，那準備起奉獻儀式更是不用花到一天的時間吧。真是太可靠了。」

席格斯瓦德依舊面帶笑容，但深綠色的眼珠子卻有些徬徨，看向地下書庫外近侍們所在的方向。瑪格達莉娜與錫爾布蘭德也在那裡，但可能是吩咐過他們別來打擾，兩人只是在意地看著這邊，並沒有要走進來的樣子。

「這個……我們預計在即將成為妳養母的母親大人，或是在即將成為未婚夫的我的離宮裡準備客房……」

席格斯瓦德神情尷尬地擠出回答後，我故意裝出吃驚的樣子，微笑道：

「哎呀，對親生孩子是給予離宮，對養女卻是給予客房，這是王族的慣例嗎？我還是頭一次聽說呢。像我養父的負面傳聞現在正傳得沸沸揚揚，大家都說他對親生子女與對養女有著差別待遇，但其實他收養我的時候，也如對親生孩子一樣為我提供了整理好的房間喔。然而君騰提供給我的，卻是他人離宮裡的客房嗎？這樣的待遇，您真的敢說並未看輕我與艾倫菲斯特？」

席格斯瓦德一臉像是被踩到了痛處。他不停眨著眼睛，看得出來正在拚命思考該如何回答。王族特有的做作笑容從他臉上徹底消失，我由此確定自己已經占了上風。

「既然我能像這樣一一對王族的要求指出準備不周之處，那麼就算不舉行奉獻儀式，我也有辦法能爭取到一年的緩衝時間。」

……雖然顧及王族與他領對我們的觀感，以及往後會受到的待遇，這種手段最好還是不要採取比較好啦。

儘管我認為這是最終不得不採取的手段，但腦袋已經陷入混亂的席格斯瓦德應該會覺得我的指責合情合理。事實上，現在他一句話也無法反駁。

「毫無安排就要舉行奉獻儀式，確實是冒昧又麻煩，即便我說這是善意之舉，可能王族也無法相信吧。但是，我是為了讓大家都能得到好處，自己也能爭取到一年的時間，才提出這樣的建議喔。那麼讓我幫忙舉行奉獻儀式好呢？還是說，我該用奉獻儀式以外的方法來爭取一年的時間？」

我定睛注視著席格斯瓦德問道，他也定睛回望我。他的眼神中充滿探究，像是想要看清我的真實意圖。

兩人互看了一會兒後，席格斯瓦德吐出大氣。

「……感謝妳的用心思量，我會建議君騰舉行奉獻儀式。」

看來席格斯瓦德總算下定決心。為免他把儀式的準備工作都推給艾倫菲斯特，我趕緊先下手為強，把腦海裡想到的準備工作一一列出來。

「那麼，由於艾倫菲斯特不可能取得使用祭壇與神具的許可，還請中央負責準備奉獻儀式吧。還有，如果不變出舞臺，而是直接使用大禮堂裡的寬敞空間，就可以讓奧伯以外的近侍們也參加儀式吧。」

席格斯瓦德又一次面無表情地定住後，微微一笑。

「羅潔梅茵，不只奧伯，妳還想讓近侍們也參加儀式嗎？妳究竟想搜刮魔力到何種地步？」

「什麼何種地步……我從小所受的教育是，能讓對方掏出錢來的時候，要能拿多少就拿多少喔。」

我得意地挺起胸膛，宣揚班諾的教誨。只見席格斯瓦德露出了難以言表的困惑表情，喃喃說道：「原來在神殿長大、常識與常人不同，指的就是這麼一回事嗎？」

……很可惜猜錯了！我不是在神殿長大，而是平民出身喔！

「另外再補充一點，就是如果可以讓雙方都持續獲利的話，聽說會更好喔。以這次為例，王族可以先拋出誘餌，告訴各領只要願意參加奉獻儀式，便能在每年的領主會議上重新舉行加護儀式，再提議把奉獻儀式訂成例行公事，不知您意下如何？由於加護儀式很耗時間，所以每次的領主會議，大概只有兩個領地能重新舉行吧。但如果能每十年重新舉行一次加護儀式，相信所有人都會認真地參與儀式吧。」

若真的想要提升尤根施密特整體的魔力，那就必須讓大人也有機會舉行儀式。只要大人們認真祈禱，小孩子也會跟著照做。

「除此之外，奧伯・庫拉森博克之前也問過我們，要不要把貴族院的奉獻儀式訂為例行性活動，當作是領地間的共同研究。所以要是順利的話，每年的春季尾聲與冬天都能收集到大量魔力喔。」

「羅潔梅茵，魔力不是如此輕易就能交涉取得的東西。」

「那為了魔力把我收為養女就是一件易事囉？現在王族的情況之緊急，已經到了得不擇手段的地步了吧？能收集到魔力的方法不是越多越好嗎？」

聽完我的發言，席格斯瓦德張大雙眼，徹底僵住不動。看來我的提議對王族來說太過出乎意料了吧。

「我只是稍微闡述自己想到的辦法，但要用什麼方法從哪裡收集來魔力、是否要把奉獻儀式訂為每年的例行活動，其實這些事情都與我無關。現在可以先討論奉獻儀式要做好哪些準備嗎？」

「……好的，請。」

為了似乎沒怎麼在動腦的席格斯瓦德，我把奉獻儀式該做的準備工作都寫在手邊的紙上，一邊為他說明。

「首先只要利用奧多南茲或邀請函，便能輕鬆明瞭地向各領告知儀式日期與該帶物品。然後，請王族吩咐留在離宮裡的貴族準備空魔石，再命令中央神殿為儀式做準備，我想就不會太過影響領主會議的進行了吧。對了對了，貴族院與中央神殿各有一個聖杯，再加上現在祈福儀式結束了，小聖杯也能用來儲存魔力，請記得提醒中央神殿帶來。」

說到這裡，我先停下寫字的手，抬起頭來。一看見我的笑臉，席格斯瓦德的臉頰便抽搐抖動。大概是心裡有不祥的預感吧。猜對了。

「還有，請王族要明明白白地告訴眾人，奉獻儀式是因為有艾倫菲斯特的協助才能舉辦。由於長年來一直是下位領地，艾倫菲斯特只懂得等待他人提攜，卻不知道要如何宣傳自己。」

「慢著，妳要王族幫艾倫菲斯特宣傳嗎？」

席格斯瓦德臉上彷彿寫著：「為何會變成這樣？」但我理直氣壯地點頭。

「這算是舉行儀式的費用喔。因為除了我，還有擔任神官長的哈特姆特，以及穿著藍色儀式服的護衛騎士們都得上臺。沒有任何回報，恕艾倫菲斯特無法提供協助。是您說過，王族會提供益處給我們的吧？」

席格斯瓦德用力抿緊了唇，先是面色凝重地嘆口氣後，隨即掛上沉穩的笑容，答應我會幫忙向各領賣這個人情。與其交給艾倫菲斯特內行事不夠圓滑的貴族，這樣更能有效地向他領施予恩惠吧。齊爾維斯特知道了肯定會很高興。

……養父大人、班諾先生，我成功了！這場熱身賽我可以說是大獲全勝吧？

「但是，收集這麼多魔力，不會讓各領心生不滿嗎？」

我把寫好的紙張交給席格斯瓦德。他邊看起奉獻儀式的準備流程，邊說出自己的疑慮。

「那事前可以先向眾人說明，在奉獻儀式上收集到的魔力，算是以後舉行加護儀式的參加費，以及這次該繳的學費，這樣事後就不會有什麼人抱怨了吧。心有不滿的領地不要參加就好了。」

「那願意參加的領地不會變少嗎？我們還如此費心準備，豈不是不划算？」

看著有這種奇怪擔憂的席格斯瓦德，我忍不住心想，這人還真是王子殿下。

「不參加奉獻儀式，往後領內的收成與可取得的加護量都會有明顯的差異。只要刺激他們說，那可不要日後看到其他領地變得富饒後才反悔，相信大家就都不得不參加吧。」

只要以貴族院的奉獻儀式為誘餌，我想庫拉森博克應該會參加；而為了取得加護正全領上下一條心的多雷凡赫，肯定也會很感興趣。除此之外，之前在貴族院沒能參加到奉獻儀式的那些領地，一定都會想要參加吧。

「而且，要是以後可以重新舉行加護儀式，這可是非常誘人的回報。另外再暗示王族在地下書庫裡找到了與儀式有關的資料，還怕各領不上鉤嗎？只要讓大家覺得奉獻儀式值得參加，想要集結到各領的人並不難。」

聽完我的建議後，席格斯瓦德閉上了眼睛大約五秒鐘，然後緩緩吐氣面帶微笑。看來我讓他相當不知所措。說不定我說的這些話，對於在溫室長大的王子來說有些太陰險了吧。

……哎啊，畢竟我的師父是班諾先生與斐迪南大人，就算有點陰險也是沒辦法的事情嘛！

「啊，還有，這次的奉獻儀式是為了指導從未參加過的領地，所以冬天已經在貴族院體驗過的王族不必參加。」

席格斯瓦德非常明顯地鬆了口氣。

「我知道了。王族會與中央一起準備儀式，並敦促各領參加。只不過，能麻煩你們準備回復藥水嗎？我想讓中央優先準備王族要喝的份。」

「回復藥水應該自己準備吧？既然平常都會掛在腰間上隨身攜帶，只要提醒大家別忘記帶就好了。」

「但在貴族院舉行奉獻儀式時，是由艾倫菲斯特做準備的吧？」席格斯瓦德雙眼圓睜，但艾倫菲斯特現在的立場跟那時候完全不一樣。

「在貴族院舉行奉獻儀式時，是因為要讓大家協助我們進行研究，所以我才認為應該提供回報。可是，這次是艾倫菲斯特回應王族的要求，特別耗費人力與時間，要指導那些想了解儀式的他領貴族喔。我完全不覺得我們有準備回復藥水的必要，況且比起製作藥水，去地下書庫閱讀文獻更重要吧？」

……因為等領主會議一結束，回領後我就要忙著交接，接下來一整年的時間根本沒空看書啊。

只有領主會議這段時間，我能夠每天都來地下書庫。比起製作回復藥水，當然是看書更重要。

「如果是賣給眾人的話，那還可以考慮……不，還是不行呢。感覺會全被多雷凡赫買走，然後帶回去分析配方。雖說也可以改賣在課堂上學到的最具有效果的回復藥水，但這種藥水大家都有，這麼做對艾倫菲斯特來說並沒有好處。」

若要製作回復藥水，就得讓騎士們前往採集場所採集，還要動員正忙著參加領主會議的文官們，只會對我們造成負擔，一點好處也沒有。

「……我終於明白，為何艾倫菲斯特會突然變得如此富庶了。此外似乎也能明白，為何領內的貴族會跟不上提升過快的領地排名。」

席格斯瓦德的笑容中透著疲憊，我對他微微一笑。

「能夠加深對彼此的了解，真是太好了呢。既然奉獻儀式的準備工作已經討論完畢，接著來談談要收我為國王養女的條件吧。」

「還沒有結束嗎?!」

……咦？剛才結束的只是熱身賽，最重要的事情都還沒開始討論吧？

成為國王養女的條件

「我們都還沒正式開始討論吧……基本上奉獻儀式是為了幫王族收集魔力，並幫助他領深入了解儀式，而艾倫菲斯特也只是爭取到了時間能進行交接與做準備而已。目前為止對艾倫菲斯特來說並沒有任何好處。」

「……明明是妳提出的建議，卻不算是好處嗎？那妳為何要提議做這種對領地無益的事情？」

席格斯瓦德向我問道，眼神中帶有警戒。但是，他怎麼會覺得一年的準備時間對我們來說算是好處呢？我輕嘆口氣。

「席格斯瓦德王子，如果有人告訴您，由於事態緊急，請您立即搬到他領生活，請問您能馬上移動嗎？王族的工作應該沒有簡單到完全不需要交接吧。那麼為了搬到他領而做準備的這段時間，您會覺得對自己與對中央來說算是好處嗎？」

「我已經成年，但妳尚未成年。即便妳說自己已經在處理公務了，但該負的責任與工作量，還是有著天壤之別吧。」

席格斯瓦德笑容可掬地說完後，我總算明白對於自己所說的需要交接的工作，彼此之間有著截然不同的認知。王族似乎以為，未成年的我就只是幫幫奧伯的忙而已。

……啊啊，所以王族才會認為，只要他們做好了準備就能收我為養女吧。

「席格斯瓦德王子，我在交接上會需要花費時間，是因為我是負責人。不管是印刷業還是在神殿，我都是以負責人的身分在工作，並不只是幫幫養父大人的忙或在進行實習。」

「羅潔梅茵，但妳尚未成年，上頭應該還有已經成年的監護人吧？」

看著席格斯瓦德僵硬的微笑，我露出冷笑回望他。

「您在說什麼呢？不就是國王下令，讓我的監護人斐迪南大人離開艾倫菲斯特的嗎？如今我在神殿裡並沒有監護人。神殿長與孤兒院長都是我，神官長還是我的近侍。而且近侍之後多半會隨我來中央，所以我必須利用這僅僅一年的準備時間，栽培繼任的神殿長、孤兒院長與神官長。」

其實並不是沒有把工作交接給成年人，只是他們會隨我一起移動，這是個大問題。我怎麼想也不覺得哈特姆特會留在艾倫菲斯特。一旦我得前往中央，他就算是用強迫的也會把工作交接給其他人，然後跟著我離開吧。至少這點我能肯定。

……另外雖然我也不想肯定這種事，但克拉麗莎絕對會跟著一起來！

「繼任者必須在一年的時間內背好所有禱詞、了解儀式的流程與準備工作。因為儀式會直接影響到領地的收成，而看不懂古文也就閱讀不了神殿長的聖典。所以現在您能明白，我該進行的交接並不容易了吧？」

我定睛望著還沒學會古文的王族微笑道。席格斯瓦德眨了眨眼，像在思索我真正的意圖，同時注視著我，片刻後才擠出話語，低聲說：

「奧伯・艾倫菲斯特究竟在想什麼？竟讓如此年幼的孩子擔任實質的負責人，未免荒唐之至。」

「因為從斐迪南大人手中接下神官長一職的我的近侍已經成年，所以養父與斐迪南大人才覺得沒有問題吧。畢竟原本只要在我成年之前栽培好繼任者就好。跟能從各地集結到優秀人才的中央相比，實在無法相提並論。」

我說過艾倫菲斯特非常缺乏人才吧？我再次提醒後，席格斯瓦德微微垂眼。看來他終於在這時候深刻地體會到，對於聽到的話，每個人都會有不同的認知。

「況且即便是一般的出嫁，通常也都要花上一到兩年的時間，打包行李、準備新生活所需的物品，也要與身邊的人們道別吧？更別說是搬到他領。那麼提供一年左右的準備時間本就理所應當，所以這怎麼能說是好處呢？」

我暗暗指責王族連這麼理所當然的時間也不願提供，接著開始思考自己接下來該做的事情。如果想把印刷業的事務安排妥當，還要與到了秋天才會從克倫伯格回來的古騰堡夥伴們商量討論，其實我真正需要的是兩到三年左右的時間。

「只給一年的準備時間，根本填補不了我離開後對艾倫菲斯特造成的損失。而且我甚至得犧牲自己的讀書時間，接下來一整年都要忙著交接神殿長與孤兒院長的事務，還有印刷業的業務。王族本就應該補償艾倫菲斯特在失去我後造成的損失，另外也應該提供其他好處，否則恕我們難以從命。」

要求我們快速完成交接的代價可是很高的喔——我這麼心想著注視席格斯瓦德。由於才剛見識過我要向各領搜刮魔力的強硬姿態，看得出來他正提心吊膽，不知道王族將面臨怎樣的剝削。

「神殿長與孤兒院長我還能理解，但印刷業的業務是？這妳也是負責人嗎？」

「現在領內的印刷業務，大多已經不是由我負責，所以要交接的工作其實不多。只不過，得考慮是否要把印刷業引進中央？那我的專屬們該怎麼帶過去？帶去以後他們能開店嗎？能否成立工坊？有很多事情必須與中央進行協商。還有能帶過去的與能在中央雇用的工匠共是幾人？該有多長的教育時間？也要了解中央商人的人際關係，以及店家之間是如何往來等等。」

工作量之多簡直不敢想像呢——我向席格斯瓦德尋求同意後，只見他木然地定住幾秒鐘，然後微笑道：「這不是領主候補生的工作，應該交給文官或侍從吧。」

「當然我一定程度上也會交給他們，但還是得自己親眼確認過一遍吧？總不能從頭到尾都不過問。畢竟書面報告與實際情況經常會有出入，中央與艾倫菲斯特的行事作風多半也不一樣。再說了，文官未必會正確地報告所有消息。」

曾有文官明明已經狀況百出了，但為了不讓人覺得自己能力不足，報告時便打馬虎眼。所以，很多事情都必須親自去現場確認過。

「原來如此。羅潔梅茵，看得出來妳確實是負責人。」

「是呀。所以只有一年的準備時間，實在遠遠不夠。」

能不能再多給一點時間呢？我帶著這層涵義投以微笑後，席格斯瓦德也面帶微笑搖搖頭。

「你們的情況我明白了。雖然還得根據奉獻儀式時取得的魔力量而定，但我們也無法再等超過一年的時間，所以請在一年之內做好準備。那麼接下來，我想了解艾倫菲斯特希望王族如何補償你們的損失。或許該請瑪格達莉娜大人過來一起聽。」

你們究竟會開出怎樣的條件——那雙深綠色眼眸明顯非常緊張。

「那個，席格斯瓦德王子。我雖然會向您說明艾倫菲斯特所開的條件，但也只是為免雙方有所誤解或會錯意，才在此陳述我個人的想法而已。最終要做決斷的，還是君騰與奧伯．艾倫菲斯特。我想不必特地把瑪格達莉娜大人叫過來……」

有關領地的重要決定，得由奧伯做出判斷。不管我在這裡說了什麼，都沒有最終的決定權，必須由奧伯與君騰他們在會面時做出決定。

「既然現在雙方都已了解彼此對常識與好處的認知有所出入，還請您將我與艾倫菲斯特的請求原原本本地向君騰轉告就好。最終會以怎樣的方式，接受我們的哪些條件，並非由我們來決定。」

我反覆強調，在這裡的談話並不等於最終結果。這麼做是為免之後挨罵，說我竟然未經奧伯同意就做決定或擅作主張。而且這樣也能防範王族抓住我說過的話不放，有理由推托說「一切全由奧伯決定」。

順便聲明，關於奉獻儀式我也只是提議而已，最終決定要舉行的是席格斯瓦德，所以並不是我自作主張。

……我只是提出建議，再稍微慫恿一下。該擔起責任、負責主辦與準備的都是王族，所以我應該不會被罵吧。

主要也是因為，去年斐迪南才在與王族談過話後決定前往亞倫斯伯罕，沒讓領主有插嘴的餘地。想起齊爾維斯特當時懊悔不甘的表情，我不想再做出一樣的事情。

「嗯，妳說得沒錯。我們確實無權決定。」

席格斯瓦德揚起微笑，接著催促我說：「那麼，請說明收妳為養女的條件是什麼吧。」意識到決定權並不在我手上後，他整個人看起來輕鬆許多。

……我是不是讓他感到很棘手呢？嗯，算啦。

「之後我的養父想必也會提出要求，但我就先說明一下吧。如果王族能給予我們一年以上的準備時間，並接受我們所開的條件，艾倫菲斯特便會遵從王命。此外我們也不會只因為沒有達到條件，就有意謀反或無謂地挑起事端。」

我這麼表明後，席格斯瓦德明顯如釋重負，回道：「是嘛。」畢竟之前齊爾維斯特他們曾回絕王族的提議。趁著這時候，我也鄭重其事地提醒他：

「但是，由於王族總說，凡事只會優先考慮尤根施密特與王族，並不在乎艾倫菲斯特會面臨什麼後果，對此我實在無法苟同。我的蓋朵莉希是艾倫菲斯特，不僅如此，我還是神殿出身。所以王族若想收我為養女，還請明白這一點。」

一旦搬到他領與人結婚或成為養女，理應要把展開新生活的地方擺在第一順位吧。但是，我絕對無法在成為養女後，就表現出「艾倫菲斯特與我無關」的態度。當然我也知道這不是可以自豪的事情，但即便得與平民區還有斐迪南劃清界線，直到現在我仍不認為他們就與自己無關。對我來說他們非常重要，萬一他們遇到了危險，我有信心會氣得失去理智。

「我已經理解到了，最好不要理所當然地把貴族的常識套用在妳身上。那麼，艾倫菲斯特希望王族如何補償？」

席格斯瓦德帶著沉穩的笑容催促道，我便開口說了。

「之前我也向亞納索塔瓊斯王子提出請求過了，就是希望國王能解除婚約，把斐迪南大人還給艾倫菲斯特。有斐迪南大人在，艾倫菲斯特領內的大半問題便能解決。」

斐迪南如果能回來，只要給他一年的時間，相信不管是魔力不足的問題，還是萊瑟岡古一族的壓制與繼任者的栽培，交給他就能搞定，我也不用再擔心他的身體健康。而我在尤列汾藥水裡沉睡的那兩年，也是他透過尤修塔斯與平民區的商人們溝通。

「我想亞納索塔瓊斯應該也是這麼回覆妳的，我們無法把斐迪南還給艾倫菲斯特。因為現在不能讓亞倫斯伯罕分崩離析。」

這對艾倫菲斯特來說是最能圓滿解決一切的提議，但在轉告給君騰之前，便先被席格斯瓦德否決了。

「如果你們能找到單身的領主一族，而且他也能代替斐迪南治理亞倫斯伯罕，這個提議或許可行，但我們對這樣的人選可是一點頭緒也沒有。艾倫菲斯特心裡若有人選，可以在說服對方以後，一年之內帶到我們面前來。」

席格斯瓦德的回答與亞納索塔瓊斯差不多。看來無論如何，王族都不打算讓斐迪南離開亞倫斯伯罕。我雖然有些火大，但到目前為止都在預料之中。畢竟斐迪南已經深入亞倫斯伯罕的權力中心，儘管我不想要認清他不可能被輕易放走這項事實，但其實心裡也很清楚。

……既然如此，至少要保障他的人身安全，提供給他更好的生活環境。

齊爾維斯特說了，斐迪南已經是前往他領的人。因此面對想要收我為養女的王族，艾倫菲斯特開出的條件裡，並不包括要改善斐迪南的待遇。若想改善他的待遇，只能我自己採取行動。

……亞納索塔瓊斯王子也說過，自己的事情要自己想辦法嘛。

我先是正色，然後彎起嘴角。瞬間席格斯瓦德的微笑變得有些僵硬，但很快就恢復原樣。

「我聽說現階段，想要解除斐迪南大人的婚約是不可能的。但同時我也聽說，只要有了古得里斯海得，或許就能採取其他手段……」

我想先確認亞納索塔瓊斯說的那些話，在王族之間是否已是共通的認知。席格斯瓦德不疾不徐點頭。

「如妳所說，若能取得古得里斯海得，便有辦法解除婚約吧。」

「那麼，在我取得古得里斯海得之前，或是在發現我絕不可能取得之前，還請延後斐迪南大人舉行星結儀式的時間。只要他不與蒂緹琳朵大人結婚，就不會遭到連坐了吧？」

……要是在取得古得里斯海得之前都無法解除婚約，那讓兩人一直維持在訂婚的狀態就好了嘛。

首先得讓王族開口保證，他們會讓斐迪南免於連坐。我提出延後舉行星結儀式的請求後，席格斯瓦德環抱手臂思考了一會兒。

「星結儀式恐怕不能再往後延。考慮到萊蒂希雅進入貴族院就讀時的身分，一旦蒂緹琳朵成為奧伯，兩人便一定要成婚。」

一旦蒂緹琳朵染好基礎，在領主會議上獲得認可、正式成為奧伯，按照亞倫斯伯罕的規定，萊蒂希雅便要被降為上級貴族。為了防止這件事情，他說斐迪南與蒂緹琳朵必須在領主會議第一天舉行星結儀式後，到蒂緹琳朵獲得認可成為奧伯前，這段時間之內完成收養萊蒂希雅的手續。畢竟進入貴族院就讀時，身分是領主候補生還是上級貴族，確實會有很大的差異。

「既然亞倫斯伯罕有這種奇怪的規定，一旦新的奧伯上任，就要把其他領主候補生降為上級貴族，那由王族出面廢除這項規定就好了吧？」

「……能夠廢除領內規定的，僅只奧伯而已。先前我們便建議過，但既然已經亡故的奧伯．亞倫斯伯罕並未廢除，王族也莫可奈何。」

他說只要不與法典有牴觸，王族便不能擅自廢除各領自行制訂的規定。好比戴肯弗爾格有自己的規定，亞倫斯伯罕因應領內情況也有自己的規定。即便看在他領眼中十分沒有必要，但若廢除了卻會讓他們面臨許多難題。

……這麼說來，戴肯弗爾格也因為歷史悠久，有很多奇怪的規定呢。

「如果妳的目的在於讓斐迪南免於連坐，那只要提早一些成為國王的養女，不就可以解決此事了嗎？」

星結儀式向來是在領主會議的第一天舉行。因此席格斯瓦德說了，我只要提早一些在領主會議之前成為國王的養女，然後進入書庫深處即可。一旦我在裡頭取得古得里斯海得，便可以取消斐迪南與蒂緹琳朵的婚約。反正不行的話，就還是讓他與蒂緹琳朵成婚。這樣一來，也不會對萊蒂希雅有任何影響。

「但這麼做的話，便會稍微縮短到妳所要求的一年準備時間。這樣沒關係嗎？」

我的眼神頓時有些游移。因為指示我要爭取到一年以上時間的人正是斐迪南，那究竟是稍微不滿一年也沒關係？還是一定要超過一年？如果不問問他，我也不知道他的指示有什麼用意。

「……我無法立即給您答覆。為了能順利解除斐迪南大人的婚約，關於要成為養女的時間，我會回去再好好思考。可是這樣一來，斐迪南大人就得一直待在亞倫斯伯罕，既結不了婚，也無法解除婚約。那我希望可以改善他的待遇，請君騰向亞倫斯伯罕下令，讓斐迪南大人能擁有秘密房間。」

見我放棄了要解除斐迪南的婚約，席格斯瓦德的肩膀放鬆下來。但一聽到我接下來的要求，他先是面無表情地一怔，隨即掛上微笑。

「訂婚對象在正式成婚之前，都只能住在客房，也不能擁有秘密房間，這是貴族間的慣例。王族恐怕無法向亞倫斯伯罕下達此種強人所難的命令。」

他大概以為我因為在神殿長大，不了解這部分的貴族常識吧。席格斯瓦德仔細地為我說明。但是，這些事情我早就知道了。波尼法狄斯與芙蘿洛翠亞都說過：「現在他的身分是未婚夫，所以無法擁有秘密房間。」

「我知道要等到成婚後，才能擁有自己的房間與秘密房間，之前我對此也不抱希望。但是，如今星結儀式延期了。想必您也知道有其他的慣例吧？」

打從星結儀式確定要延期以後，席格斯瓦德口中的慣例就有了破綻。既然他主張依照慣例無法下達這種命令，那我也依慣例提出要求就好了。

「既然現在兩人還無法成婚，那應該可以讓斐迪南大人先返回艾倫菲斯特吧？原本遇到這種無法結婚的情況，是可以提出要求解除婚約的。現在是因為有國王的命令，兩人的婚約才必須繼續維持，那讓斐迪南大人先回艾倫菲斯特，重新再做準備也沒關係吧？反正只要不解除婚約，就不算是違背王命，也沒有打破任何慣例。」

把他領的未婚夫叫過去以後，現在卻無法結婚，一般這種情況下不能硬是把人留下來。訂婚對象這方能以準備不周為由，要求解除婚約。

「但斐迪南的婚約是奉國王之命，而且他在亞倫斯伯罕已經開始處理公務了，為了防止情報外流，不可能放他離開。妳也是領主候補生，這點應該明白的吧？」

「斐迪南大人明明只是未婚夫，交給他的公務卻多到讓他無法隨意離開，這本來就是亞倫斯伯罕與王族的自私所致。按照慣例，他理應可以暫時返鄉。」

雖然斐迪南是在接受了王命後前往亞倫斯伯罕，又因為不想給艾倫菲斯特添麻煩，說過類似想保持距離的話，所以本人可能並不想暫時返鄉吧。

……但這種事情不重要。重點在於要確保斐迪南大人能擁有秘密房間。

「既然王族認為慣例十分重要，那也請依照慣例，讓斐迪南大人先返回艾倫菲斯特。等到蒂緹琳朵大人染好基礎、確定成為奧伯以後，再讓斐迪南大人前往亞倫斯伯罕與她成婚。若是無法依照慣例，就該提供秘密房間給斐迪南大人，然後夏天在亞倫斯伯罕舉行葬禮時，請王族與奧伯到了之後，確認他們是否如實執行命令。既然婚約無法取消，我堅決要求必須改善斐迪南大人的待遇。」

我強迫席格斯瓦德做出選擇。只見他加深臉上的笑意，輕嘆口氣。

「……此事我無權決定，必須交由父王裁奪。這樣可以嗎？」

倘若斐迪南可以回來，這當然是最教人高興的結果。但現在他不僅已在亞倫斯伯罕幫忙處理公務，又要負責指導萊蒂希雅，即便我主張這是慣例，其實也不認為他能夠回來。

……正因如此，至少要幫他爭取到秘密房間！

總之，不管君騰要選擇哪個都可以──我這麼心想，點點頭。這時，我發現席格斯瓦德依然面帶微笑，但那雙深綠色的眼睛目不轉睛地凝視我。

「……羅潔梅茵，妳還真是關心斐迪南。」

「是啊。因為我在神殿長大的那段時間，是斐迪南大人為身體虛弱的我調製了各種藥水，想盡辦法讓我能活下來，也指導了我該如何在貴族社會裡生存。來到貴族院後我能獲得最優秀表彰，也是多虧了斐迪南大人教導有方。我只是不斷受到他的幫助，卻一點也沒能回報他的恩情。他是我的師父，也是重要到等同家人的人喔。」

我微笑說完，注視席格斯瓦德。真想趁這機會讓王族親口答應我，不會讓斐迪南遭到連坐。於是，我加深臉上的笑意。

「所以呀，我如此重視的家人本來只喜歡待在神殿的工坊裡面，每天進行研究，現在卻不得不奉王命入贅至他領，那個領地還和自領的關係並不好。我甚至發現，他還沒成婚就得過著每天要邊喝藥水邊工作的生活，身上的藥水味重到就和先前的君騰一模一樣。而且明明星結儀式延期了，卻不被允許暫時返鄉，也不提供秘密房間給他。在得知這樣的情況後，我究竟會有多麼擔心、對於下令的人又會抱有怎樣的情感，還請王族諸位務必想像一下。」

席格斯瓦德帶著笑容定住不動，臉部明顯地慢慢失去血色。我以手托腮，輕輕嘆了口氣，更是說道：

「明明這麼努力咬牙苦撐，結果斐迪南大人去了亞倫斯伯罕的下場，卻是受蒂緹琳朵大人牽連遭到處分嗎？即便大家都以貴族的常識要求我，說我不該擔心已經去了他領的人，但我還是難以保持冷靜。我從以前便不擅長控制情緒，經常讓魔力失控。要是現在讓魔力失控了，真不知道會怎麼樣呢？」

我側過臉龐，注視著席格斯瓦德這麼威脅道，同時也認真地疑惑起來。

……嗯，究竟結果會怎麼樣呢？連我也不曉得會造成多大的影響。

我的魔力變得比以前多了。思達普也因為有所成長，現在已能控制魔力，但萬一失控的話，連自己也想像不出會是怎樣的光景。

我沉浸在自己的思緒裡時，席格斯瓦德似乎也陷入深思。半晌沉默過後，目光一與我對上，他便露出微笑。

「關於讓斐迪南免於連坐一事，我會與父王好好商量，讓妳不用這麼擔心。此外我也會盡己所能，讓事情能有圓滿的結果。」

「哎呀，太好了。席格斯瓦德王子，那就拜託您了。」

……很好！看來有辦法讓斐迪南大人免於連坐了。斐迪南大人，太好了！這是值得稱讚我說「非常好」的事情吧？

我在大腿上用力握拳，做出勝利手勢，心情極佳地說明起下一個條件。由於成功談好了自己心目中的基本條件，我高興得幾乎想哼歌，但談話畢竟還沒結束。正經地板起臉孔後，我重新面向席格斯瓦德。

「再來，由於我和斐迪南大人都不在了，為了填補減少的魔力，艾倫菲斯特亟需招攬人才。接下來大約五年的時間，如果他領想與艾倫菲斯特的貴族聯姻，希望君騰能同意只准出嫁與入贅，也就是只准他領貴族進入艾倫菲斯特。艾倫菲斯特無法再讓任何一名貴族離開。」

這是芙蘿洛翠亞提出的條件。由於領地排名急速上升，再加上推出的各種新流行，有許多領地都想與艾倫菲斯特的貴族結緣。事實上我也聽說在貴族院就讀的學生，受到他領貴族追求的人數變多了。現在每年都有十對以上的新人要結婚，其中大約一半是與他領的貴族。若能要求對方必須嫁過來或入贅至艾倫菲斯特，我們就能迅速增加領內成年貴族的數量。而他們生下的孩子自然也會是艾倫菲斯特的一分子，可以有效增加貴族的人數吧。

由於除了領主一族，領地間貴族的婚事本就是由兩領奧伯下達許可，席格斯瓦德輕輕頷首：「這點應該沒問題。」

「還有，希望王族能提供三十到四十個孩童出生後會給予的魔導具。因為領內有著沒有魔導具就無法成為貴族的孩子，我想將他們以貴族的身分養大。」

「三十到四十個孩童用魔導具嗎？數量未免太多了吧？」

想必是製作上既辛苦又花錢，席格斯瓦德臉上的笑意變深許多。

「哎呀？由於還對領內貴族的婚事追加了一些條件，所以這個總數我已經算得很節制了。我與斐迪南大人的魔力量與工作量價值極高，就算有三十至四十名中級貴族也無法補足喔。請王族明白，對艾倫菲斯特來說損失就是這麼慘重。」

有了一年的緩衝時間，再加上如果能談妥這些條件，那麼即便我之後去了中央，應該也不用擔心艾倫菲斯特會魔力不足。

「另外，能請王族向中央裡艾倫菲斯特出身的貴族下令，要求他們必須返鄉一趟嗎？」

這個則是齊爾維斯特的要求。因為目前我們完全無法取得有關中央及他領的情報。至今似乎都是由尤修塔斯不曉得從哪裡蒐集來消息，但現在卻是幾乎蒐集不到。如今就只能仰賴克拉麗莎一個人，希望王族能夠明白我們的迫切。

……剛好我也想在去中央之前先見見這些人，真是太好了。

雖說之前回絕了，但原本王族對齊爾維斯特提出的要求是：「為了有利於羅潔梅茵在中央鞏固勢力，把艾倫菲斯特的人才送過來。」因為若要成立自己的派系，把同領出身的人招攬為近侍是最常見的做法吧。

想到這裡，我忽然「咦？」地疑惑了一下。那些去了中央的貴族，對艾倫菲斯特的記憶還停留在薇羅妮卡的全盛時期，但我卻是在薇羅妮卡失勢後才受洗，那我們彼此的認知會一樣嗎？我想了想，總覺得很可能會無法溝通。如果不先見一面，好像連挑選近侍也有困難。

對於這個要求，席格斯瓦德也欣然同意，還說：「正好我們也樂見於此。」他說這些貴族都不願返鄉，王族同樣傷透腦筋。有了正當的理由後，便能命令他們在冬天返鄉一趟。

「最後，與艾倫菲斯特無關，是我個人有幾項條件。基於各式各樣的原因，我接受了未成年近侍的獻名。希望王族能不過問年紀與階級，接受我帶去的所有近侍。」

「不能等到他們成年嗎？未成年者無論什麼事情都需要徵得父母同意，考慮到就讀貴族院時的領地歸屬，還是留在艾倫菲斯特比較好吧……」

席格斯瓦德一臉訝異地歪過頭。「因為其中也有父母已經不在的孩子。」我這麼回答後，請他向君騰轉告此事。

「既已接受獻名，就要對他們的生命負責，我握有的權利便比他們的父母還要大。如今他們不管什麼事情，都需要徵得我的許可。另外也因為一些原因，不能讓已向我獻名的人留在現在的艾倫菲斯特裡。理由的話還請詢問我的養父大人。」

如此避重就輕帶過後，我暫且先停下來調整呼吸。因為接下來的要求，非得讓對方答應不可。我挺直腰桿後，席格斯瓦德也跟著端正坐姿。儘管面帶沉穩的微笑，他的動作當中卻透著警戒。我拿出氣勢來，筆直注視席格斯瓦德。

「接下來，是對我個人來說，最重要也絕不能退讓的條件。倘若席格斯瓦德王子想迎娶我，這也將是一項至關重要的條件吧。」

「請說。」

「為了在地下書庫以外的地方也能蒐集到資訊，請准許我自由進出中央裡的所有圖書館與圖書室，並且賜予我閱覽所有文獻的權利。除此之外，也請在我的離宮裡設置圖書室。」

聽完我鏗鏘有力的要求後，席格斯瓦德沉默了三秒鐘，隨即露出僵硬的笑容。

「……在離宮裡設置圖書室嗎？在王宮圖書館之外？」

「其實我願意成為艾倫菲斯特第一夫人的條件，就是要可以管理艾倫菲斯特的圖書室與神殿圖書室。想要與我結婚，就一定要提供圖書館。既然席格斯瓦德王子將成為我的丈夫，請在賜予我的離宮裡設置圖書室。我的夢想，就是未來的丈夫在求婚時對我說：『我為妳準備了圖書館，還有這麼多書喔。』」

您想與我結婚對吧？——我微笑著這麼表示後，席格斯瓦德的笑容一陣抽搐，說道：「真高興妳願意樂觀看待與我的婚事。」

……但你說話時表情很僵硬喔？

「話說回來，妳所要求的圖書室……究竟要有怎樣的規模？」

「雖然我很希望規模可以超過艾倫菲斯特的圖書室，但就算只超過斐迪南大人的圖書室也沒關係。」

「斐迪南的圖書室嗎？」

我對席格斯瓦德大力點頭。

「是的。監護人斐迪南大人在離開艾倫菲斯特之際，將他的宅邸與私有藏書都轉讓給了我。既然未來的丈夫變成了王族，那麼奢望規模可以超過監護人所給予的圖書室應該不過分吧？只要超過艾倫菲斯特的領主一族就好，這對王族來說想必是輕而易舉。唔呵呵。」

我興高采烈地說明起斐迪南的圖書室有多大、一開始有幾本藏書，只見席格斯瓦德臉上的笑容逐漸消失。

……咦？難不成明明是王族，這個要求對他來說卻太困難了嗎？

「那、那個，如果要在離宮裡設置圖書室真的有困難，也可以把王宮圖書館當成是離宮送給我喔。這我可是非常歡迎，因為住在圖書館裡面也是我的夢想。既然席格斯瓦德王子想成為我的丈夫，真期待您會送給我怎樣的圖書館呢。」

我帶有撒嬌意味地甜甜一笑後，席格斯瓦德卻是一臉有些茫然，低聲呢喃：「我將成為妳的丈夫嗎？」

……嗯？這是席格斯瓦德王子自己說的吧？奇怪？難不成是我聽錯了？

我側過臉龐，趕緊向他確認。萬一是自己聽錯了，那就太丟臉了。

「席格斯瓦德王子，方才是您說想要與我結婚，還說這對王族來說是最穩當的未來吧？……難道是我聽錯了？」

「不，妳並沒有聽錯，只是情況似乎和我預想的不太一樣……最穩當的未來……是啊。這應該是最穩妥的未來。但是羅潔梅茵，妳真的能夠接受嗎？」

雖然慢了很多拍，但席格斯瓦德似乎終於想到要問問我個人的意願。要是不趁現在這個機會，以後大概很難如實表達自己的想法吧。我決定坦白說出真心話。

「您可是星結儀式上我剛給予過祝福的其中一人，我當然完全不會想要與您結婚。但如果成為國王的養女後這是我的義務，我也只能無可奈何地接受。所以為了保有內心的平靜，請至少要為我準備圖書館。」

就跟與韋菲利特訂婚時一樣。既然是監護人的要求，我也只能接受。畢竟我也明白自己的處境，容不得我任性妄為。

「至少要有圖書館……嗎？」

不知為何席格斯瓦德遙望遠方。明明剛才還那麼熱切地訴說自己的希求，實現以後他看起來卻一點也不開心。為什麼呢？真是無法理解。

儘管一頭霧水，我還是訴說了自己的要求。

「總之，我已經誠實說出了自己與艾倫菲斯特的看法和條件。至於要如何選擇，就交由君騰與養父大人去決定吧。為了讓我能愉快地成為國王的養女，並與王族和睦相處，還請各位好好商議。」

談妥的條件

結束了與席格斯瓦德的一對一談話後，我回去便向齊爾維斯特他們說明王族那邊的認知，以及王族之前的條件其實是在提供禮遇。接著也表示，雖然彼此之間存有許多認知差異，但王族似乎也不是只想把負擔推給我們，所以應該有交涉的餘地吧。

我報告的內容還包括，為了解決魔力不足的問題，並且不讓他領有機會抗議，我們已經決定領主會議的最後一天，將由王族主辦奉獻儀式。還有成為國王養女的條件，我已經向席格斯瓦德提出了我個人以及艾倫菲斯特的要求。為了不重蹈去年的覆轍，我更不斷強調自己從頭到尾都主張：「一切得由奧伯決定，我只是發表個人的看法。」

對於王族竟然因為談話沒有達成共識，馬上就跑去地下書庫想讓我親口答應，齊爾維斯特十分生氣。同時他也稱讚我做得很好，懂得主張自己並沒有決定權。

隨後，王族再次召見齊爾維斯特，安排了兩天後進行談話。

「好了，羅潔梅茵。現在給我好好說明，妳到底與王族進行了什麼交涉。」

與王族談完話後，不知為何齊爾維斯特回來時一臉怒氣沖沖。此刻在宿舍的會議室裡，近侍與芙蘿洛翠亞都被屏除在外，我與齊爾維斯特正一對一面對面。他兩眼發直地猛戳我的臉頰，同時向我惡狠狠逼問。

「……噗咿？」

「不是這個！這次談話，為免再誤會彼此的意思，王族也屏退了所有近侍，但聽說妳在地下書庫裡頭，對席格斯瓦德王子簡直不敬到了極點吧？」

我被罵得莫名其妙，將頭往旁邊一歪。

「是席格斯瓦德王子希望我們可以開門見山，談話前他也同意過不會處罰我，所以我就有話直說了喔。結果他卻在事後向養父大人大發牢騷嗎？真是小家子氣。」

「他並沒有向我大發牢騷。只是提醒我，感覺妳在其他地方也會做出一樣的事情來，要我們務必當心。我的胃可是痛到快要破洞了。」

……果然還是沒有男子氣概嘛。

他當時要是跟我說，得表現出貴族該有的樣子，那我再怎麼大膽也不會說出那種話。明明是他叫我坦白說出自己的想法，怎麼可以事後還來抱怨呢。

「撇開奉獻儀式不說，畢竟這是為了爭取一年的緩衝時間，我才拚命慫恿王族主辦。但關於成為國王養女的條件，我們完全沒有進行過交涉喔，因為我又沒有決定的權利。我只是在說明條件的時候，為了讓他們一定要救斐迪南大人，稍微威脅了一下。」

「妳給我等一下！我剛才還在王族面前為妳辯解，說：『應該是您的錯覺吧？羅潔梅茵怎敢威脅您。應該只是用字遣詞不當，才讓您有這樣的感覺，但羅潔梅茵本人想必並無這個意思。』結果妳真的威脅了嗎?!」

齊爾維斯特大驚失色。聽到他這麼努力為我辯解，我不由得感到過意不去，但王族說得沒錯。我確實是有意地在威脅他們。

「因為不管我再怎麼擔心斐迪南大人，大家都說他已經是他領的人了，誰也不肯站在我這一邊嘛。而且亞納索塔瓊斯王子也說了，自己的事情要自己想辦法。既然用一般的方式提出請求行不通，我只是採用了那個當下可以採取的手段而已。換作是在其他場合，王族一定會因為我太過不敬，將我處分掉吧。」

趁著這個無論說什麼都不會遭到處分的絕佳機會，我只是向王族表達了自己的想法。要是他們沒有明白我的意思，那我還打算再想其他手段。

「王族已經明白到臉都白了，所以妳不用再想了。」

「……那王族已經答應，他們會讓斐迪南大人免於連坐，並改善他的待遇嗎？」

我滿懷期待地仰頭看向齊爾維斯特，他無力點頭。

「嗯，王族說了他們會命令亞倫斯伯罕，要讓斐迪南擁有秘密房間。」

「太好了！那其他條件呢？」

「幾乎所有條件他們都接受了……就某方面來說，也是託妳的福。」

齊爾維斯特接著告訴我會面時的情況。他說上次王族只使用了指定範圍的防止竊聽魔導具，但這次除了使用防止竊聽的魔導具外，還屏退了近侍與護衛騎士。

就在如此嚴加警戒的情況下，滿臉倦色的王族與領主夫婦展開了談話。內容主要是在確認我所提出的條件是否有誤，還有接受條件的方式是否妥當，另外就是釐清王族與艾倫菲斯特彼此的認知。

「現場聽起來，王族之間對於應該要給予妳怎樣的待遇，意見相當分歧。」

聽說特羅克瓦爾主張，得到古得里斯海得的人就是下任君騰，那應該要全面遵從我的要求，讓我住進離宮更是荒唐之至；君騰應該要在王宮的本館迎接，他自己再搬到離宮去。

「正因如此，君騰才認為應該要讓妳在身邊安排信得過的人，成立自己的派系。於是最終得出的結論，便是要求我們盡量把貴族送到中央去。未料艾倫菲斯特竟然拒絕，讓他十分錯愕。」

除此之外，關於我的婚事，君騰也認為為了成立自己的派系，聯姻本就是種有利的手段，現在的王族不該干涉。既然得先收我為養女，才能讓我取得古得里斯海得，那他自然義不容辭，但此後的事情他一概不會過問，也不會干預。還說就由新任君騰以她自己想要的方式，帶領尤根施密特前進就好了。

「聽起來是很開明啦，但其實就跟置之不理一樣，要我之後自己看著辦吧？」

「席格斯瓦德王子似乎和妳有一樣的感想。他表示只是取得了古得里斯海得，不代表就能統治尤根施密特。」

而席格斯瓦德主張，艾倫菲斯特出身的我既沒有權力，也沒有大領地的人脈，如果君騰既不過問也不干涉，代表也不會成為我的後盾。但是，要一個只是持有古得里斯海得的未成年者照著自己所想的統治國家，我根本什麼也不懂。王族不該就此坐視不管。既然我將成為國王的養女、取得古得里斯海得，那麼他會迎娶我為妻子，再沿用現在的政治基礎，由王族成為支持我的後盾，這樣最不會引發混亂。

不過，聽說特羅克瓦爾仍是堅持自己的主張：「你說得固然有理，但接受與否，還是由君騰來決定。」

「但是，聽說妳接受了席格斯瓦德王子的提議。」

「因為如果王族願意接受我們所開的條件，要跟他結婚也沒關係。」

後來換亞納索塔瓊斯跳出來，對父親與兄長的主張表示反對。

「亞納索塔瓊斯王子表示，即便取得了古得里斯海得、擁有君騰的力量，妳也不可能有辦法處理政務，對妳來說太勉強了。而到這裡為止，他的看法都與席格斯瓦德王子一致，但接下來嘛……」

齊爾維斯特忽然支吾起來，瞄我一眼。

「怎麼了？亞納索塔瓊斯王子說了什麼嗎？」

「他說妳在神殿長大，根本不懂貴族的常識，甚至愛書成痴，絕不能把尤根施密特交到妳手中。而且至今的常識將不再管用，會使整個國家陷入混亂。所以，應該盡快從妳手中拿走古得里斯海得——特羅克瓦爾國王聽完大為震怒。」

「……雖然亞納索塔瓊斯王子這些話實在很失禮，但也非常正確呢。」

據說亞納索塔瓊斯還主張，如果可以拿走古得里斯海得的話，那就在成年之前都讓我待在中央神殿擔任神殿長，消除眾領對艾倫菲斯特的不滿；等我成年之後，再讓我嫁回艾倫菲斯特。倘若古得里斯海得無法讓予他人，那就向眾人隱瞞我是真正的君騰，然後讓我嫁給席格斯瓦德當第三夫人。之後除非必要，其他時間都讓我待在圖書館裡就好，這樣是最和平的解決方式。

對此特羅克瓦爾則是斥道：「你對取得古得里斯海得的下任君騰太不尊重了。」還禁止亞納索塔瓊斯在地下書庫裡與我接觸。

「特羅克瓦爾國王說了，他會照著艾倫菲斯特的要求，盡量給予通融。但是，他也非常過意不去地說了，既然妳將成為下任君騰，若能稍微體諒中央的預算以及國庫的收支，他會十分感激。」

「為什麼艾倫菲斯特要體諒中央的預算與國庫收支呢？」

我納悶歪頭，齊爾維斯特沒好氣地瞪我一眼。

「不就是因為妳要求了個人的圖書室還是圖書館嗎？」

原來我所要求的圖書室將會斥資驚人，讓王族非常頭痛。甚至跟圖書室比起來，其他要求他們全部都能答應。

「所以此次談話的結果，雙方一致同意，王族會接受其他所有條件，但艾倫菲斯特必須讓妳放棄圖書室的設置。」

「不——————！太過分了！最重要而且絕不能退讓的條件王族根本沒接受嘛！我的圖書室！」

我忍不住用渾身的力氣發出慘叫，抱住缺氧後昏昏沉沉的腦袋，雙眼含淚地瞪向齊爾維斯特。虧我還極力向席格斯瓦德強調，結果他根本沒搞懂最重要的條件。

……席格斯瓦德王子這個笨蛋大笨蛋！

「羅潔梅茵，不准囉嗦。這是君騰與奧伯的決定，妳必須遵從。妳不是說，會遵從我這個養父的所有決定嗎？」

「啊啊啊啊！我的確這麼說過！」

……那個時候的我真是笨蛋大笨蛋！

「反正妳還是可以自由進出王宮圖書館與其他資料室，並不是看不到書，況且和妳的圖書室相比，能讓王族答應其他所有條件更重要。妳死心吧。多虧了妳要求花費過於高昂的圖書室，其他條件王族都接受了，但他們看起來簡直失魂落魄。」

據說席格斯瓦德前往地下書庫時，本以為自己會與一名貴族進行談話，沒想到我的思考卻轉換成了商人模式。眼看兩人常識不同、話不投機，又得知了王族在他人眼中的模樣後，自信心因此跌落谷底。而在聽完席格斯瓦德的報告後，王族也都抱頭苦惱，思考著該如何應對。

至於在領主會議的最後一天舉行奉獻儀式一事，聽說王族認為，既然理由與表面藉口都十分充分，也有寫著當天流程與準備事項的紙張，儘管行程會非常緊湊，但也還應付得來。況且因此得到的益處極大，即便要稍微咬牙硬撐也值得。而關於艾倫菲斯特的現況與要求，以及改善斐迪南的待遇一事，他們也能答應。但是就只有圖書室，他們實在無能為力。

「話說回來，妳到底在想什麼，怎麼會要求個人的圖書室？」

「咦？在自己居住的建築物裡設置圖書室，這不是理所當然的事情嗎？」

艾倫菲斯特的神殿裡有神殿圖書室，城堡裡有圖書室，貴族院的宿舍裡也有圖書區。不僅如此，還有斐迪南讓給我的個人圖書館。都要成為國王的養女住進離宮了，那當然也該有間圖書室。

「今後我將離開艾倫菲斯特，這也代表著要離開斐迪南大人給我的圖書館吧？既然我得捨棄自己至今在艾倫菲斯特所擁有的東西，那我會想要一間新的圖書館也很正常啊。而且我明明是從領主的養女變成國王的養女，一般來說，生活水準也會跟著提升吧……」

聽完我的主張，齊爾維斯特「啊～」地發出難以形容的悶哼。

「關於妳生活水準的標準是圖書室這一點，實在教人頭痛。但我已經請王族至少幫妳準備好房間，藏書就從斐迪南的圖書館搬過去吧。」

「請等一下。那不是斐迪南大人的圖書館，是我的圖書館！因為斐迪南大人已經送給我了，這點請您不要搞錯。」

我嚴厲指正後，齊爾維斯特一臉極其厭煩地擺了擺手。

「這種事無關緊要，總之妳別要求會壓垮國家預算的大量書籍。」

「……我並沒有要求非常大量喔。只要和斐迪南大人轉讓給我的一樣，不是新書也沒關係，給我王子個人擁有的藏書就好了。其實有沒看過的書就好，不如說既然我們將成為夫妻，若王子願意把書當成是我們的共同財產，那我就心滿意足了。不夠的話我可以去抄寫王宮圖書館裡的書，慢慢填滿書櫃……」

「嗯……所以這傢伙的沒常識，原來是斐迪南害的嗎？」齊爾維斯特喃喃說完，一臉傻眼地搖了搖頭。

「羅潔梅茵，我得告訴妳一件事。這世上幾乎沒有富人會古怪到和斐迪南一樣，擁有那般大量的書籍，而且還不是由歷代祖先傳承下來，全是自己這一代的私藏。據說席格斯瓦德王子看的書，全是從王宮圖書館裡借來的，所以他並沒有個人所購買的藏書。也就是說，如果想為妳設置一間全新的圖書室，他就必須從無到有買入大量書籍。要是數量還得和斐迪南一樣多，那尤根施密特將會破產。」

聽完齊爾維斯特的說明，我大受打擊到整個人像洩了氣的皮球。也就是說我去了中央以後，一本私人的藏書也得不到。

「太差勁了。連一本書也沒有，還敢自稱是王子！根本破壞了少女的夢想！明明已經有兩位妻子了，居然連一本書也沒有，面對這種無法準備好圖書室來向我求婚的王子，我要怎麼對他產生怦然心動的感覺嘛?!」

「妳在說什麼啊？」

齊爾維斯特一臉莫名其妙，但如果要跟席格斯瓦德訂婚，這可是至關重要的事情。

「就連韋菲利特哥哥大人，也說過宿舍裡的書櫃可以任我處置喔?!沒想到真正的王子竟然會沒有半本書……明明我還拜託過他，可以直接把王宮圖書館當成是我的離宮，結果居然是要我放棄圖書室……」

不光是生活水準，連未婚夫的品質也下降了。怎麼會這樣？我做夢也沒想到成為國王的養女，會讓我付出這麼大的代價。

「我太失望了，整個人都提不起精神了。席格斯瓦德王子真是讓我大失所望。」

本來我已經稍微提得起勁去中央了，卻在此刻徹底萎靡。虧我還一直鼓勵自己，只要接下來一整年的時間努力交接工作，就會有新的圖書室等著我，然而現在我只覺得體內的幹勁正一去不復返。

「既然王族已經答應了會改善斐迪南大人的待遇，並讓他免於連坐，那我還是會去啦……但又一點也不想去中央。唉，居然要離開我的圖書館……」

「妳別再嘮叨了，至少王族會幫妳準備好房間。妳不是還有呈繳制度嗎？艾倫菲斯特印好的書都會送去給妳，妳只要慢慢等著書本增加就好。」

雖然齊爾維斯特說「就和在艾倫菲斯特時一樣」，但我以後不可能在第一時間就收到新書，這就相當於是生活水準下降了。為什麼這麼簡單的道理他都不明白呢？

「總之，圖書室一事就到此為止，別再提了。接下來，要告訴妳我們決定好的其他事情。這關係到妳的未來，所以要認真仔細聽。」

儘管我很希望他不要擅自結束這個話題，但我再怎麼抗議，也推翻不了國王與領主決定好的事情吧。我無力地垮著肩膀，聽他講述。

「之後會按妳的提議舉行奉獻儀式，若能順利收集到魔力，特羅克瓦爾國王與席格斯瓦德王子便會利用這一年的時間，試著能否自行取得古得里斯海得。倘若還是不行，便會照原定計畫收妳為養女。」

聞言，我臉上的笑容忍不住消失。要是他們其中一人自行取得了古得里斯海得，那我們之前開的條件會怎麼樣？

「如果最後我沒有成為養女，那我們開的那些條件呢？」

「那些條件將不作數，就只有讓斐迪南免於連坐，並讓他擁有秘密房間這兩件事，會當作是妳在地下書庫裡幫忙翻譯文獻的報酬……但王族雖會試著挑戰，也明言不會抱太大的希望。特羅克瓦爾國王說了，總不能把這件事全丟給還未成年又屬於其他領地的妳，王族也該努力看看。」

既然王族已經保證不會讓斐迪南遭到連坐，也會改善他的待遇，這樣就很好了。反正我一點也不想去中央，所以希望他們兩人可以好好努力。

……我甚至很想送去超級難喝的回復藥水以示支持呢。但也只是想想而已，免得被人懷疑我想下毒暗殺王族。

「由於還有許多事情需要打點，接下來一年的時間要好好做準備。到了明年的領主會議，將會解除妳與我的養父女關係，並由國王收妳為養女。在此之前，表面上一切照舊，但私底下艾倫菲斯特與王族都要為此進行準備。明白了嗎？」

齊爾維斯特話聲平靜地確認道，我點了點頭。我當然知道成為國王的養女這種事情不能聲張，一切必須在私底下進行，不能走漏風聲，而今失去所有情報管道的艾倫菲斯特正好可以做得很好。相信不會有什麼問題吧。

「回領以後，將會召開領主一族的會議，目前我打算屏退所有近侍。除此之外，還得思考該讓多少人知道這件事。」

「這件事得讓我與麥西歐爾的近侍，還有神殿裡的人知道喔。因為他們得想好要交接的工作，以及今後的去向。那要什麼時候告訴古騰堡成員呢？還有，要怎麼把印刷技術引進中央？要和現在一樣，用派人前往中央的方式傳授技術呢？還是讓他們搬去中央……總之若沒有做好充足的準備，只會給他們造成負擔吧。」

我接連說出自己想到的交接事項。看來接下來一整年的時間，主要得與神殿裡的人、古騰堡成員還有專屬們討論以後的事情。

「既然妳已料到會給他們造成負擔，那就等妳成為國王的養女，一切也都做好了準備之後，再把工匠接過去也不遲吧？妳以前可是經常提醒我，平民做事要給他們充分的時間。」

「那我和班諾先生商量過後再決定吧。也要聯繫中央的文官，請他們盡快送來資料才行呢。養父大人，之前您曾反對讓我與麥西歐爾共用近侍，現在能請您准許嗎？我在貴族院就讀時太缺乏上級護衛騎士了。」

如果只會往來於教室與宿舍，那維持現在這樣也沒關係。但如果還會去到地下書庫，我就需要有上級騎士陪同前往，而且我也想要有多一點的時間能教育麥西歐爾的近侍。

「雖然還要問過麥西歐爾，但好吧……話說回來，雖說今後一年表面上要一切如常，但妳對於不得不解除婚約的韋菲利特作何感想？」

被齊爾維斯特這麼一問，近來一直被我刻意忽略的韋菲利特便浮上腦海。

「……老實說，對於婚約要解除這件事本身，我並沒有任何想法。因為我們平常相處就像兄妹一樣，一點也沒有未婚夫妻的感覺，最近又很少接觸，寄了奧多南茲給他還被嫌棄……主要是，與訂婚有關的儀式我們都還沒有進行。」

我們既沒有交換魔石，原本等我大一點後就要進行的魔力配色也還沒做。我與韋菲利特的婚約，不過是得到了國王許可的口頭約定。對我來說，只是未婚夫從韋菲利特變成了席格斯瓦德而已。因為是政治聯姻，既沒投入感情也不存在喜歡，所以並不會為此感到高興或難過。

「但是，想到韋菲利特哥哥大人的將來與今後的處境……畢竟由薇羅妮卡大人撫養長大、還曾經進過白塔的哥哥大人，是與我訂了婚才成為下任奧伯。原本規劃好的未來卻在這時候突然被推翻，還是基於王命這種自己無力改變的不可抗力，所以我對他抱有同情。」

「是啊。」齊爾維斯特喃喃回道。這時的他只是一名父親，為不在這裡的韋菲利特擔心他的未來。發現他的眼中完全沒有自己，我緩緩吐了口氣。

「未來因王命而徹底改變的人，並不只有韋菲利特哥哥大人，斐迪南大人和我也是喔。我們從來沒有想過要離開艾倫菲斯特，現在卻不得不離開，也必須捨棄自己擁有過的重要事物，與重視的人們分開。」

光是可以與如此擔心自己的家人待在一起不必分離，我就非常羨慕韋菲利特。

「韋菲利特哥哥大人依然可以留在艾倫菲斯特，那由身為他父親的養父大人照看著他就好了吧？」

「……是啊。」

幾天過後，王族也往艾倫菲斯特舍送來邀請函。齊爾維斯特向眾人宣布，領主會議的最後一天將在王族的主辦下舉行奉獻儀式。聽到他說這樣一來，就不用再擔心他領會向我們施壓，貴族們都高興得發出歡呼。但接著聽到因為有不少貴族都沒有參加過儀式，所以這次必須參加，並以重新取得加護為目標後，大家又發出驚呼。

「羅潔梅茵的近侍們要穿上藍色儀式服，在奉獻儀式上協助並保護好她。」

「遵命。」

由於只要當天主持儀式就好，幾乎沒有什麼準備工作，在領主會議的最後一天到來前，我繼續每天前往地下書庫。

「這次要在王族的主辦下舉行奉獻儀式呢。我聽說是為了回應眾領地想要了解儀式的請求，便在艾倫菲斯特的協助下進行。領內的人都十分激動，表示也要參加。艾倫菲斯特還真是辛苦呢。」

用午餐時，漢娜蘿蕾告訴我戴肯弗爾格也會參加。

「之前發表研究成果以後，已經發現迪塔前後的儀式可以取得加護，所以我還以為戴肯弗爾格不會參加呢。」

「大家似乎對於迪塔以外的儀式也有興趣……而且僅靠迪塔前後的儀式，無法取得其他神祇的加護吧？」

雖然這麼說可能很失禮，但我完全沒想到戴肯弗爾格的人會對迪塔以外的事物產生興趣，所以有點吃驚。

……呃，想想嘛。感覺全領上下所有人眼裡都只有迪塔，所以這也不能怪我啊。

漢娜蘿蕾告訴我，文官與侍從似乎也都想要其他神祇的加護。

「另外重要的是，大人可以重新舉行加護儀式。現在父親大人與母親大人都十分苦惱，不知道該怎麼讓平常不會參加領主會議的中級與下級貴族取得加護。」

在一旁聽著的瑪格達莉娜也點頭附和：「這方面確實需要再做調整呢。」錫爾布蘭德則是難過於自己無法參加儀式。

「這次還未成年的漢娜蘿蕾大人也和你一樣，無法參加喔。反正已經有人提議該把儀式列入貴族院的課程裡，也有人認為該把奉獻儀式訂為例行活動，當作是庫拉森博克與艾倫菲斯特的共同研究。所以在就讀貴族院之前，你先耐心等候吧。」

聽了母親的訓斥，錫爾布蘭德噘起嘴唇，小聲地表達不滿：「……那樣就來不及了。」

「果然幾乎所有領地都會參加嗎？」

漢娜蘿蕾問道，瑪格達莉娜點了點頭。

「是呀。只有亞倫斯伯罕表示，他們有斐迪南大人會負責教導儀式，所以沒有必要參加。除此之外的所有領地，都表明了參加意願。」

我想起斐迪南在信上說過，他曾帶著貴族們前往各地舉行祈福儀式。可是，光是參加過儀式也沒意義，若想取得更多加護，就得重新舉行加護儀式。

「但願意參加奉獻儀式的領地們，目的都在於重新取得加護吧。他們不參加真的好嗎？」

我歪過頭說出自己的疑惑。只見瑪格達莉娜忽然揚起冷笑，像在強壓著某種難以言說的情感。

「蒂緹琳朵大人說了，一旦她成為下任君騰，想要舉行幾次儀式都沒問題。」

「……她說這種話是認真的嗎?!」

「是啊，她用奧多南茲捎來了這樣的回覆喔。雖然也能聽到一旁的近侍拚命在阻止她，但在場所有王族都聽得一清二楚，所以絕對錯不了。」

……噫——————！幸好我不惜威脅王族也要他們保證，會讓斐迪南大人免於連坐！

領主會議的奉獻儀式

這天赫思爾難得地來到宿舍，把木板送來給我。上頭寫有像休華茲與懷斯那樣，製作會動的圖書館魔導具時需要的原料。她遞來木板的同時，還心情極佳地說了：

「羅潔梅茵大人，我也可以參加此次的奉獻儀式了。請幫我向奧伯致謝。」

赫思爾嘴上說的話跟手上拿給我的木板完全無關，害我一時間不知道該向她道謝，還是該順著她的話往下聊，腦袋有些混亂。

「謝謝您送來的木板。還有，能獲准參加奉獻儀式真是太好了呢。」

先前在貴族院舉行的奉獻儀式算是研究，所以僅限還是學生的領主候補生及上級文官參加。但是，有著強烈研究欲望的老師們，似乎也對於能取得更多加護的儀式很感興趣。

而這次雖然敲定了要在領主會議上舉行奉獻儀式，但邀請函主要是發給了各領奧伯及其近侍，並沒有發給老師。「教師們又要被排除在外了嗎？」由於赫思爾這麼大發牢騷，齊爾維斯特便讓人向王族送去奧多南茲，請他們也向有意參加儀式的老師送去邀請函。

……畢竟參加儀式的人數越多越好嘛。王族肯定也很高興。

「不過，這次的回復藥水得自己準備呢。賈鐸夫可是捶胸頓足，因為之前聽學生說，艾倫菲斯特提供的回復藥水效果極佳，他本來想親自測試藥水的效果。」

果然多雷凡赫的目標是藥水嗎？這麼心想的我輕笑起來，沒有接話。這時赫思爾突然目露精光，直勾勾看著我。

「王族似乎打算讓奉獻儀式成為領主會議的例行活動，但如果只是可以重新取得加護的話，可能會引發些許不滿喔。」

「哎呀，是嗎？」

「要大約十年才能舉行一次加護儀式是沒關係，但通常得在取得了複數的加護以後，使用起魔力才會感受到差異。明明得持續提供魔力才能重新舉行儀式，但第一、二年就要舉行儀式的領地，幾乎增加不了多少加護吧？」

赫思爾說得沒錯。想要取得加護，重點在於要盡可能多奉獻魔力，以及日常生活中多做些能獲得神祇青睞的言行，並不是和往常一樣過生活就能輕易取得。

像我的近侍們之前相當幼稚，幾乎每天都來神殿為神具奉獻魔力，就為了比誰可以最先把思達普變成神具；而韋菲利特從我在尤列汾藥水裡沉睡那年算起，有五年的時間都在為祈福儀式與基礎奉獻魔力。比較兩者取得的加護量後，可以發現頻率與奉獻的魔力量相當重要。

「不利於取得加護的先行順位，肯定會推給落敗領地吧，但那些領地本就已經缺乏魔力，要是在第一、二年就舉行儀式，也幾乎無法取得太多加護。只能再花十年以上的時間為奉獻儀式提供魔力，之後才能感受到效果。加上為了將來著想，若不想與其他領地有太大的落差，可以說是非參加儀式不可。但一想到今後有十年的時間都得咬牙苦撐，必然會有領地心生不滿。所以羅潔梅茵大人，為了消除眾人的不滿，妳是否願意提供回復藥水呢？」

聽完赫思爾的提醒，我稍微陷入深思。為了消除這樣的不滿，提供當前可得的好處確實也很重要吧。

「……赫思爾老師，既然您認為應該消除大家的不滿，那可以由您向王族進言，再由隸屬中央的老師們一起製作回復藥水啊。教師裡面，應該會有一、兩個人知道如何調製效果極佳的回復藥水吧？這不是艾倫菲斯特該努力去做的事情。」

我笑容可掬地回絕後，赫思爾自討沒趣似地聳聳肩。

「……妳說得沒錯，就算為落敗領地製作回復藥水也沒有任何好處。要我犧牲自己的研究時間去做回復藥水，這絕對不可能。」

「這我打從心底同意。我也不可能犧牲自己寶貴的讀書時間，去做沒有任何好處的事情。再者，這次的奉獻儀式是由王族主辦，我並不想要出鋒頭。」

我如此宣告後，赫思爾輕笑一聲。

「羅潔梅茵大人，妳嘴上這麼說，但想也知道妳還是會動腦思索，設法消除眾人的不滿吧。因為妳老是做些乍看之下對自己完全沒有好處的事情……另外，現在也已經確定，貴族院的課程將有大幅更改。這也是採納了羅潔梅茵大人的意見吧？請妳要理解到自己的意見對王族有多大的影響力，否則會被強行招攬過去喔。」

儘管赫思爾好心提醒，但已經來不及了。他們私底下早就已經說好要將我納為王族。但聽赫思爾的語氣，顯然我將成為國王的養女一事並未傳開。

「貴族院的課程會有怎樣的更改呢？」

「先前王族主張，應該要在學會魔力壓縮、取得加護以後，再讓學生去取得思達普。其實王族本是希望可以改回畢業那一年，但絕大多數人仍是認為，與其讓畢業生們在回到各領後，一邊實際操作一邊學習如何使用思達普，還是讓學生們在貴族院裡練習比較好。經過再三協商，最終決定改回三年級時取得思達普。」

她說因為早點取得思達普，教師們上起課來也比較輕鬆，所以至今誰也沒有對於一年級就要取得思達普一事表達過反對。但眼看領主會議都要進入後半段，王族卻突然提出這種要求，讓赫思爾懷疑這件事與我有關。

……唔，雖然很不甘心，但她猜對了！

「因此王族也指示教師，一、二年級要改回從前的授課方式。在賈鐸夫老師等人的帶領下，我們得在今年的冬天之前做好準備。」

儘管教師們大表抗議，主張授課內容無法輕易改變，結果王族以我們二年級時，傅萊芮默曾把以前的上課內容納入課程裡為例，讓教師們無法推辭。

……哦～想不到傅萊芮默老師的失控，偶爾還能幫上王族的忙嘛。

「此外王族還詢問過，能否把奉獻儀式納進貴族院的課程裡，理由是現在還有許多領地不願前往神殿。但為了可以盡早體驗儀式、取得加護，應該讓學生們在課堂上互相競爭，開始獻上祈禱。」

但由於教師們完全不具有奉獻儀式的相關知識，此事便被否決了。聽說最後決定，接下來幾年先把奉獻儀式當成是艾倫菲斯特與庫拉森博克的共同研究，日後再納進貴族院的課程裡。

「所以貴族院開學後，庫拉森博克應該會提出要與你們進行共同研究吧。而且聽說他們正以協助此次的奉獻儀式為由，向王族學習如何進行準備，了解儀式流程。」

……王族與庫拉森博克的動作還真快。不過，這次好像沒對艾倫菲斯特提出什麼要求就是了。像我今天也只接到報告說，大家帶了預計要在夏天販售的聖典繪本樣書組，去領主會議上宣傳。

想到這裡，我忽然想起來了。對喔，我以前曾說過若庫拉森博克願意攬下所有的準備工作，那我不介意上臺舉行儀式。我說明了自己與奧伯．庫拉森博克有過的對話後，赫思爾露出了然神情。

「啊，原來如此。所以你們早就討論過了啊。難怪庫拉森博克還說，如果未來能夠納進課程裡，讓大家自己準備回復藥水的話，他們的負擔就能減輕許多。庫拉森博克還在納悶，怎麼艾倫菲斯特準備起回復藥水這麼簡單。」

……畢竟準備回復藥水很費工夫嘛。

除了製作費工夫外，最辛苦的還是原料的採集。倘若是以前的採集區域，根本採集不到那麼多原料。我想他領的採集場所，現在能採到的原料也不多吧。

……如果大家可以自己治癒採集場所就好了，但首先得知道禱詞……

我「唔～」地陷入沉思時，莉瑟蕾塔走了進來，手上還捧著裝有熱騰騰食物的盒子。這算是用來答謝赫思爾送來木板，既然她還提供了各種情報給我，或許該再多加點菜。

「莉瑟蕾塔，這邊。」

看到莉瑟蕾塔打算在我們談完話前都在牆邊待命，赫思爾笑容滿面地向她招了招手，接過盒子。

「羅潔梅茵大人，既然把寫有必要原料的清單交給妳了，那我回研究室了。」

「那、那個，赫思爾老師。我還有問題想請教您……」

「那我失陪了，羅潔梅茵大人。下次見面，是在領主會議的奉獻儀式上吧。」

明明談話還沒結束，赫思爾就抱著食物轉過身，快步揚長而去。看著茫然愣在原地的我，莉瑟蕾塔垮下肩膀。

「……實在非常抱歉，羅潔梅茵大人。我沒想到赫思爾老師會在談話途中就離開，早知道我應該再從容一點做準備。」

「畢竟赫思爾老師雖然是貴族院的教師，卻最沒有貴族院所教導的貴族該有的樣子嘛。她的行動會出乎預料也是很正常的事。」

我這麼安慰莉瑟蕾塔。因為我也沒想到她會冷不防結束對話，背對我轉身就走。這人活得真是太無拘無束了。

「羅潔梅茵大人，感謝您的安慰。但是，都已經與赫思爾老師打交道了這麼多年，居然還無法預測她的行動，我身為侍從顯然還需要精進自己。難得這是可以蒐集情報的寶貴機會呢……」

……雖然可以明白莉瑟蕾塔的心情，但赫思爾老師完全不能以貴族的標準來看待，想要預測她的行動恐怕很難。這也沒辦法呢，畢竟侍從又不是超能力者。

後來，我繼續在地下書庫裡翻譯資料，午餐時間再透過瑪格達莉娜與王族討論奉獻儀式的準備事宜，很快來到了領主會議的最後一天。儘管是非常臨時的安排，但準備工作好像也順利結束了。

用完早餐我便沐浴淨身，換上神殿長服，然後在奉獻儀式開始之前，提早與穿著藍色儀式服的近侍們前往指定的等候室。

……嗚哇，是伊馬內利。

一進入等候室，伊馬內利便上前迎接：「我已恭候多時。」一瞬間，我回想起了星結儀式結束後，他搶先繞到走廊上等我的畫面。伊馬內利給人的感覺很不舒服，我不由自主想與他保持距離。與此同時，柯尼留斯悄悄按住我的肩膀，讓我稍微移動到在前方領路的哈特姆特身後。

我抬頭看向柯尼留斯。只見他微微笑了笑，像要讓我放心，接著收起笑容往前一站，與哈特姆特並肩而立。在兩人的牽制下，我與伊馬內利互道寒暄，然後往準備好的椅子坐下。

「再過不久似乎就能迎接羅潔梅茵大人進入中央神殿當神殿長，我真是太高興了。」

「之前我已說過，羅潔梅茵大人是艾倫菲斯特的領主候補生，完全沒有預計要成為中央神殿長。今天的奉獻儀式，也僅是回應王族的要求。」

哈特姆特露出冰冷至極的笑容說道，只差沒說：「你聽不懂人話嗎？」伊馬內利也回以冷笑。

「待今日的儀式一結束，王族馬上會向艾倫菲斯特提出要求吧。要求羅潔梅茵大人進入中央神殿，擔任神殿長。我聽聞若要讓領主候補生轉籍至中央，並非毫無辦法。艾倫菲斯特將無法違抗王族的命令。」

伊馬內利微笑說完，哈特姆特先是露出有些驚訝的表情，接著挑釁地揚起冷笑。

「哎呀，看來中央神殿的神官並不曉得吧？按規定，領主候補生只有結婚才能轉籍至中央，而結了婚的人不可能成為神殿長。換言之，即便羅潔梅茵大人會轉籍至中央，也不可能進入中央神殿……啊，莫非王族並不是要把羅潔梅茵大人送去中央神殿，而是有意納為王族？」

之前伊馬內利還是經由斐迪南提醒，才知道領主候補生不能隨便轉籍，看來他是真的不了解貴族這方面的常識。「納為王族……？」他微微瞪大雙眼，一臉受到衝擊。他似乎真的以為只要說服王族向我們下令，我就能成為中央神殿的神殿長。

……的確是有辦法能解除我與養父大人的養父女關係，實際上王族也問過我能不能進入中央神殿，所以本來中央神殿是相當有勝算的吧。

然而，我卻在領主會議途中，成了最有希望取得古得里斯海得的下任君騰候補，事情於是開始往國王收我為養女發展。此刻王族早已把中央神殿拋到腦後了吧。

……在領主會議這段時間，身分一下子有了劇烈的轉變呢。

「伊馬內利，麻煩你待在大禮堂。得有人為貴族們說明如何進場與列隊吧？」

我再也受不了一直與哈特姆特互瞪的伊馬內利，輕輕揮手命他退出房間。怎知伊馬內利不僅沒有離開，反而傾訴起對今日儀式的不滿。

「羅潔梅茵大人，奉獻儀式應該對著祭壇舉行才對。請您向王族進言，重新考慮要貴族們排成環形一事。」

對於這次的奉獻儀式是把聖杯放在中心，並讓貴族們排成環狀將其包圍，伊馬內利非常不能接受。而他說不管自己如何向王族抗議，他們也無意更改。

因為今天的奉獻儀式並不是要向諸神奉獻魔力，而是要用聖杯收集魔力為王族所用，自然不能面向祭壇。要是對著祭壇舉行儀式，魔力會流向祭壇上的所有神具。

「若能讓魔力流向其他神具，將對中央神殿大有幫助。」

「我並不打算為中央神殿減輕魔力上的負擔。各領的收成會逐年減少，不就是因為魔力較多的青衣神官和青衣巫女都送去了中央神殿嗎？我反倒希望中央神殿能對各領的神殿伸出援手呢。」

雖然主要是政變過後，魔力較多的見習生們都回到了貴族社會，但當初中央神殿也帶走了不少人，必然會對小領地的神殿造成重創。這點只要看過留在艾倫菲斯特神殿裡的青衣神官就能知道。

「……在這樣的前提下，倘若中央神殿還想要分得今日從各領收集來的魔力，請自己與王族商量。今日儀式的主辦者是王族，並不是我。」

我再次擺手要他離開後，哈特姆特與安潔莉卡半是強迫地將伊馬內利趕出等候室。

萊歐諾蕾擔心地低頭朝我看來。

「羅潔梅茵大人，您沒事吧？您看來已經相當疲倦。」

我很受不了伊馬內利那雙眼神有些失焦、還如盲目信徒般帶著狂熱的眼睛。好噁心。光是與他面對面，我就有種渾身力氣被吸走的感覺。

「因為有太多事情要思考了，我有些睡眠不足。雖然還不到無法舉行奉獻儀式的程度，但我已經沒有餘力再應付伊馬內利。」

目前我也還沒有告訴近侍們，自己即將成為國王的養女。想到回領後該做的事情，我就忍不住嘆氣。首先要與韋菲利特談論婚約解除一事，然後是商量下任領主該怎麼辦，之後要確認近侍們的意願，在神殿更要指導麥西歐爾成為繼任的神殿長。此外，也得與平民區的人們好好商議。

……也要用隱形墨水寫信給斐迪南大人才行。要向他報告，我成功讓他免於連坐了，而且還讓他能擁有秘密房間，以及今後我將連同尤根施密特守護艾倫菲斯特。除此之外，還有危險的銀布，以及歐丹西雅老師對蒂緹琳朵大人說過的不知所云的話……有好多事情得說呢。養父大人會允許我寄信嗎？

「羅潔梅茵大人，所有貴族皆已進場，關於儀式也已說明完畢。既然今天是中央神殿所舉辦的儀式，應該由我以神官長的身分陪在您身邊吧。」

我出神地想著今後的事情時，似乎已經到了儀式開始的時間。伊馬內利前來叫我，並朝我伸出手來。下個瞬間，哈特姆特立刻笑容滿面地拍開他的手。

「這樣未免有勇無謀。青衣神官可不是貴族，哪有辦法待在奧伯們所在的中心奉獻魔力。你可能會無法控制地跟著釋出魔力，最糟糕的情況便是魔力枯竭而亡。我看即便是待在靠近外圍的地方也很危險吧？」

哈特姆特仔仔細細地擦了擦拍過伊馬內利的手，又說：「雖然你死了我也一點感覺都沒有，但羅潔梅茵大人會良心難安吧。」然後向我伸出手來。我看了看兩人，把手伸向哈特姆特。

「萬一你在儀式途中喪命，那就不好了呢。達穆爾，請你在靠近外圍的地方參加儀式，一旦覺得魔力快要消耗過度就提醒我。」

「遵命。」

「其他護衛騎士不必參加儀式，請專心執行護衛任務。」

「是！」

接著我在近侍們的包圍下前往大禮堂。感覺得出身後的安潔莉卡非常警戒，留意著伊馬內利的一舉一動。

「神殿長進場。」

隨著響起的鈴鐺聲進入大禮堂後，呈環狀跪在紅布上的貴族們不約而同往我看來。如同伊馬內利剛才抱怨過的，眾人並沒有和貴族院的奉獻儀式時一樣面向祭壇，而是朝著圓圈中心的聖杯。

……好像圓餅圖喔。

在場貴族都披著帶有各領顏色的披風，因此看起來很像是顯示比例的圓餅圖。果不其然大領地的人數較多，小領地較少。而且多半確實遵照了說明，領主夫婦都跪在靠近中心的地方，越往外是魔力較少的貴族。

我從排成環狀的貴族之間往中心走去時，聽見停在邊上的達穆爾對伊馬內利制止道：「你只能到這裡。」於是我把伊馬內利交給達穆爾，繼續前進。

接著我看向明亮土黃色披風所在的方向，只見齊爾維斯特跪在最前排。原本應該在他身旁的芙蘿洛翠亞因為有孕在身，沒有參加。騎士團長卡斯泰德與幾名騎士團員則是站在圈外負責戒備。

……啊，原來也有中央的貴族參加啊。

在紅色與藍色披風之間，有一群披著黑色披風的人。但既然王族並未參加，這些人是文官和侍從吧。王族與圍成環形的貴族們保持著些許距離，成排站在未鋪有紅布的地方。中央騎士團則威風凜凜地站在四周擔任守衛，散發出強烈的壓迫感。

到了貴族們圍起的中心地帶後，便見紅布上擺著兩個大聖杯與幾個小聖杯。中央沒有基貝這種職位，而是由君騰以外的其他王族像基貝一樣管理著離宮，為離宮及其周邊設施供給魔力，所以聽說沒花多少時間就收集齊了小聖杯。我在確認聖杯裡頭放有空魔石後，點一點頭。準備這麼多應該夠了吧。

「奧伯・艾倫菲斯特，以及羅潔梅茵，你們二人願意答應我們如此臨時的請託，我代表在場所有貴族致上謝意。」

我交叉雙手，跪下來回應君騰的致謝，順勢把手放在鋪於地面的紅布上。哈特姆特也在我身邊跪下來，穿著青衣的護衛騎士們則站在原地不動。

「創世諸神，吾等在此敬獻祈禱與感謝。」

「創世諸神，吾等在此敬獻祈禱與感謝。」

我一邊等著大家複述，一邊獻上祈禱。

和在貴族院舉行奉獻儀式時一樣，起先並不整齊的複述聲逐漸變得一致。緊接著雙手觸碰著的紅布出現魔力光流，流往聖杯。這也是已經看慣的光景。

……咦？只有貴族院的神具在發光？根據之前的經驗，我一直以為只要是用自己的思達普變出的神具，舉行儀式時就會出現光柱，但如果是使用神殿的神具就不會。然而，現在其中一個聖杯卻開始發出紅色光芒。

聖杯緩緩飄起紅光，彷彿在主張著自己才是真正的聖杯。搖曳的紅光宛如火焰，揚起的火星更化作輕柔的細小光點，像要飛上天空般緩緩慢地不斷往上升去。跟立起的光柱又不太一樣，是我第一次見到的不可思議景象。

……好像跟芙琉朵蕾妮之夜看到的神奇光點有點像？

我正看得入迷時，聽見達穆爾喊道：「請到此為止。」我於是移開雙手，慢慢站起來。

「儀式就到此結束吧。各位，請將手從紅布上移開。因為可能已經有人的魔力不堪負荷。」

達穆爾是魔力接近中級貴族的下級騎士，所以就算他覺得快要到達極限了，對於階級足以參加領主會議的貴族們來說，想必完全不覺得魔力不堪負荷吧。這樣一來，即便是沒什麼效力的回復藥水，應該也能順利恢復魔力。平常會為基礎供給魔力的奧伯們看起來都一派從容，首次參加儀式的貴族們雖說好像有些疲倦，但很少有人像貴族院的學生那樣無力動彈。

……嗯嗯，為了日後能把奉獻儀式訂為例行活動，既沒有過度壓榨大家的魔力，還能讓大家確實體驗到儀式，簡直完美嘛？

這麼心想的我才剛露出心滿意足的笑容，似乎是跪在邊上參加儀式的青衣神官與青衣巫女就都忽然不支倒地。我「啊」地輕輕摀住嘴角。

……我完全忘記他們了。但明明他們平常都會舉行儀式，應該知道自己的極限吧？為什麼還會讓自己暈倒?!

我在心裡大吃一驚，但表面上又裝作不怎麼吃驚的樣子，環顧在場貴族，然後提醒有需要的人服用回復藥水。現場人聲頓時變得嘈雜，我邊看著各自在喝回復藥水的眾人，邊說明剛才所舉行的奉獻儀式。

「原本這是在冬天舉行的儀式，要為聖杯與小聖杯盈滿魔力。到了春天的祈福儀式，聖杯會用來為直轄地澆灌魔力，小聖杯則要送去給各地的基貝。若能讓自領內的貴族們前往神殿獻上祈禱、奉獻魔力，相信將有助於提升領地的收成吧。不僅如此，貴族還能藉由獻上魔力與祈禱，取得諸神的加護。」

我說出了韋菲利特取得的加護量，供大家參考。聽完我的說明，君騰緩緩點了點頭，然後表示為了讓學生能體驗儀式，今年冬天也將在貴族院舉行奉獻儀式。

「為了取得諸神的加護，必須從小就多向神祇獻上祈禱。今年也預計在貴族院舉行奉獻儀式，做為是艾倫菲斯特與庫拉森博克的共同研究，並已取得兩領同意。」

……咦？艾倫菲斯特曾正式接到過詢問嗎？

王族曾在地下書庫非正式地問過我，但也找齊爾維斯特商量過了嗎？還是說，因為這是貴族院的事情，不需要向領主徵求同意？反正無論如何，君騰都當著這麼多人的面宣布了，再考慮到已經提供給我們等同獲勝領地的待遇，根本說不出口「我們辦不到」或「我們才不奉陪」。

至於說不出口「無法參加」的，也包括被鼓勵參加的眾領地。有的貴族默默望著空了的回復藥水瓶，像是在說「又要被奪走魔力了嗎？」，渾身散發哀傷的氣息。

「正如君騰所說，為了取得眾神的加護，也為了支撐尤根施密特，舉行儀式是必要之舉。但由於參加完儀式後都得使用回復藥水，對學生們來說會有些吃力吧。」

聞言，好幾名貴族都抬起頭來。多數來自落敗領地。

「那麼在貴族院舉行奉獻儀式時，艾倫菲斯特會和去年一樣，為學生準備回復藥水嗎？」

「不，我想您稍微試想也能知道，要為貴族院的所有學生準備回復藥水，不管是對大領地庫森拉博克，還是對中領地艾倫菲斯特來說，都是十分沉重的負擔。」

我面帶微笑，斷然拒絕了那些充滿期待的目光。而且我一年之後很可能就不在艾倫菲斯特了，怎能讓他們攬下這麼累人的工作。

「不過，為了讓大家製作起回復藥水可以輕鬆一些，我打算把治癒採集場所用的禱詞教給各位。」

「……啊？採集場所嗎？」

我對著一臉不明所以的貴族們大力點頭。要教給他們的只有禱詞而已。若想提升原料的品質，他們可以自己治癒採集場所。就是因為還設想到這一點，我才有所節制，沒有搜刮太多魔力。

「貴族院分配給各領的採集場所都藏有神秘的魔法陣。只要把手放在地面上，和今天一樣出動領內所有的貴族奉獻魔力、獻上祈禱，便能治癒採集場所，進而取得品質良好的原料。這樣一來不僅可以輕鬆地製作回復藥水，也能自己舉行儀式。」

我把祈福儀式上獻給芙琉朵蕾妮的禱詞，教給開始七嘴八舌起來的貴族們。有人聽了一次後沒聽清楚，請我再說一次，我便重複了好幾次禱詞，一邊偷偷地往並未完全盈滿魔力的聖杯灌注魔力。

「聖杯這次發出綠光了……?!」

「……哎呀？真是失禮了。因為一直在詠唱禱詞，險些要變成其他儀式了。」

我連忙收回放在聖杯上的手，若無其事地堆起笑容。差點做得有些太過頭，但現在王族準備的聖杯都已盈滿魔力，應該可以順利爭取到一年的緩衝時間吧。

就這樣，我安穩無事地結束了領主會議的奉獻儀式。

順帶一提，回領前我請大人們前往艾倫菲斯特的採集場所施以治癒。許多人一起施展治癒的話，似乎還是可以達到不錯的效果。看來就算我不在了，大家也不至於無法治癒採集場所吧。確認了這一點後，我有些安下心來。

終章

「終於結束了呢。」

領主會議最後一天，錫爾布蘭德與母親瑪格達莉娜共進晚餐。由於尚未成年的他無法參加奉獻儀式，便拜託母親告訴他儀式時的情況。

其實若能讓自己的近侍參加，回來後再問他們情況就好了，但留在離宮裡的錫爾布蘭德身邊必須要有護衛。況且因為大家都去參加奉獻儀式了，中央的守備變得薄弱，他不得不多把一些人留下來。

「母親大人，整場奉獻儀式是什麼樣子呢？果然又出現了光柱嗎？」

奉獻儀式時瑪格達莉娜並沒有以王族的身分與國王站在一起，而是以中央貴族的身分參加。錫爾布蘭德望著母親，興沖沖地問道。不管是貴族院的奉獻儀式，還是領主會議第一天舉行的星結儀式，由羅潔梅茵擔任神殿長的這些儀式都出現了前所未見的光景。

瑪格達莉娜使用餐具吃了一口香草嫩雞後，緩緩環顧四周。或許是因為錫爾布蘭德非常期待的關係，在旁服侍的侍從與站在身後的護衛騎士們，也都一臉興味盎然地等著她開口。

「與冬天參加過儀式的王族所說的不同，現場並未出現紅色光柱。」

「咦？是嗎？」

錫爾布蘭德還以為只要是由羅潔梅茵舉行儀式，就一定會出現奇妙的現象，聞言不禁感到洩氣。

「羅潔梅茵大人說了，可能差別在於使用的是神殿的神具，而不是用思達普變出來的神具。也可能是因為原本奉獻儀式都在冬季舉行，所以現在不是對的季節吧。」

「枉費母親大人說過想要看看紅色光柱，您也覺得很可惜吧。」

由於上次得留在王宮處理公務，瑪格達莉娜並未參加貴族院的奉獻儀式。聽完王族參加過的感想後，她曾說也想親眼看看。

「雖然沒能見到帶有冬季貴色的紅色光柱，但聖杯仍是綻放出了紅色光芒，點點紅光還慢慢地往空中飄去，那幕光景美麗得如夢似幻呢。」

瑪格達莉娜俏皮地瞇起一雙紅眼笑道，錫爾布蘭德這才感到暢快。

「果然發生了不可思議的現象嘛。母親大人，請您說明得再詳細一點。」

這次的奉獻儀式與冬天在貴族院舉行過的不同，並未出現紅色光柱。但瑪格達莉娜形容，那種隨著複述聲逐漸整齊劃一，在場眾人彷彿融為一體的感覺，以及徜徉在從後方湧來的魔力流動裡的宜人感受，就和她聽說過的一模一樣。

看著描述時神采飛揚的瑪格達莉娜，對於自己因為還未成年而無法參加儀式，錫爾布蘭德不甘心得不得了。

「我還是第一次參加有這麼多人一起舉行的儀式，當下有種難以形容的恍惚之感。

就連結束後的疲倦也讓人感到十分愉快……」
據說貴族院的奉獻儀式上有學生接連暈倒，但這次似乎是因為羅潔梅茵提早結束，並沒有貴族因魔力消耗過多而倒地。
「中央神殿的青衣神官與青衣巫女倒是暈倒了呢。聽說是因為魔力的流動速度太快，他們沒能及時收回手。羅潔梅茵大人還一臉困惑地說，明明她已經事先提醒過了，魔力量若相差過多便不適合一起舉行儀式。」
一邊是從未壓縮過魔力的青衣神官與青衣巫女，一邊是等同領地支柱的各領奧伯及其近侍，魔力量會有偌大的差距也是理所當然。聽說就連在艾倫菲斯特的神殿，羅潔梅茵也是與其他青衣神官分開來舉行奉獻儀式。
「畢竟中央神殿從未與貴族一同舉行過奉獻儀式，這也是無可厚非吧。」
說完，瑪格達莉娜發出咯咯輕笑。由於中央神殿一直聲稱現在可以重現古老儀式、選出下任君騰候補，不斷趾高氣揚地向王族提出各種要求。對此不滿已久的她，臉上的表情就彷彿怨氣一掃而空。
用完晚餐，從餐室移動到談話室後，錫爾布蘭德便吩咐阿度爾備好餐後的茶水，再讓近侍們離開。這次的領主會議對王族來說可以說是衝擊不斷，因此許多事情都不能被其他人聽到。不管要討論什麼，都必須屏退眾人，使用防止竊聽的魔導具。
握住遞來的防止竊聽魔導具後，錫爾布蘭德注視瑪格達莉娜。看著從容享受茶香的母親，即便手裡握著魔導具，他還是略微壓低了音量問道：

「這次的奉獻儀式，有成功地讓大家都覺得羅潔梅茵是聖女，而且是足以成為國王養女的特別人才嗎？」

「是呀。光是能夠舉行奉獻儀式，她就已經足夠特別了。結束時她還為了讓大家能夠輕鬆製作回復藥水，重複說了好幾次獻給芙琉朵蕾妮的禱詞，結果讓聖杯發出綠色光芒呢。那副模樣，任誰看了都會覺得她獨一無二吧。我想已經很成功地讓眾人認為，她不是艾倫菲斯特可以獨占的人才。」

瑪格達莉娜還說，雖然原先並沒有這樣的安排，但對王族來說真是再剛好不過。羅潔梅茵總是一副理所當然的樣子舉行會出現奇妙現象的儀式，還能背誦可以治癒採集場所的禱詞，更在教給眾人的過程中讓聖杯發出綠光。那副模樣完全足以稱呼她為熟稔與神對話的聖女。

「即便沒有古得里斯海得一事，中央也該招攬她這樣的人才。雖然會對艾倫菲斯特造成沉痛的打擊，但幾乎沒有人會反對讓她成為國王的養女吧。」

不僅有著儀式相關的豐富經驗與知識，還擁有足以成為下任君騰的魔力量。而且，只要看過翻譯好的石板資料，便能推斷出有能力進入各個祠堂的羅潔梅茵是全屬性。即使她無法成為下任君騰，但為了下一代的王族，也必須留住她這個人才。

「真的是……難以想像這樣的她，會將設置圖書室做為求婚的條件呢。」

瑪格達莉娜嘆口氣後，慢條斯理喝茶。錫爾布蘭德也和母親一樣拿起杯子，連同茶水把「羅潔梅茵只是不想與席格斯瓦德王兄結婚而已」這句話吞下肚。

先前在地下書庫，與席格斯瓦德單獨談話的羅潔梅茵曾在中途眼泛淚光。她悲傷地注視著席格斯瓦德，全身都在顫抖。既然在這樣的情況下，還提出了王族根本達成不了的條件，一定是因為她想表達自己並不想與席格斯瓦德結婚。

「幸好奧伯．艾倫菲斯特同意了不設置圖書室，真教我們鬆一口氣。」

「……父王真的覺得這樣好嗎？那個，這樣一來，韋菲利特與羅潔梅茵的婚約就得解除吧……」

君騰的命令是絕對的。記得韋菲利特與羅潔梅茵的婚約，也是在徵得君騰的許可後訂下。所以父王可以接受婚約解除以後，再訂下新的婚約嗎？既然可以這樣，那自己的婚約應該也能解除吧？許多想法在錫爾布蘭德的腦海裡打轉，他開口這麼問道。瑪格達莉娜放下茶杯，輕輕聳肩。

「因為這樣一來，可以讓一切有最圓滿且最妥當的結果，所以他並不反對。倘若艾倫菲斯特更具有力量的話，或許也能讓韋菲利特大人成為王夫，但奧伯．艾倫菲斯特說了，自己的兒子並不具備這樣的器度。多半是因為艾倫菲斯特領內缺乏人才，不想再送走更多有能力的貴族吧。」

瑪格達莉娜開始分析。她說就她所知，艾倫菲斯特的領地排名會急速上升，基本上是羅潔梅茵的功勞，優秀的人才也多是年輕人。

「因為奧伯．艾倫菲斯特的反應，大多還是與習慣凡事俯首聽命的下位領地奧伯相差無幾。但年輕的文官卻會向我們提條件，甚至神色自若地反駁，表現出要與王族談判的姿態。」

先前有太多領地都認為，應該讓羅潔梅茵進入中央神殿擔任神殿長，因此君騰與席格斯瓦德便向艾倫菲斯特提出了要求。後來聽取報告時，她聽說當時奧伯．艾倫菲斯特與其近侍們都一臉為難、閉口不語，但有名年輕文官卻露出非常爽朗的笑容回絕道：「恕我們難以從命。」接著還提出替代方案。

「曾經初任國王也身兼神殿長一職。現今艾倫菲斯特的神殿長，是由艾倫菲斯特的領主候補生擔任。既然如此，由王族管轄的中央神殿也該由王族就任。我建議由錫爾布蘭德王子進入中央神殿，並在成年之前擔任神殿長。至於若想了解成為神殿長該學習哪些事務，正負責指導下任神殿長的我非常樂意提供指點。」

由於想讓艾倫菲斯特的領主候補生進入中央神殿的正是王族，當下兩人也無法反駁說：「你竟然想讓王族進入神殿嗎！」

「……我不只以後要入贅至亞倫斯伯罕，還差點被送進神殿嗎？」

不管最終結果如何，和以王族身分留下來的兩位王兄相比，自己受到的待遇未免太過不同。一思及此，錫爾布蘭德不禁覺得自己在父王眼中似乎毫無價值。

「我絕不會讓這種事情發生的。」

瑪格達莉娜苦笑道，並以溫柔的眼光注視著錫爾布蘭德。看著會保護自己的母親，錫爾布蘭德小聲問道：

「……我真的非得入贅至亞倫斯伯罕不可嗎？」

他期待著母親會同樣回以「我不會讓這種事情發生的」。然而，瑪格達莉娜卻是淡淡微笑道：「因為王命已下。」

「但一想到蒂緹琳朵將成為自己的岳母，我就感到非常不安。我真的有辦法和由那種人撫養長大的女性好好相處嗎？」

除了在地下書庫裡聽到的聲音與幾句對話，再根據亞倫斯伯罕送來的、表明他們不會參加奉獻儀式的奧多南茲，不難看出將成為下任奧伯．亞倫斯伯罕的蒂緹琳朵是怎麼樣的人。

對於王命，絕不能表現出抗拒的態度。錫爾布蘭德吐露了無法向任何人傾訴的不安後，瑪格達莉娜一臉驚覺地起身，走過來輕輕擁抱坐著的他。

「錫爾布蘭德，放心吧。在你入贅過去之前，我們一定會排除蒂緹琳朵大人……其實，本來該由成為未婚夫的斐迪南大人嚴格監督蒂緹琳朵大人，不讓她做出無禮之舉才對，但看樣子不能對那位大人抱有期待了呢。」

瑪格達莉娜語氣有些嚴厲地斷然說道。

「他明知一旦結婚便會遭到連坐，若不趁現在好好匡正蒂緹琳朵大人的言行，只會害得自己日後慘遭牽連。結果都已經過了半年時間，蒂緹琳朵大人卻依然故我。」

瑪格達莉娜一邊列出蒂緹琳朵的不敬之舉，一邊貶斥對此放任不管的斐迪南。據母親所說，斐迪南完全不懂女人心，從來不曾對一個人悉心照料；而且不光是與女性，幾乎是從一開始就拒絕與大多數人有真正的交流。

「只看容貌與成績等外在層面的話，斐迪南大人的條件確實很好，以騎士來看他也擁有出眾的實力。如果只是遠觀，會覺得他這個人完美無缺吧。但是，那位大人雖然想得出魔王般惹人厭的計策，與人交涉時還會語帶威脅，也有辦法調節派系間的關係，但也僅此而已。打從以前他便能夠不帶私人情感地發號施令，卻也完全捨棄了人與人之間該有的人情世故。」

聽完如此嚴苛的評語，錫爾布蘭德睜大眼睛。母親的這般形容，似乎都與至今在茶會上和在地下書庫用午餐時，羅潔梅茵口中的斐迪南截然不同。

「……那個，母親大人，斐迪南不是羅潔梅茵的師父嗎？還是您說的是另一個人？」

「是同一個人喔。這世上沒有人比斐迪南大人更不適合與『撫養』兩字放在一起了。實際上一定是近侍在照顧羅潔梅茵大人吧。」

瑪格達莉娜一臉由衷感到納悶地說：「那位大人絕不可能養育年幼的孩童。」她說因為他太嚴厲了，小孩子肯定早早就被擊垮。

「可是，在成為國王養女的條件中，羅潔梅茵還加進了要解救斐迪南這一項吧。這代表她十分敬仰斐迪南吧？」

如果不是非常仰慕，不可能提出這樣的條件。對此，瑪格達莉娜依然一臉費解地點頭道：

「雖然教人難以置信，但看來是這樣沒錯。坦白說，我從不覺得除了奧伯．艾倫菲斯特以外，會有人把斐迪南大人視為家人一樣關心，所以聽到席格斯瓦德王子轉告的條件時，真是大吃一驚。」

但是，既然羅潔梅茵把必須讓斐迪南免於連坐，並改善他的待遇，當作成為國王養女的條件，那不就意味著斐迪南在亞倫斯伯罕的待遇，糟到她必須直接向王族提出這種要求嗎？

「……母親大人，我也想成為君騰。這樣一來，我就不用去亞倫斯伯罕了吧？亞倫斯伯罕的環境肯定很糟，否則羅潔梅茵不會要求得改善斐迪南的待遇吧？」

「母親一定會竭盡所能，讓亞倫斯伯罕能獲得整頓，助你擁有無憂無慮的生活。但是，我不會允許你成為君騰。」

瑪格達莉娜依舊溫柔地抱著他，但面帶微笑直截了當地反對。

「為什麼？」

「首先第一個理由，是你若從現在開始嘗試，恐怕還要花上很長的時間。你應該也知道，其實我們本來沒有餘力再等一年才收羅潔梅茵為養女。何況你不僅屬性不足，也還未進入貴族院就讀。等到你取得資格，你想那都是多久以後的事了？」

等不及你長大，尤根施密特就先滅亡了吧——瑪格達莉娜如是說。

「還有第二個理由，這點更加重要。也就是一年後等羅潔梅茵大人成了養女，若她成功取得了古得里斯海得，她將成為君騰。」

瑪格達莉娜說了，不能同時有兩個人成為君騰，而萬一與特羅克瓦爾國王有血緣關係的錫爾布蘭德在後來取得了成為君騰的資格，可能會讓尤根施密特陷入動盪。

「羅潔梅茵大人是我們盼望已久，還逼得她解除婚約、離開故鄉，好不容易才得到的下任君騰。不論是君騰還是我，都絕不會允許現在的王族去擾亂她今後的統治。這也是身為王族的你絕不能做的事情。」

母親的嚴厲告誡，讓錫爾布蘭德低下了頭。儘管可以理解，情感上卻無法接受。

「可是母親大人，羅潔梅茵身體非常虛弱，負荷不了君騰那樣沉重的公務。需要有人輔佐她才行。我只是想幫助羅潔梅茵。」

想起父王總因繁忙的公務而疲憊困頓，就連錫爾布蘭德也知道羅潔梅茵肯定負荷不了。怎麼能把君騰這麼沉重的負擔，交給一個連在茶會上也會暈倒的柔弱女性。就好比女性奧伯必須與領主一族結婚，讓對方來輔佐自己一樣，要輔佐女性君騰的結婚對象也該具有君騰的資格才對——錫爾布蘭德試著如此主張。

「錫爾布蘭德，你的擔心非常有道理。所以，席格斯瓦德王子將會以未婚夫，未來更會以丈夫的身分輔佐羅潔梅茵大人，這不是你該操心的事情。」

「……可是，羅潔梅茵不是討厭席格斯瓦德王兄嗎？」

如果是我，可以對羅潔梅茵更好——錫爾布蘭德極其不滿地噘起嘴抱怨。瑪格達莉娜凌厲地瞇起紅色雙眸。

「由於與羅潔梅茵大人相處了頗長的時間，我知道你十分仰慕她，但行事切記謹守分際。你已經與萊蒂希雅大人訂婚了，必須懂得妥善消化自己的情緒。」

不管他心裡有再多不滿，王命都不可違背。無論是自己與萊蒂希雅的婚約，還是席格斯瓦德與羅潔梅茵的婚約，能夠推翻的只有君騰。

……要是我可以成為君騰，體弱多病的羅潔梅茵就不用在成為君騰的同時還得與不喜歡的人結婚，我也不用去亞倫斯伯罕了。

錫爾布蘭德輕輕推開瑪格達莉娜的手臂。

「既然情況這麼緊急，所有王族都應該要試著取得資格吧？」

「這次雖說在奉獻儀式上收集到了魔力，但王族的工作不只有提供魔力而已，所以不可能有餘力讓所有人都嘗試看看吧……而且，即便你再怎麼想嘗試，也要等到升上三年級後才能取得思達普。」

「咦？」

「從今年開始，貴族院的課程將有所更改。所以等你取得進入祠堂所需的思達普時，羅潔梅茵大人也已經成年了吧。」

……這樣根本來不及啊！父王為什麼連試也不讓我試一下?!

錫爾布蘭德非常清楚，不管他再怎麼抗議也不會有人理會。他只能連同茶水，將諸多的不滿吞回肚子裡。感覺到內心的不滿正不斷累積，他就此結束與母親的餐會。

不僅對王族，對錫爾布蘭德來說同樣充滿衝擊的領主會議結束了，眾人重新回歸到日常生活。

這天也是相隔許久，能重新與中央騎士團的騎士團長勞布隆托一起練劍的日子。領主會議期間，由於騎士團忙於執行護衛任務，錫爾布蘭德只有在早餐結束後到前往地下書庫的這短短時間裡，會和自己的護衛騎士稍做練習。

從扎實的基本訓練開始，接著是持劍對打。但才對打了幾下，勞布隆托便皺起眉頭，要他停下來。

「您今日揮劍相當心煩意亂，發生什麼事了嗎？」

陪他練劍的勞布隆托一臉無奈：「這樣根本無法練習，先休息一下吧。」說完，便往訓練場裡的休息區走去。錫爾布蘭德拿起沉重的劍，邁開腳步跟上去。明明他自認沒有表現出內心的情緒，卻還是被對方發現了，這讓他十分懊惱。

首席侍從阿度爾正在休息區待命，看著突然要休息的兩人顯得有些驚訝，但還是為兩人泡了茶。勞布隆托接過茶杯，催促錫爾布蘭德開口：「看您的表情，是否內心有什麼煩惱？」

「……我不能說。」

他不能說自己不想入贅至亞倫斯伯罕，也不能說一想到成年後蒂緹琳朵會變成自己的岳母就心情鬱悶，所以正在拚命思考有沒有辦法能解除婚約。因為說了，就等同違抗王命。

至於羅潔梅茵是現在最有希望成為下任君騰的人，這件事也不能說。王族在屏退近侍的情況下所做的決定，不能告訴任何人。如果要再補充的話，他覺得比起被羅潔梅茵討厭的席格斯瓦德，自己更適合與羅潔梅茵結婚這種話，同樣不能說。

其實他本想盡快開始壓縮魔力，然後和父王與席格斯瓦德一樣前往各個祠堂，再和羅潔梅茵一樣取得下任君騰的資格。他本來心想著，只要能在羅潔梅茵成年之前取得資格，那他就不用入贅至亞倫斯伯罕，羅潔梅茵也不用不情不願結婚。

然而，現在思達普卻從一年級改到了三年級才能取得。等到自己升上三年級，羅潔梅茵就已經成年了。若要等到三年級取得思達普後，才努力取得下任君騰的資格，一切根本早已來不及。

不論是哪一件事情，都不能夠說出口。不想說出自己煩惱的錫爾布蘭德只能微微鼓起臉頰，然後他決定改變話題。有部分也是因為被人追問了自己不想被觸及的心事後，心裡有些不高興。

「我只是在想，不知道席朗托羅莫之花到底是什麼花？」

「啊？」

可能是一時間跟不上突然改變的話題，勞布隆托滿臉錯愕地注視錫爾布蘭德。看到他這麼驚訝的表情，錫爾布蘭德心裡有些痛快，輕笑起來。

「之前在圖書館的書庫裡面，歐丹西雅這麼問過蒂緹琳朵。這是你喜歡的一種花吧？聽說只在亞倫斯伯罕才能取得，那是什麼樣的花呢？」

錫爾布蘭德一邊問道，一邊想起自己當時相當驚訝。因為沒想到勞布隆托身為騎士團長，看起來不解風情，居然也有喜歡的花。更沒想到他喜歡的花只在亞倫斯伯罕盛開，但明明他好像跟亞倫斯伯罕完全沒有交集。

「……嗯，原來在書庫有過這樣的對話啊。」

沉默了半晌後，勞布隆托忽然揚起微笑。那是貴族為了掩飾內心動搖，經常會露出的一種笑容。勞布隆托維持著那樣的笑容，目光在空中遊走，慢慢地開口回話。

「席朗托羅莫之花……是種會散發甜蜜香氣的白花。雖是我喜歡的一種花，卻非常難以入手。所以，才會問人今年是否綻放。」

是種連盛開都很少見的花嗎？錫爾布蘭德納悶地偏過腦袋。

「勞布隆托，但你不是格里森邁亞出身嗎？怎麼會知道這種只在亞倫斯伯罕盛開的花呢？」

聞言，勞布隆托的目光略微投向遠方，接著他用手指徐徐撫過頰上早已變淡的傷疤。錫爾布蘭德忽然間認為，可能是跟這個傷疤有關的事情。勞布隆托面帶苦澀，是那種大人特有的、緬懷著已逝事物的表情。

「是有什麼回憶嗎？」

「……從前，我剛成年不久便被派去一座離宮執勤，那座離宮的主人便是喜歡這種花。離宮一隅建有溫室，裡頭就有盛開的席朗托羅莫之花。聽說就連主人也不知道這種花是何時被種在溫室裡的，但好幾代來都受到精心照料……但不到五年，我便被調往他處。如今那位主人也不在了，離宮也已關閉。」

聽完，錫爾布蘭德心想，這應該是很久以前嫁給王族的亞倫斯伯罕女性領主候補生，帶到離宮栽種的花吧。政變早在自己出生前就結束了，但他聽說當時有好幾名王族遭到肅清，也有幾座離宮從此關閉。肯定就是其中的一座吧。

「好了，既然我說了我的回憶，王子殿下也該告訴我您的煩惱。況且您若一直像現在這樣，不光是練劍，就連學習也無法全神貫注吧。」

而且他也很擔心您——勞布隆托說著，看向阿度爾。錫爾布蘭德還以為自己已經順利改變話題，結果又被帶回來了。

不僅阿度爾擔心地看著自己，勞布隆托也像在反擊般催促他開口：「哦？您問了我問題後，自己卻不願回答嗎？」面對從小就十分照顧自己的兩人，錫爾布蘭德漸漸覺得好像該回答點什麼。

但是，他不能說自己不想入贅至亞倫斯伯罕；也不能說出羅潔梅茵最有可能成為下任君騰，而且即將成為國王的養女；更不能說他覺得比起席格斯瓦德，自己與羅潔梅茵結婚才是最適合的。

最終他能說的，便是對於貴族院的課程更改一事所心生的不滿。

「……我想要現在就取得思達普。可是，父王卻更改了貴族院的課程。這讓我有點難過。」

「現在、就取得嗎……」

勞布隆托瞪大雙眼，緩緩瞇起眼睛思索片刻後，忽然勾起嘴角微笑。

「錫爾布蘭德王子，您是王族，既能打開通往思達普的那扇大門，想要取得自然也不是難事。」

「真的嗎?!」

錫爾布蘭德滿懷期待地看向勞布隆托，與此同時阿度爾則是驚聲大喊：

「您身為騎士團長在說些什麼啊?!」

勞布隆托稍稍抬起手來，制止阿度爾。

「但是，君騰是為了錫爾布蘭德王子著想，才會強行更改課程的安排。請您要明白君騰為人父的苦心。」

「咦？」

錫爾布蘭德無法理解這哪裡是為了自己。他一直想在羅潔梅茵成年前成為君騰候補，解除自己也解除羅潔梅茵的婚約。所以，他才迫不及待地想要馬上取得思達普。然而如今，課程安排卻遭到了更改。他只覺得這是為了要阻撓自己。看著這樣的他，勞布隆托不疾不徐地說明起更改課程安排的原由。

「如今我們已經發現，在取得思達普之前，應該先盡量壓縮魔力，並向諸神獻上祈禱、取得加護，增加自己的屬性。課程便是因此才有了改動。君騰會如此急於更改課程安排，想必是為了要讓錫爾布蘭德王子能取得品質更好的思達普。」

聽完勞布隆托的說明，阿度爾這才安下心來地點頭。

「錫爾布蘭德王子，騎士團長說得沒錯。請您明白特羅克瓦爾國王的苦心。」

為了取得品質更好的思達普……聽到這句話，錫爾布蘭德稍微陷入思考。這麼說來，現場只有王族在談話的時候，記得母親曾報告過：「聽說只要前往各處的小祠堂，取得所有眷屬的加護，便能得到大神的加護。」由於自己並不怎麼擅長抄寫文字，交給自己的文獻當中也有地圖。

……只要前往各個小祠堂，增加屬性……？

如果可以在祈禱後增加屬性，或許身為王族的錫爾布蘭德也能成為下任君騰。

「……那如果我努力壓縮魔力、獻上祈禱，變成了全屬性，父王就不會再阻止我去取得思達普了嗎？」

「錫爾布蘭德王子，現在請您先與君騰一同努力壓縮魔力、增加屬性。等時機到了，我會向您詢問。」

意思是等自己努力過後，若成功增加了屬性，他會和自己一起去懇求父王吧。根據過往的相處經驗，錫爾布蘭德如此判斷，綻開明亮的笑容點頭。阿度爾也露出沉穩的笑容致謝：「真是讓您費心了。」

「小事而已。」勞布隆托對阿度爾淡淡一笑，接著向一名騎士招手。接到指示的騎士捧著木盒走來，交給阿度爾。

「聽說這是艾倫菲斯特呈獻的智育玩具。裡頭有玩具及書籍，有助於背誦諸神的名字。這似乎就是他們成績急速上升的秘密之一。」

由於今後將販售給有貿易往來的領地，所以也提供了樣品進獻給王族。勞布隆托說他奉國王之命，把這些東西送來給今後要開始學習的錫爾布蘭德。因已檢查完畢，確定並沒有夾帶任何可疑之物，也確定並非危險物品，這才放心送來。

「雖然瑪格達莉娜大人認為，等您進入貴族院就讀後再送來也不遲，但學習能早點開始也不是壞事。請您在這些工具的協助下好好學習，因為取得加護用的禱詞，都得背誦諸神的名字。」

阿度爾遞過來的，是錫爾布蘭德已經十分熟悉的艾倫菲斯特書籍。他很快地翻了一遍，看見書上有著美麗的圖畫，以及淺顯易懂的說明。有了這本書，想必又能再往羅潔梅茵靠近一點吧。

……我要背下所有神祇的名字，藉由祈禱增加屬性，再向父王懇求讓我能取得思達普。

錫爾布蘭德彷彿在找不到出口的黑暗中，發現了一道光明。終於找到可以前進的方向，他高興得揚起頭來。勞布隆托咧嘴一笑，拿著劍站起來。

「錫爾布蘭德王子，看來您心中的迷惘已有些許消散，那我們繼續練劍吧。」

「是！麻煩你了。」

把書還給阿度爾後，錫爾布蘭德也拿起劍，追上走在前頭的勞布隆托。

不情願的婚事

冬季尾聲，貴族院畢業儀式已經結束的幾天後。待在多雷凡赫舍的房間裡，聽見近侍前來呼喚時所通報的內容，我不敢置信地回過頭。

「阿道芬妮大人，奧爾特溫大人說想與您談話。還說領主夫婦也會在場。」

今年的領地對抗戰與畢業儀式，我都是以席格斯瓦德王子的未婚妻之身分出席。關於蒂緹琳朵大人跳奉獻舞時舞臺上浮現的魔法陣，以及後來中央神殿長聲稱：「她才是下任君騰候補。」對於這兩件事，我一直想要得到情報。

然而擁有情報的，只有王族與中央神殿，以及艾格蘭緹娜大人為了蒐集情報，向其提出會面要求的羅潔梅茵大人所在的艾倫菲斯特吧。此事之重大，就連王族也沒有向我透露半點消息，所以我本來不認為有辦法能蒐集到情報。儘管如此，我還是拜託了奧爾特溫，請他試著聯繫艾倫菲斯特。

「難道他向韋菲利特大人蒐集到了情報嗎？」

畢業儀式結束後，現在正是學生們準備要返回領地的時期。原本我並不期待艾倫菲斯特會接受邀請，也毫不認為他們會洩露情報給我們。

因為假使是多雷凡赫接到了邀請函，肯定會拒絕吧。看來奧爾特溫與艾倫菲斯特建立起的關係，遠比我所預想的還要深厚。

「馬上前往指定的會議室。」

倘若真如中央神殿的神殿長所言，蒂緹琳朵大人會成為下任君騰，那麼現在的王族將會遭到排除。如此一來，君騰與多雷凡赫所簽訂的契約便算無效，這樁婚約將不成立，可以解除婚約。

……說不定我的心願將能實現！

一直以來，我都為了成為下任奧伯．多雷凡赫而努力不懈。然而，政變過後由於想要有更加強大的後盾，君騰希望王子能與大領地多雷凡赫聯姻，我的夢想因此破滅。因為我必須要嫁給兩位王子中的一人。

……數不清有多少次，我都暗暗希望自己不是領主第一夫人的女兒就好了。

既然領主已經下了決定，認為這樁婚事能為領地帶來益處，那麼身為領主一族的我也只能遵從。即便對象是為了取得下任國王之位，無所不用其極地想讓艾格蘭緹娜大人選擇自己，而毫不關心我這個另一名未婚妻人選的兩位王子，這樁婚約也已成定局。

坦白說，只要能解除婚約，就算要支持那個蒂緹琳朵大人成為下任君騰，我也無所謂。我對這樁婚約的厭惡就是到了如此地步。

「奧爾特溫，艾倫菲斯特說了什麼？」

「姊姊大人，請。」

走進會議室時，雙親與奧爾特溫都已經到了。我伸手握住奧爾特溫遞來的防止竊聽魔導具。一想到自己的人生也許就要大幅改變，我不由得滿心期待地注視弟弟那雙淡褐色的眼睛。

「韋菲利特大人果然被囑咐過了不得洩露情報，所以無法透露更多詳情。但是，他說蒂緹琳朵大人只是讓魔法陣浮現而已，並無法成為下任君騰。姊姊大人依然可以順利嫁給王族……」

「這樣啊……奧爾特溫，你做得很好。」

聽完報告，不同於一臉如釋重負的雙親，我大失所望。尤其是方才有多期待，此刻內心的失落便有多強烈。

「真遺憾。要是蒂緹琳朵大人能成為下任君騰，就是解除婚約的大好機會呢……」

「阿道芬妮，妳都已經正式訂婚了，怎麼還說這種話？」

「哎呀，父親大人，這不是您說的嗎？這樁婚事，不過是君騰與多雷凡赫的一紙契約。那麼一旦君騰換人，契約便無法成立，當然得考慮是否要重新簽訂或是解除契約呀？」

這自始至終就是一樁政治聯姻，多雷凡赫為下任君騰提供後盾的同時，下任君騰也要多給予多雷凡赫通融。所以，倘若席格斯瓦德王子不再是下任君騰，這樁婚事便將徹底失去意義。畢竟今後該優先思考的，是如何與新的君騰打好關係。

「妳的未婚夫可是王族，還是下任國王，沒有比這還要更好的對象了吧？妳到底是哪裡不滿意？」

「當然是席格斯瓦德王子呀。若要再說得準確一點，我不滿意的，是他因與生俱來的身分而養成的傲慢，以及明明看不起他人卻不自知的愚鈍，最後便是指出這些就可能構成不敬之罪的權勢。」

「姊姊大人！」

「阿道芬妮，妳……」

我只是回答父親大人的問題，他卻啞然失聲。母親大人則是眉頭深鎖，奧爾特溫更是瞪大雙眼。

「截至目前為止，我從未得到過未婚妻應有的待遇。婚後的生活更是可想而知，會與現在相去不遠吧。在這種情況下，我怎麼可能還為了能與王族訂婚感到高興？若有人願意與我交換，我絕對打從心底樂意之至。」

有很長一段時間，我明明也是未婚妻人選，卻在艾格蘭緹娜大人做出選擇之前，徹底遭到忽視。即便正式訂下婚約，受到的待遇也沒有什麼改變。身為未婚妻，我只得到了最基本的尊重。如果是與他領的領主候補生訂婚，說不定還會更加受到重視。

「但請您放心，我明白自己的身分，所以不會逃避與王族的婚事，身為領主一族也做好了要為領地犧牲的覺悟。剛才那番話僅是表示，個人的好惡觀感又是另外一回事。原本若能讓這樁婚約宣布無效，那我一定傾盡全力支持，但現在也已經死心了。」

我一骨碌站起來，快步走出會議室。我自知自己對王族說出了不敬之詞，但可不打算留下來聆聽雙親的訓斥。

隨著季節更迭，很快便到了春季尾聲，幾天後就是領主會議。此時的我，正讓人將行李搬進席格斯瓦德王子的離宮，整理著婚後要給自己使用的房間。望著正在整理的房間，我還是沒有萌生半點對結婚的期待與雀躍。

「阿道芬妮大人，您一臉百無聊賴喔。」

「歐德昆斯，是你想多了。現在為了加強警戒，可以出入離宮的時間與人員都是固定的吧？結婚之後，多雷凡赫的人便無法進出，但現在距離星結儀式已經沒剩多少時間了。我只是在緊張一切能否按照計畫進行。」

歐德昆斯是多雷凡赫出身的中央文官，已經確定星結儀式過後會成為我的近侍。他的妹妹莉茲貝特是我的侍從，因此比起其他中央貴族，更讓我感到親近一些。

「雖然我已聽莉茲貝特抱怨過不少事，但總之就當作是這樣吧。」

歐德昆斯帶有調侃意味地輕輕挑眉。雖然之後得提醒一下莉茲貝特，別隨便透露主人的真實心聲，但一想到中央裡頭也有近侍知道我真正的想法，便感到安心許多。

「不說這個了。歐德昆斯，你怎麼會過來？聽說星結儀式過後，才會把中央貴族所擔任的近侍們介紹給我。你還不算是我的近侍吧？可以擅自進來我房間嗎？」

「我只是受人差遣。席格斯瓦德王子命我過來傳話，請您到會客室一趟。王子殿下還恩准，說反正幾天後我便會成為近侍，所以讓我進來也無妨。」

歐德昆斯等人將在星結儀式過後成為我的近侍。所以他們除了要為領主會議做準備，還得打包行李搬到新的住處，肯定正忙得焦頭爛額。原本也絕不能將尚未正式任命的貴族，視為是我的近侍呼來喚去。

……這種自以為只有自己最忙的態度，還有說著「反正只差幾天」的草率行事，真是讓人難以接受。

「眼看星結儀式即將到來，居然在正忙碌的時候把新娘叫過去，真不知所為何事呢？……如果是儀式不得不中止或延期這種好消息的話，我倒是會很開心。」

「阿道芬妮大人！」

莉茲貝特尖聲喊道。我嘆一口氣，輕輕擺手。

「只有在多雷凡赫的人面前我才會這麼說。至少在儀式結束前的這短短幾天時間，容我發幾句牢騷吧。」

為了去面見席格斯瓦德王子，我從正在整理房間的近侍當中挑選了幾人同行。帶走了這麼多人，肯定會耽擱到進度吧。明明沒有先問過一聲便把人叫過去，卻不覺得這麼做有任何不對，還連句道歉與關心也沒有，可真是高貴的王子殿下。

……萬一他要說的事情一點也不重要，真不知我會作何反應呢？

如此心想的我前往席格斯瓦德王子所在的會客室，發現是我白擔心了。因為他告訴我的事情確實非常重要，只不過是糟透了的那一種。

「由於娜葉拉耶剛生產完，不能讓我的魔力受到影響。因此，與妳的夫妻生活預計要延後一段時間。」

席格斯瓦德王子輕柔地瞇起深綠色雙眼，面帶爽朗微笑，說出了教人震驚的發言。我一時間無法理解，衝擊甚至大到腦筋變作一片空白。

……這位王子殿下在說什麼啊？

娜葉拉耶大人比我還要早嫁過來，就算早已懷孕生子也是很正常的事。我也能夠理解為何沒有告知我她生產一事，因為基本上直到舉行洗禮儀式為止，都不會向親族以外的人公開孩子的存在。而在貴族院的畢業儀式上見到她時，她的肚子並無隆起，代表生產後已經過了一個季節以上了吧。儘管席格斯瓦德王子說「預計要一段時間」，但也許就快要到不受影響的時期了。

然而，一般訂婚以後便不會讓其他妻子受孕，若是遇到了不能讓魔力產生變化的情況，也該延後結婚的時間才對。因為就算舉行了星結儀式也沒有意義。

……難不成他想延後的其實是婚事，而不是夫妻生活？嗯，一定是我聽錯了吧。王族怎麼可能說出如此不合常理的話來呢。

「實在抱歉。明明席格斯瓦德王子的意思是要延後與我成婚的時間，我卻有些聽錯了呢……請您放心，多雷凡赫十分樂於將婚事延期。」

只不過這樣一來，我們也得大幅更改原定計畫，真希望他不是在儀式的前幾天，而是在確定娜葉拉耶大人有孕在身時便能與我們商量。只要預先通知一聲，我當然歡迎之至。

「但如此重要的事情，我也必須立即聯繫家父……」

「啊，妳誤會了，阿道芬妮。請仔細聽人說話。星結儀式還是照常舉行，只是與妳的夫妻生活會延後而已。」

……枉費我還特意當成是自己聽錯……我真的得與這位大人結婚不可嗎？

倘若眼前的人不是身分為下任國王的第一王子，而是自己的弟弟奧爾特溫，此刻我一定會讓他刻骨銘心地明白，自己說的話有多麼荒唐。我強忍下想要皺眉的衝動，讓臉上堆起笑容。

「明明理應延期，您卻堅持要照常舉行星結儀式，還請告訴我理由。」

……明明沒有把我視為妻子的打算，卻還要我跟他結婚，下這種命令未免太瞧不起人了。最好是有非結婚不可的理由。

至今我身為未婚妻只獲得了最基本的尊重，現在他竟然又告訴我，星結儀式結束後不會和我如夫妻一樣相處。我怎麼也沒想到自己竟被輕視到了這種地步。

然而，席格斯瓦德王子顯然無法體會我所感受到的屈辱與滿腔憤怒，一邊說著：「阿道芬妮，看來妳並不知道吧。」一邊用看著不懂事孩子的眼神望著我，然後露出無奈的微笑。

「這是因為政變過後，王族魔力不足，現在必須盡快增加王族的人數。」

「這個理由並沒有足夠的說服力，能讓我不顧貴族的常識也要嫁給您吧？難道席格斯瓦德王子並不曉得，在不適合讓魔力產生變化的情況下，是不能迎娶另一名妻子的嗎？」

他的行事竟然可以如此不合常理，這讓我由衷感到擔心。席格斯瓦德王子卻是面帶難色地看著我，彷彿我的回答出人意料。

「這我當然知道。所以這才提出請求，希望能得到妳的協助。」

……這種事他從來就沒提起過，就連語氣也完全不像是有求於人的樣子吧？看得出來他理所當然地認為，一旦自己下了決定並宣之於口，身邊的人就該照著他所說的去做，全然沒有考慮過對方會有怎樣的想法與心情，也沒有預想過對方會反駁。他大概永遠也不會察覺到吧，與生俱來的身分養成了他的傲慢。

「首先，倘若現在的情況已緊急到就連一年也等不了，還請拿出證據來。」

政變過後，王族總說他們魔力不足。可是，娜葉拉耶大人與艾格蘭緹娜大人都已經嫁給王族了。即便娜葉拉耶大人剛生產完，現在應該也與以往不同，情況多少有些緩解了吧。我要求說明後，席格斯瓦德王子刻意地換上悲痛神情。

「情況確實非常嚴重。政變過後，有些古老的魔導具我們判定暫時不需要提供魔力，便停止了供給，想不到其中竟有一些開始崩解。」

「竟然有魔導具崩解了嗎……？即使完全不提供魔力，我也從未聽說過做好的魔導具會瓦解潰散。倘若是真的，那應該是近似於基礎的魔導具吧……？」

不自覺脫口而出後，令人背脊發寒的恐懼忽然籠罩住我。既然是放在王宮之中，由王族所守護的古老魔導具，那就相當於是構成這個國家的核心吧。

「沒錯。所以我們正在檢查所有停止運作的魔導具，然後要為可能崩解的魔導具灌注魔力。為此，我們必須盡快增加王族的人數，也得由妳來填補娜葉拉耶的空缺。」

……換言之，就是因為娜葉拉耶大人剛生完孩子，無法盡到王族的義務，所以要由我來代替她嗎？

瞬間我感到無比心寒。縱然我只是政治聯姻的對象，說話也該懂得修飾吧。被人單純當作是提供魔力的人手，有誰會同意這種荒唐至極的婚事呢？

「此外，這次我們的星結儀式，將由羅潔梅茵擔任神殿長給予祝福。為此我們已經不斷與艾倫菲斯特還有中央神殿進行協商，所以絕對不能延期或中止。」

「您說要由羅潔梅茵大人擔任神殿長嗎？這件事我從來不曾聽說……」

儀式上的神殿長將改由另一個人擔任，這可說是一件大事吧。為何多雷凡赫沒有收到過任何通知？我要求席格斯瓦德王子說明，為何這次會改由羅潔梅茵大人擔任神殿長後，他便以溫吞的語調開始述說。

「妳還記得，亞納索塔瓊斯與艾格蘭緹娜出席畢業儀式時，曾有祝福從天而降嗎？原來那時候給予兩人祝福的，似乎就是羅潔梅茵。」

正是因為當時的祝福，才傳出了亞納索塔瓊斯王子比席格斯瓦德王子更適合成為下任國王的傳聞。此事我知道，因為眾人議論紛紛的時候我也在場。他說為了破除這樣的謠言，才會拜託羅潔梅茵大人擔任神殿長，請她灑下中央神殿長無法給予的真正祝福，向領主們展示席格斯瓦德王子才是真正有資格的下任國王。

……怎麼會有如此愚蠢的想法呢。

國王都已經指定了下任國王的人選，貴族們的閒言碎語根本毋須在意。不管他領貴族怎麼說，都更改不了既定的事實。要是靠著貴族們的議論便能推翻國王的決定，那我早就這麼做了。

「居然把他領的未成年領主候補生喚來領主會議，還要她在星結儀式上擔任神殿長……恕我反對。況且我也不認為羅潔梅茵大人會想要這麼做，而工作被搶走的中央神殿長更會感到不是滋味吧。原本王族與中央神殿的關係便不算和睦，這樣做了以後又有什麼打算？」

「誰知道呢。此事皆由亞納索塔瓊斯負責與安排，所以我並不清楚。」

……講這種話未免太不負責任。身為兄長，你應該要勸阻弟弟，說自己並不需要這樣的祝福才對吧！

席格斯瓦德王子總是千方百計地想將弟弟往下壓，讓自己能高出一等。像這次也是，儘管他聲稱這是亞納索塔瓊斯王子的主意，但很可能是他平常的態度就一直在暗暗施壓吧。

「所以就是這樣，星結儀式會按原定計畫進行，但夫妻生活請讓我延後大約一年的時間。」

席格斯瓦德王子露出虛偽的爽朗笑容，說完自己想說的話後便站起來。意思是要我趕快離開吧。

……真是位傲慢又惹人厭的王子殿下。

「席格斯瓦德王子，您明明無意將我視為妻子對待，卻還強行要求星結儀式照常舉行，請恕我實在無法同意。既然夫妻生活要延後一年的時間，那麼明年再成婚也是未嘗不可吧。待我與家父商量過後，屆時再給您答覆。也請您轉告羅潔梅茵大人，星結儀式將延期舉行。」

在我表明自己「完全無法同意」後，席格斯瓦德王子猛地回過頭來，一頭柔軟的金髮跟著飄動。他震驚地瞪大深綠色雙眼。

「阿道芬妮，妳聽見我剛才說的話了嗎？」

發現我沒有答應他的要求，席格斯瓦德王子一臉吃驚地重新坐下。但是，我卻是馬上站起來準備離開。因為再與他討論下去也沒有意義，接下來的事情，我打算交由身為奧伯的父親大人判斷。不管是要延後婚事還是照常舉行，他都會為領地爭取到應得的利益吧。

「我聽得清清楚楚。也因此我清楚知道，席格斯瓦德王子僅顧自己方便，便徹底無視貴族的既有常識，對我毫無尊重之意。」

「絕無此事……我從未說過不把妳當作妻子對待。那個，只是圓房一事，需要延後一段時間而已。當然，也會視妳為我的第一夫人，予以尊重。」

他原本大概以為，只要以王族身分宣告他的決定，而我沒有反駁的話，便能向眾人宣稱得到了我的同意吧。倘若是從小就被教導妻子要服從丈夫的女性也就罷了，但我原先的目標，可是成為能與他領奧伯談判的下任領主。他如果以為這樣的方法對我有用，往後的生活也很可能給我造成困擾。

「倘若身邊的人看輕我，說我是沒有夫妻生活的新娘，這我絕對無法忍受。至少請您親自出面，向我的父母與近侍們說明王族的難處。若您願意明白告知眾人，夫妻生活需要延期並非是因為我有瑕疵，而是您有自己的苦衷，並且責任在您，那我自然願意提供協助。」

席格斯瓦德王子說不出話來，微微瞪著雙眼注視我。王子身邊一向圍繞著對他言聽計從的人，也許我這些話對他造成了不小的衝擊吧。但是，這關係到我往後的人生，所以我絕不退讓。

……況且，凡事都是開頭最為關鍵。

隨後到了星結儀式當天。父親大人大聽完席格斯瓦德王子的說明，對於他那強勢又不合常理的行事作風，儘管皺起眉頭，但仍是判定：「雖然荒謬至極，但還是體諒王族的難處吧。」聽說談話時，父親大人確實地爭取到了讓我的忍讓皆有回報的補償。

……不愧是父親大人，真可靠。

與此同時，他似乎也終於能夠理解，為何我怎麼也無法喜歡席格斯瓦德王子。儘管他的看法還是不變，認為既然是政治聯姻就得接受，但也小聲嘀咕：「個人好惡倒是無可奈何。」

「好，完成了。哎呀，真是太漂亮了。」

「阿道芬妮，臉色不要這麼凝重。不可以讓人看出妳真正的心情喔。妳必須面帶笑容，讓眾人以為妳是這世上最幸福的新娘。」

「是，母親大人。」

接著我與幫忙做準備的母親大人以及侍從，一同從宿舍裡的房間離開。在玄關大廳等著的父親大人低頭向我看來，吐了口氣。

「我知道妳頭腦聰明，做事勤懇努力，成為王族以後也能堅強地站穩腳跟吧。別忘了偶爾也要表現出順從，經由席格斯瓦德王子為多雷凡赫爭取到更多利益。」

「我會竭盡所能。」

「那走吧。」

在領內貴族的鼓舞與祝福下，我邁步走出多雷凡赫舍，然後由父親大人護送著前往王族的等候室。身邊還有近侍，其中一人捧著空木盒。

「席格斯瓦德王子，讓您久等了。」

王族的等候室裡，有席格斯瓦德王子與其近侍們在。其他王族成員可能是在另一個房間，抑或已經前往大禮堂了吧。

「那麼，請交換披風。」

首先，由我的侍從幫忙取下多雷凡赫的披風與胸針，收好後放進近侍帶來的木盒裡。這樣一來，我便再也無法自由進出多雷凡赫舍。

接著，從席格斯瓦德王子的侍從遞來的木盒裡拿出黑色披風。這是象徵身分為王族，兩面皆為黑色的披風。王族以外的中央貴族則是使用正面為黑色，內側為出身領地顏色的披風。用具有辨識功能的胸針別起披風後，原本身上熟悉的翡翠綠色便變成了代表王族的黑色。

此刻在胸口盤據著的，是要離開多雷凡赫的落寞，以及對婚姻完全不抱期待而心生的不安。但我壓下這些情緒，露出了大領地領主候補生該有的，為嫁給王族感到驕傲的笑容。

「那我們前往大禮堂了。」

父親大人說完，往後退了一步，對著我跪下來。我極力忍住了險些脫口而出的話語：「您這是在做什麼？」因為披上代表王族的披風後，如今我的身分已是下任國王的第一夫人，奧伯理應向我下跪。然而，看著跪在自己身前的父親大人，我只感到無比的不自在。

「阿道芬妮大人，願幸福與您常在。」

「謝謝你，奧伯．多雷凡赫。」

與父親還有眾多近侍道別，也收到了羅潔梅茵大人給予的不可思議祝福後，星結儀式便宣告結束。由於得到了前所未見的美麗祝福，我變得比之前樂觀許多，下定決心要以席格斯瓦德王子的第一夫人、以王族的身分支撐尤根施密特。

……雖說是下定了決心。

然而領主會議期間，我的處境卻非常尷尬。儘管在結婚後成為了王族，但由於先前的討論都沒能參加，所以我也幾乎沒能以王族的身分出席社交活動，而同時多雷凡赫的會議我也不能夠再參與。

像現在，原本因為還不適應夫妻生活，需要安排時間讓身體好好休息，但由於我們將夫妻生活延後了，其實根本不需要空出休息的時間。然而，對外我是不能出門的狀態，因此被吩咐了不能離開離宮，還有人負責看守。

「……為了守住面子，還真是費盡心思呢。」

「因為不管是貴族還是王族，維持體面都是非常重要的。那您今天打算如何度過呢？畢竟是新婚妻子，要為丈夫刺繡嗎？」

侍從莉茲貝特一邊收拾著早餐的餐具，一邊詢問我今天的安排。

「像這種夫妻間才會做的事情，等我真正成為他的妻子以後再考慮吧。畢竟他與我結婚的理由是缺乏魔力嘛，不如就來調合回復藥水吧，感覺該趁還有餘力的時候多做一些。」

我請人喚來成為新近侍的文官歐德昆斯，告訴他今天的行程是進行調合。

「又是這種不像新婚妻子該做的事情……」

「你們兄妹倆說的話還真是一模一樣呢。」

在我身後待命的莉茲貝特，與在我正前方的歐德昆斯於是互看一眼，輕輕挑眉。

見到兩人無奈的神情，我決定提出妥協方案。

「沒辦法。那麼不只回復藥水，我也拿出新婚妻子該有的樣子，為丈夫製作護身符吧。聽說王族可以重新舉行加護儀式，那自然是向越多神祇獻上祈禱越好。如果製作帶有神祇符號的護身符，應該能多少幫上一點忙吧？」

「我認為這是非常好的主意。」

得到贊同後，我便換上調合服，讓文官們拿著原料與配方等資料，往離宮內的調合室移動。

「這份配方好像沒有老師在貴族院教過……」

「那是優先恢復魔力的藥水喔。之前羅潔梅茵大人在貴族院舉行奉獻儀式時，我獲准以王族未婚妻的身分參加。當時艾倫菲斯特所提供的回復藥水，效果著實非常出色……為了達到那樣的效果，我也反覆對藥水進行了改良。」

「那讓我們看到這份配方沒關係嗎？這個，算是阿道芬妮大人個人所持有的配方吧？」

藥水配方主要分成兩種，一種是已經普及到眾所周知，另一種則是個人持有的秘密配方。如同羅潔梅茵大人不願分享她的藥水配方，我也不打算告訴自己近侍以外的人我的配方。

「這份配方不能告訴其他人喔。但近侍就沒關係，因為我得麻煩你們照著配方調合，今後也希望可以一起改良。」

讓歐德昆斯與其他文官看過配方後，我再吩咐他們備齊原料、洗淨工具，自己則是準備動手調合。

「阿道芬妮大人，您要自己調合嗎?!」

他領出身的文官紛紛驚訝大叫，多雷凡赫出身的文官們則是立即回答：
「是啊。研究在多雷凡赫十分盛行，領主一族會自己動手調合並不稀奇。」
「阿道芬妮大人還會自己做研究。我們文官，要為平常使用的回復藥水與研究工作預先做好準備，也要了解主人在做什麼研究，以及所用的原料與配方。」
聽著眾人的對話，我這才想起他領的領主一族很少自己動手調合。
……原來如此。難怪需要招攬已習慣在中央做事的同鄉近侍。
同鄉出身的近侍不僅了解自領，也了解中央的做事方式，所以若沒有他們的建言，大概要花上不少時間才能與他領出身的近侍順利溝通吧。
「今天是各位第一次調配這款回復藥水，所以我會先做示範。以後如果要製作魔力回復藥水，就請依照這份配方。」
「意思就是既然示範過了，往後可不容許各位調配失敗。」
「歐德昆斯，我又不是父親大人，並沒有那麼嚴格。三次以內的話都還可以接受唷。」
我話一說完，所有文官的表情都變得無比認真，專注地盯著我的雙手與配方。魔力回復藥水做好後，一名文官喝了，神色詫異地偏過頭。
「阿道芬妮大人，這個藥水恢復魔力的速度相當驚人，您對配方還有哪裡不滿意嗎？」
「這還遠遠比不上羅潔梅茵大人提供的回復藥水喔。尤其是恢復速度有著明顯的差異……真不知道她究竟使用了什麼原料呢？」

我詢問大家的意見後，歐德昆斯思考了片刻。

「若能成功改良自然最好，但我認為恢復速度並不重要。既然只要在睡前飲用藥水，魔力便能在隔天確實恢復，平常這樣就十分足夠了吧。」

聽出他的言下之意是請對外如此宣稱，我點了點頭。

「說得也是呢。各位，那請你們繼續調合，直到記住這份配方為止。我要來製作送給席格斯瓦德王子的護身符。歐德昆斯，請你來幫忙。」

向文官們下達指示後，我接著開始製作護身符。我一邊繪製魔法陣，一邊觀察眾人，然後將防止竊聽的魔導具遞給歐德昆斯。

「我聽說王族魔力不足的情況十分嚴重，你為何不希望我改良藥水呢？」

「……因為恢復速度越快，越會受到壓榨。請您暫時先使用一般的回復藥水，確保一定的休息時間。」

如今夫妻生活延期了，席格斯瓦德王子期望我做的，就只是為王族提供魔力，以及攬下娜葉拉耶大人原先負責的工作。歐德昆斯是在擔心我吧。我決定坦率地聽從他的忠告。

「看來情況比我想像的還嚴重呢。回復藥水的改良就在私底下進行吧。但不說這個了，歐德昆斯，你知道領主會議近來的情況嗎？」

「不，因為所有近侍都和您一樣，無法離開離宮半步。會不會是發生了什麼絕不想讓您知道的事情？」

「而且只要我想聯絡父親大人他們，就一定會有人跳出來阻撓。我真沒想到會受到如此嚴密的監視。」

我嘆口氣後，開始描繪魔法陣。

「為什麼我不是奧爾特溫呢？」

「您怎麼突然這麼說？」

看了看我所畫的魔法陣，歐德昆斯拿來風屬性值極高的原料置於桌面，聞言輕輕挑眉。

「要是我與羅潔梅茵大人同年，就讀貴族院時一定會遇到許多趣事，日子會過得很開心吧。而且如果我是男士的話，也會被允許能朝著自己的夢想努力邁進吧？」

雖然即便是男士，偶爾也會被要求入贅，但跟女性相比，這種婚事突然就被訂下、不得不前往他領的情況還是少得多。至少在多雷凡赫，只要以下任領主為目標，努力取得了優秀的成績，被送去他領的機率可以說是微乎其微。

「話說回來，您究竟打算製作何種護身符？」

「看到這個你就知道了吧？」

我虔誠地畫下神祇的符號。

「阿道芬妮大人，請不要製作離別女神尤葛萊莎的護身符送給丈夫。」

「這是我自己要用的。我才不會主動做出讓人有機會挑毛病的事情。」

我會製作其他的護身符送給席格斯瓦德王子。但是，我十分苦惱究竟要送秩序女神蓋芭朵儂的護身符，讓他可以改改那種做決定只會想到自己的草率行事；還是要送引導之神艾爾瓦克列廉的護身符，祈求他今後可以具備下任國王該有的品格。

「若您也能不做這種護身符給自己，我想那樣會更好……」

歐德昆斯的勸告我決定當作沒聽見。

就這樣在被徹底隔離的狀態下，領主會議結束了。只有最後一天為了與眾人寒暄以及參觀奉獻儀式，我才被放出離宮。然而，至於為什麼領主會議的最後一天會突然要舉行奉獻儀式，席格斯瓦德王子僅是微笑表示：「我之後再向妳說明。」便沒有再多作理會。

我只能一頭霧水地站在旁邊參觀儀式，也無法理解眾人在議論與謠傳的內容，領主會議便宣告結束。我從沒想過在一無所知的情況下，還要裝出笑臉彷彿自己什麼都知道，會是這麼痛苦的一件事。

「席格斯瓦德王子，請您好好說明。」

和我一起被困在離宮裡的文官們同樣倉皇無措，正忙著到處蒐集情報。我找上元兇，要求說明。

「啊，那正好。我也預計要把領主會議的決定告訴妳。」

到了席格斯瓦德王子指定的會面場所後，只見他的第二夫人娜葉拉耶大人也在。面對帶著柔美甜笑的她，我總是感到難以應付。感覺人生的理念、生活的方式，或者該說追求的目標都有著很大的不同，我們絕對合不來。

「為了取得古得里斯海得，羅潔梅茵將成為國王的養女。而且在她成年之後，我會迎娶她為第三夫人。」

……現在這些話又是怎麼一回事？
「實在非常抱歉，能請您再詳細說明一下嗎？為何事情會發展成這樣？」
「當妳在離宮裡悠然休息的時候，領主會議可是讓我們心力交瘁。」
我簡直不敢相信他竟然這麼說。明明是他派了人看守，不讓我離開離宮。原本我就沒有必要待在離宮裡休息，況且與其要在事後聽他宣布這種愚不可及的決定，我還寧可自己蒐集情報。
……但我身邊可用的人手實在是太少了。
「席格斯瓦德王子，我想向您確認一件事情。您向我告知這樣的決定，還要我覺得自己身為妻子，確實受到了尊重嗎？」
「哦？既然我是下任國王，招攬能夠取得古得里斯海得的人成為王族，就是非常重要的事情吧？這也是我與多雷凡赫的契約能夠成立的前提。當然，倘若身為第一夫人的妳能夠取得古得里斯海得，那自是再好不過。」
……意思是既然我辦不到，就不要對他發牢騷嗎？明明下任國王是你，你才應該要靠著自己的力量取得古得里斯海得吧。
再說了，如果是羅潔梅茵大人取得了可說是國王象徵的古得里斯海得，她才是下任國王吧。居然把她納為第三夫人，自己當下任國王，他都不感到慚愧嗎？
「總之，此事已成定局。」
「席格斯瓦德王子能夠成為下任君騰，這才是最重要的事情嘛。我一定竭盡所能從旁輔佐。」

娜葉拉耶大人笑容可掬，對此表示歡迎。她也是只要能守住自己的生活，其他事根本無關緊要吧。

「羅潔梅茵大人與艾倫菲斯特都同意了嗎？」

「雖然他們提出了不少條件，但最終還是欣然同意了。經過這次我總算明白，亞納索塔瓊斯說得沒錯。羅潔梅茵因為是下位領地出身，又在神殿長大，貴族的常識對她完全不管用，真是教人傷透腦筋。」

……我想肯定比你更好溝通吧。

席格斯瓦德王子搖晃著一頭柔軟金髮，聳著肩膀尋求同意。這副模樣只讓我感到火大，不由得冷眼以對。但從未與羅潔梅茵大人當面見過的娜葉拉耶大人，則是安慰道：「要應付如此古怪的孩子，真是辛苦您了。」想也知道是面對王族施壓的羅潔梅茵大人更辛苦吧。

「接下來這一年必須做好準備，迎接羅潔梅茵成為國王的養女。阿道芬妮，雖說我想請妳幫忙，但由於妳還未適應王族的生活，對妳來說是否會太困難？」

……這位王子究竟要離譜到什麼程度？困難與否姑且不論，難道他從沒想過這件事本就不該交給我嗎？

我有股衝動想去質問負責指導席格斯瓦德王子的人，同時開口回道：

「羅潔梅茵大人將成為君騰的養女吧？那迎接她為王族的準備工作，理應由君騰的第一夫人負責。既然不是要以席格斯瓦德王子之妻的身分迎接她，就不該由您做準備吧？」

「她雖會成為國王的養女，但重點在於要讓旁人覺得，我將會迎娶她為第三夫人。畢竟亞納索塔瓊斯與羅潔梅茵的交情更好，萬一貴族們都認為她成年後會與他結婚，那可就麻煩了。」

看來他是忍受不了再像艾格蘭緹娜大人那時一樣，被亞納索塔瓊斯王子搶走吧。這也代表著，他一定要牢牢掌握住能取得古得里斯海得的人嗎？

……照他這樣說來，其實只有口頭約定而已，羅潔梅茵大人還不一定會成為第三夫人吧？

倘若君騰已經下了決定，那他根本無須敵視亞納索塔瓊斯王子。想到羅潔梅茵大人和我一樣，只能被席格斯瓦德王子牽著鼻子走，我不由得心生同情，同時也覺得找到了同伴。

……不過，羅潔梅茵大人若是成為王族，也許我們就能一起研究了呢。

想到這裡，我的心情變好了一些。至少在她成年後以第三夫人之姿搬進席格斯瓦德王子的離宮之前，我想伸出援手，讓她可以過得自在愉快。

「要我幫忙是沒關係，但她做為養女，應該要為她準備離宮吧？請問是哪座離宮呢？現在中央裡的離宮都有人使用了吧？」

「預計會讓她使用貴族院裡的離宮。正好我把鑰匙借給了勞布隆托，讓他去那處離宮調查。調查過程中，已經搬走了一些家具，到處也都清理過了。比起其他離宮，準備起來會輕鬆一點吧。而且坐落在貴族院，離她喜歡的貴族院圖書館也很近。」

……但領主會議結束以後，貴族院圖書館不是就要關閉嗎？還是說為了羅潔梅茵大人，會讓圖書館一整年都開著？

無論如何，面對也許能取得古得里斯海得的羅潔梅茵大人，席格斯瓦德王子顯然對她十分關照。與我相比，可以感受到極大的差異，我強忍下想要嘆氣的渴望。

「由於有許多準備工作要做，接下來這一年我想會十分辛苦。不過等羅潔梅茵成為養女後，大家應該都能輕鬆許多吧。至少魔力上的負擔能減輕很多。」

望著說話總是只想到自己的席格斯瓦德王子，我感到頭痛無比，不由自主地往剛做好的護身符傾注魔力、獻上祈禱。

……離別女神尤葛萊莎啊，請祢務必揮下神具，為我斬斷這段孽緣！

席朗托羅莫之花

「索蘭芝，那我今天先失陪了。明天見，願光之女神的降臨與妳同在。」
「好的，歐丹西雅，妳路上小心。明天見，願光之女神的降臨與妳同在。」
與索蘭芝道別後，我接著往中央樓移動。學生們回領以後，我也不再住在圖書館員宿舍裡，而是往返於住家和貴族院圖書館。目前主要的工作，是整理學生們還在時不便整理的閉架書庫，以及修復受損書籍。由於之前休華茲與懷斯有很長一段時間都無法動彈，很多地方便被放置不顧。
此外，春季尾聲的領主會議，王族與圖書委員預計會來到地下書庫察看資料，為此也必須開始做準備才行了。當初雖是受丈夫所託成為貴族院圖書館的館員，但現在我卻覺得這份工作做起來很有意義。
「我回來了。」
回到宅邸後，我習慣性地對著首席侍從這麼說道，沒想到勞布隆托大人竟從屋內走了出來。我的丈夫是中央的騎士團長，平常待在工作地點比待在家裡的時間要長，而且也從未在我返家時出來迎接過。
「哎呀，勞布隆托大人。您怎麼出來了呢？」
「我有話私下跟妳說。晚餐前來我房間一趟。」
之前幾乎不曾一回到家，丈夫便要我過去找他。到底發生什麼事情了？我回房換了身衣裳，接著立即前往丈夫的房間。
「侍從都退下吧。還有，這個拿去。」
都已經在自己家裡了，丈夫還屏退侍從，甚至使用防止竊聽的魔導具。如此小心行事，讓我不禁屏住呼吸。感覺發生了很嚴重的事情。

「王宮裡的古老魔導具……政變過後，以用不到為由而停止供給魔力的魔導具崩解了。」

「但即使沒有了魔力，魔導具也不至於崩解才對呀……」

舉例來說，照明魔導具如果不再提供魔力，光芒便會消失。但是，也就僅此而已。就算不繼續提供魔力了，從來也沒有魔導具會因此毀壞。

「就和以魔法構成的建築物基礎一樣，那種守護建築物用的魔導具只要停止供給魔力，似乎就會崩毀。」

「那不就糟了嗎！有沒有哪棟建築物因此倒塌了呢?!」

「一座當作倉庫使用的小型塔樓在倒塌後，化成了一堆白沙。王宮裡的人皆為此驚慌失措。為了防止同樣的事情發生，文官們正在檢查所有建築物，王族也忙著到處供給魔力。」

由於丈夫敘述時的語氣太過淡漠，讓人一點也不覺得這件事已造成恐慌，但王宮裡竟然有一座塔消失，這可是非常駭人的事態。

「因此君騰吩咐，希望能檢查貴族院圖書館裡的所有魔導具，確保沒有相同的危險。畢竟現在已經知道地下書庫裡收藏著貴重資料，萬一那裡倒塌了，後果將不堪設想。妳要暫住在館員宿舍也無妨，能麻煩妳在領主會議之前，檢查館內所有的魔導具嗎？王族說了，到了領主會議，他們會為必要的魔導具提供魔力。」

「不了，我沒有必要暫住在館員宿舍喔，而且也不用擔心貴族院圖書館。因為之前我與受羅潔梅茵大人所託的雷蒙特，一起檢查了幾乎所有的魔導具。當時還發現有個可說是圖書館基礎的魔導具魔力快要耗盡，情況非常危險，幸好羅潔梅茵大人提供了奉獻儀式的剩餘魔力，幫忙補充了不少。還請這樣轉告君騰。」

我本來是想讓勞布隆托大人放心，告訴他圖書館的危機已經解除，未料他卻是用力皺眉。

「但那種用途與基礎相似的守護魔導具，應該需要王族供給魔力才對吧？對了，王族也參加了貴族院的奉獻儀式。是因為其中有部分的魔力來自王族嗎……」

之前我也曾拚命地為貴族院圖書館的守護魔導具灌注魔力，魔石的顏色卻一點變化也沒有，令我十分心急。說不定問題不在於魔力不夠多，而是因為我不是王族。

我思考著有關圖書館魔導具的事情時，勞布隆托大人像是想到什麼似地動了動眉頭，然後向我看來。

「……歐丹西雅，圖書館員也是文官吧？那妳也能進入文官樓嗎？」

「咦？嗯，是啊。應該不會有人覺得不妥吧。」

正確地說，是那些學生回領以後也不前往中央，繼續留在貴族院的文官課程老師，眼裡都只有自己的研究。就算是我以外的其他人進出，他們大概也不會介意。

「抱歉，除了圖書館與館員宿舍，我想麻煩妳也去文官樓看看，檢查有無魔力快要耗盡的魔導具。騎士與侍從課程的老師只要一接到命令就會馬上行動，但現在這種時候，還留在研究室裡的那些文官課程的老師們，就算接到了命令也只會繼續做自己的研究。」

對於勞布隆托大人這樣的擔憂，我只能同意。倘若告訴他們：「王族將會來訪，請在領主會議之前檢查完畢。」他們肯定會自行解讀成「等到了領主會議，王族來拜訪前檢查完即可」，然後一拖再拖。我露出苦笑點點頭。

「領主會議那段時間，王族將會拜訪地下書庫，想必妳也需要做些準備吧。領主會議之前，妳就先住在圖書館員宿舍吧。」

「遵命。請轉告君騰，我已確實接到他的命令。」

談完話後，說好從隔天開始直到領主會議，我都要住在館員宿舍。不過，先前多虧雷蒙特的幫忙，冬季期間我便幾乎檢查過圖書館裡所有的魔導具，也確認過用途與剩餘魔力量。更何況，用途類似基礎的守護魔導具其實每棟建築物都只有一個。

而且，領主會議該做的準備工作也沒有那麼多。只有要打掃地下書庫前面的休息區；還要與索蘭芝一起討論，為了讓侍從能在午餐與休息時間泡茶，該怎麼帶領他們進入館員宿舍，以及能讓他們出入哪些區域；最後就是得先想好，要讓同行的近侍們在哪裡待命；而地下書庫只能交給休華茲與懷斯，因為我們圖書館員進不去。

「雖說這樣有助於加快書籍修復的進度，不用往返住家和圖書館也比較輕鬆……但說實在話，工作量並沒有大到需要住在館員宿舍呢。」

再加上若要住在館員宿舍，就得帶一名侍從同行。即便是教師，隨行的侍從也只能夠帶一人，於是我帶著侍從荻蜜拉前往貴族院。由於在外住宿的行李是兩人份，體積相當龐大。

「該不會勞布隆托大人是想趁歐丹西雅大人不在的時候，帶女性回宅邸來？」

「妳怎麼還在說這種話……也不想想我們結婚都幾年了。」

早在我與勞布隆托大人成婚之前，荻蜜拉便在身邊服侍我。我們年紀相仿，相處起來也很輕鬆自在。而她這個人最大的特點，就是討厭勞布隆托大人與他的首席侍從了吧。唯獨這點不管過了多少年都沒有變。

當初我才剛結婚，勞布隆托大人的首席侍從就當面對我說：「老爺心中有忘不掉的人。這點請您先知悉。」而這件事我本來就知道了，況且我結婚也不是為了男女情愛，所以聽了並沒有任何想法。然而，以侍從身分和我一同來到夫家的荻蜜拉，至今依然氣憤難平。

「對著才剛搬進新家的新娘，怎麼可以說出那種話來呢！等我登上了通往遙遠高處的階梯，就要向諸神告狀。」

「聽到妳為這種事情告狀，諸神也會十分為難唷。」

利用王宮的轉移陣進行移動後，我們再從中央樓走向圖書館員宿舍。半路上，遇見了中央騎士團員一行人。走在最前方的是副團長洛亞里提大人，身後是幾名騎士。

「哎呀，洛亞里提大人。」

「歐丹西雅大人，別來無恙了……聽說您現在正在貴族院的圖書館擔任館員，那麼這名侍從與這些行李是？」

「我奉國王之命，領主會議之前要住在圖書館員宿舍。為了調查魔導具。」

只說這些，他應該就明白是什麼意思了吧。洛亞里提大人一派了然地回道：

「啊，先前騎士團長返家，就是為了向您告知此事吧。近來不僅到處都發生了不得了的大事，歐丹西雅大人又與往年不同，不再幫忙騎士團長處理文書，讓我們更是一個頭兩個大。因為那位大人總要拖上很久，才肯動手處理文件……」

洛亞里提大人聳肩說完，我不由得苦笑回道：「還請加油。」我在失去了服侍的主人、失去近侍這項工作後，便結了婚進入家庭。但因為沒有孩子的關係，不知如何打發時間，之前便透過丈夫幫忙處理騎士團的文書工作，也曾主動幫忙調合魔導具與回復藥水。

「那大家怎麼會在這裡呢？這時候出現在貴族院真是難得。」

「為了重新檢視領主會議的守備安排。去年還得守著舊孛克史德克舍，所以跟那時相比，要做的工作並不算多。但今年的領主會議，將由艾倫菲斯特的羅潔梅茵大人在星結儀式上擔任神殿長吧？所以有很多部署需要重新安排，也經常要與中央神殿打交道。」

他說本來屬於自己的職務被搶走後，中央神殿的神殿長怒不可遏；神官長則盤算著既然要由魔力量多的領主候補生擔任神殿長，或許可以重現古老儀式，因此正到處翻看資料。就連在中央神殿內部，也分成了無法忍受職務被貴族搶走的神殿長派，以及想利用貴族重現古老儀式，並讓神殿回到往日榮光的神官長派。

「哎呀，羅潔梅茵大人要在領主會議上擔任神殿長嗎？」

我只知道她要在地下書庫幫忙抄寫與翻譯古老文獻，這還是第一次聽說她將在星結儀式上擔任神殿長。

「聽說是王族向她提出請託。好像是為了讓她在星結儀式上，給予下任國王席格斯瓦德王子真正的祝福……現在突然多了不少工作，我們也忙得暈頭轉向。」

「咦？不是羅潔梅茵大人自己想要展示中央神殿給予不了的真正祝福，才要求讓她擔任神殿長的嗎？」

「慢著，妳這是從哪裡得來的消息?!她只要求說，既然這是王族的委託，應該要由王族說服中央神殿，並加強現場守備。」

「但向王族提出這種要求，未免太不敬了吧？」

「這件事明顯會讓他們惹上麻煩，開個條件也是正常的吧。」

看著騎士們你一言我一語，我眨眨眼睛。

「……怎麼就連中央騎士團內部，大家得到的消息都不太一樣呢。情報與意見沒有統一嗎？」

為了能夠立即執行君騰的命令，傳達給騎士團的消息都是統一過的。因為無論有多少消息在外流竄，他們需要優先考慮的都是君騰的想法。

「因為現在騎士團的情況有些混亂……」

洛亞里提大人有些支吾其辭，我也大概猜到了原因。雖然不了解詳細情況，但我聽說冬天的時候，曾有中央騎士團的團員擅自行動。

「再加上不知是否奉了王命，近來騎士團長經常不說一聲就單獨行動。好比離宮的調查，一開始他好像也打算獨自進行；而他這次返家是為了向歐丹西雅大人轉告君騰的命令一事，也沒有向騎士團裡的人明白告知過。」

「哎呀，雖然可以理解他想防止情報外流的心情，但騎士團長這樣的表現，也會讓騎士們無法安心呢……」

看來在中央騎士團內部，大家都忍不住開始心生猜疑。

「歐丹西雅大人，您可不能離家太久喔。騎士團長說不定會帶女性回去呢。」

「真的有這種可能性嗎?!」

一名騎士這樣說笑後，我還沒來得及反應，侍從荻蜜拉便急急追問。那名故意說笑的騎士一臉吃驚。

「不，抱歉。我只是開開玩笑……」

「就算是開玩笑，也是因為騎士團長有過會讓人這樣懷疑的舉動吧？對不對？」

面對荻蜜拉的咄咄逼人，騎士們不約而同後退。

「那個，歐丹西雅大人。您與騎士團長發生了什麼事情嗎？」

「只是剛結婚時有過一些事情……都過去十年以上了，荻蜜拉還一直都是這個樣子。」

「咳咳！」洛亞里提大人忍笑似地假咳兩聲後，轉身面向荻蜜拉。「請放心，勞布隆托大人並沒有做出讓人這樣懷疑的舉動。他是非常忠誠的丈夫。」

洛亞里提大人告訴我們，去年的這個時候，在調查與舊孛克史德克有關的土地時因為魔獸大量出沒，中央騎士團曾去協助討伐魔獸。

「畢竟若不討伐魔獸，便無法進行調查……但在激烈的戰鬥過後，有的騎士會需要女性。亞倫斯伯罕的第一夫人便說了：『席朗托羅莫之花正嫣然綻放著。』然後帶領我們前往某處。」

他說騎士們在挑選女性的時候，勞布隆托大人卻是說：「嗯，真是美麗。我想要這朵席朗托羅莫之花。」表示自己想要現場裝飾在花瓶裡的白花。

「雖然很難想像勞布隆托大人說他想要花的樣子，但那是他喜歡的花嗎？」

荻蜜拉說話口無遮攔，只見騎士們都一臉拚命忍笑。洛亞里提大人則是一本正經地答：「大概吧。他看起來像是陷入了回憶裡。」我不禁覺得他的自制力十分強大。

「不過，我從沒見過勞布隆托大人，把白花帶回家裡來呢。荻蜜拉，妳可曾注意過？」

丈夫若曾帶著白花回來，想必會非常醒目。我與荻蜜拉都不曾見過，也未曾聽人提起過。

「他會不會是認為，不該把在外頭拿到的花帶回家？」

「哎呀，這位大人也有如此細心的一面嗎……」

「要裝飾在花瓶裡，就必須是剪下來的花吧？但那只會枯萎而已。歐丹西雅大人，他肯定是說得好聽在敷衍您。」

荻蜜拉的說法讓我忍不住想笑。洛亞里提大人一臉尷尬地聳聳肩。

「但是，騎士團長確實對妻子十分忠誠，這點我可以保證。我也會教訓騎士，叫他們不要亂說話，請您放心吧。」

洛亞里提大人讓騎士們道歉後，便與荻蜜拉保持距離，快步離去。我則帶著顯然還說不夠的荻蜜拉，往圖書館繼續移動。

不出所料，幾乎沒花多久時間，我便檢查完了圖書館與文官樓裡的魔導具。確認過相當於建築物基礎的守護魔導具設置在何處，以及還剩多少魔力後，我也完成了匯報，現在正在晾曬第二閉架書庫裡的資料，同時忙著修復書籍。

「索蘭芝，這邊的資料借閱率很高，不如移到閱覽室的書架上去吧？」

「好啊。不然每次有人問起，就得拿鑰匙來開門，實在很費工夫。」

於是，我們先請休華茲與懷斯為這些資料更改原先登記的上架區域，再移到閱覽室的書架上。

「現在竟然有越來越多老師想要參考政變前的上課內容，幾年前的我真是不敢想像呢……這算是傅萊芮默老師起的頭嗎？」

「這也表示現在尤根施密特的情勢穩定多了，王族能夠接受、也願意重新檢視政變時遭到肅清的教師們留下的課程內容吧。」

這點固然教人高興，但至今失去的資料無法復原。我就讀貴族院時還在的資料，如今已經所剩不多。

「訪客，來了。」

「訪客，帶路。」

無預警地，休華茲與懷斯開口說道。這時期會來圖書館的，都是文官課程的老師。不知道今天會是哪一位？由於身為中級館員的索蘭芝經常會被提出無理要求，便決定由上級館員的我來應對。

「我去大廳迎接。索蘭芝，妳留在這裡繼續工作吧。」

步出閱覽室後，我站在大廳裡等著門扉打開。很快地，一群披著黑色披風的人走了進來。但是，這些人並不是貴族院的教師。

「這不是亞納索塔瓊斯王子嗎?您怎麼會過來?」

王族的出現完全不在預料之內，我因此瞪大了眼睛。從他沒有提前知會一聲，身邊還只有少少幾名近侍的樣子來看，這似乎是暗中來訪。

「難不成您要為文官樓供給魔力嗎?」

想不出其他來訪的理由，我這麼問道，但亞納索塔瓊斯王子搖了搖頭。

「不，我有件急事想請妳幫忙調查。有地方可以私下談話嗎?」

「既然如此，辦公室會比閱覽室更適合吧。」

我領著一行人進入辦公室後，王子便讓近侍稍微退開，再遞來防止竊聽的魔導具，代表接下來的內容，他也不想讓近侍們聽見。我不禁有些緊張。

「此事我不想讓騎士團插手。我知道妳是在丈夫的請託下任職為圖書館員，但首先，還是想請妳在這些契約書上簽名。」

亞納索塔瓊斯王子將魔法契約書攤開來。一份是向國王宣誓效忠的契約書，另一份則禁止我向他人洩露任何消息。對此我感到非常為難。

「這邊這份向君騰宣誓效忠的魔法契約書，請恕我無法簽名。」

「妳說什麼……?!」

王子睜圓雙眼，語氣中帶著震驚與憤怒。我急忙說明：

「因為我已向睿智女神梅斯緹歐若拉宣誓效忠，成為了知識的守護者。雖說對象是君騰，但一旦向他人效忠，便會違背我與女神訂下的契約。我並非有意與王族為敵，只是無法在契約書上簽名。」

「……知識的守護者是什麼？」

於是我為亞納索塔瓊斯王子說明了何謂知識的守護者。

「為了取得地下書庫的鑰匙，也為了協助王族取得古得里斯海得，我才成為知識的守護者。這樣還不足以證明我的忠誠嗎？我會和肅清時遭到處刑的上級館員們一樣，受到處罰嗎？」

我也告訴王子，當時那些館員也是知識的守護者，所以即便想對國王宣誓效忠，也無法在魔法契約書上簽名，結果因此遭到處刑。他聽完一臉愕然地注視我。

「原來那些被處刑的人有這種苦衷……王族竟做出了如此殘忍的事……」

「畢竟那些館員是舊孛克史德克出身，在當時若無法向特羅克瓦爾大人宣誓效忠，就會被視為是危險人物吧。我自己是庫拉森博克出身，又因為他人的背叛而失去了主人沃迪弗里德大人，所以自認多少可以理解當時王族的處境。」

那段時間，背叛可謂家常便飯，根本無法相信身邊的任何人。面對敵對領地出身的人，自然更要提高警覺，也無法相信沒能在契約書上簽名的人，這是時勢所逼。

「即便下令進行肅清的是王族，但當時亞納索塔瓊斯王子還只是尚未受洗的孩子。能夠了解他們曾經有過怎樣的苦衷，這件事固然重要，但我認為您無須為肅清負責。可是，今天這份契約書，您卻是要負責的人。」

亞納索塔瓊斯王子雙眼緊盯著契約書，倒吸口氣。截至目前為止，遇到需要保密的事情，大概只要向有關聯的人拿出契約書，讓對方簽下名字，也就等於向國王宣誓效忠，所以就沒問題了吧。如今得知即便有人服從於王族，卻也無法以具體可見的形式證明，想也知道他肯定正煩惱著該如何應對。

「亞納索塔瓊斯王子，我無法在宣誓效忠的契約書上簽名，但這份需要對提問保密的契約書倒是沒問題。」

「……妳只簽這份沒關係。」

簽完名後，亞納索塔瓊斯王子開始為我說明。他說之前曾有中央騎士團的騎士擅作主張，還煽動了中小領地的學生，強行闖入正在貴族院裡進行的迪塔；而王族懷疑他們會有這種異常之舉，是因為一種名為圖魯克的植物。

「只要在乾燥之後以火焚燒，便會散發甜香，能夠強烈混淆他人的記憶、使人產生幻覺、帶來飄飄然的快感，是一種非常危險的植物嗎……」

「沒錯。這是艾倫菲斯特提供的情報，但我們怎麼也找不到資料能佐證。若在無法佐證的情況下不慎走漏風聲，可能會有人認為是艾倫菲斯特教唆了中央騎士團的團員。因此父王把此事交給我，希望能盡量不引起注意地找到佐證資料。」

帶頭敵視、懷疑艾倫菲斯特的人，我想就是勞布隆托大人。因為追根究柢，我會成為圖書館員，也是因為丈夫想要探查艾倫菲斯特的動靜。

「我曾去王宮圖書館讓人調查過圖魯克，卻完全找不到資料。聽說有一名五十歲以上的文官在就讀貴族院時，曾在課堂上學到這種特殊植物，而當時的藥草學教師在他還是學生時便卸任了。我把這些資訊提供給了王宮圖書館的館員後，他們便說如果是教師的研究資料或成果，那應該會在貴族院圖書館……」

那名館員說得沒錯，既然曾有教師在課堂上說明過的話，相關資料就會存放在貴族院圖書館，而不是王宮圖書館。但是，倘若在王宮圖書館完全找不到資料的話，代表圖魯克確實是相當罕見的植物吧。

「如果從特定的老師開始找起，或許可以找到當年在課堂上使用過的資料。只要弟子確實做好交接、資料保存了下來，說不定也能找到當時上過這門課的文官名單。雖然修過特殊藥草學課的人可能不多，但不至於找不到半個人吧。」

「這樣啊。」

發現亞納索塔瓊斯王子露出了彷彿看見希望的表情，我還是先提醒他一聲。畢竟要是讓他抱有過高的期待，到時候落空就糟了。

「不過，還得看那名教師與接任的弟子是哪個領地出身，另外留下的資料也有可能已經在肅清當中被銷毀。既然在王宮圖書館裡完全找不到資料，我想這個可能性就非常高。我也會找找看不同領地出身的學生所留下來的參考書，但不敢保證一定找得到。」

索蘭芝告訴過我，當年被處刑的上級館員們一直到了生命的最後，都在努力留下更多的資料，但當然也有一些沒來得及保住。所以並不是所有資料，都被搬進了第三閉架書庫裡。

「……妳盡力就好。麻煩了。」

目送亞納索塔瓊斯王子離開後，我找來休華茲與懷斯幫忙，先鎖定藥草學的教師開始尋找。既然知道那名教師大約是在什麼時候卸任，那只要翻閱貴族院的資料，很快便能查出是誰，要找到接任的弟子也很容易。然而，不祥的預感總是成真。那名弟子早已被處刑。

為了確認現在的藥草學教師是否沿用了當時的資料，我一本不漏地翻看了閱覽室與第二閉架書庫裡的藥草學教科書與參考書。然而，課程內容與前任老師完全不同。提到特殊藥草的內容並不多，主要都在研究各領特有的藥草，要如何在其他土地上栽種，也沒有採納過以前的上課內容。

「要是能在第三閉架書庫裡找到就好了……」

我帶著休華茲與懷斯往第三閉架書庫移動。存放在這裡的研究資料，都是被視為政治犯而遭到處刑的人們所留下的。

我與休華茲還有懷斯一起尋找過後，發現那名教師所留下的資料沒有半點被搬進來，也沒有資料寫有關於圖魯克的記述。

「既然原本就是很罕見的植物，有沒有可能是用別名來稱呼呢？」

我開始尋找有沒有哪些植物的記述，和圖魯克所引起的症狀十分相似，逐一檢查內容與藥草有關的資料。

「歐丹西雅，這個。」

懷斯遞來的資料上，記錄著有一種藥水具有類似的效果。這種藥水是提供給立場特殊的女性做使用，關於原料僅寫著被稱作「席朗托羅莫之花」。而且這還是兩百年前類似於日記的資料。

……席朗托羅莫之花？亞倫斯伯罕是不是使用過這個詞彙？

隨後我開始調查「席朗托羅莫之花」，卻再也沒有紀錄顯示這是一種藥水的原料。

……居然只找到了這些……那次肅清究竟讓我們失去了多少寶貴的資料？

調查工作告一段落後，我向亞納索塔瓊斯王子捎去消息，表示「調查已經結束」。這時，我開始有些擔心家裡的情況。丈夫身為中央的騎士團長，也經常不在家。現在連我也直到領主會議之前都不會回去，不曉得在宅邸裡留守的侍從們有無不便。

「我非常明白您不安的心情，畢竟交給那個首席侍從太讓人不安了嘛。」

「荻蜜拉，我不是經常提醒妳，這樣說話不妥嗎？」

「因為就算勞布隆托大人帶了女性回去，那個人也是絕對不會向歐丹西雅大人報告的……機會難得，不如我們裝作有東西忘了拿，突然回宅邸一趟吧？」

真不知道她腦海裡在想像些什麼畫面，荻蜜拉顯得十分雀躍期待。儘管確實如她所說，首席侍從比起我更以勞布隆托大人為優先，但只要想想彼此相處了多長的時間，也就不覺得奇怪。

……像荻蜜拉也特別站在我這一邊呀。

「我不覺得自己有必要這麼做。不過，妳就回去看看情況吧。在宿舍生活了一段時間，妳也有些膩了吧？我准許妳外出一天的時間，順便補充肥皂與化妝品。」

讓荻蜜拉回宅邸一趟後，我便前往圖書館的閱覽室，一邊工作一邊等著她歸來。

「荻蜜拉，妳回來啦。勞布隆托大人是否帶了女性回家呢？」

「……他帶的不是女性，而是中央神殿的神官長。」

荻蜜拉告訴我，她看見兩人正在談話，而且好像在進行某種交涉：「若能得到艾倫菲斯特的花……」

「我只在重新泡壺茶水的時候靠近過兩人，所以不曉得他們在進行什麼交涉。但是，平常不苟言笑的老爺擠出了貴族特有的客套笑容以後，看起來就像在策劃什麼陰謀一樣。比起騎士團長，更像是個大壞蛋。」

我明白荻蜜拉想表達的意思。可能是因為頰上有傷疤的關係，勞布隆托大人笑起來反而更加嚇人。

「既然一本正經地在討論事情，應該是與工作有關的公務吧。前些天洛亞里提大人才說過，最近因為星結儀式的關係，他們經常得與中央神殿打交道。」

「是啊。可是，騎士團在工作的時候，都是好幾個人一起行動吧。所以看到勞布隆托大人單獨在與神官長談話，總讓我覺得十分奇怪。」

騎士團在調查或與人交涉的時候，為免有人隱瞞實情或會錯意，向來是好幾個人一起行動。我不認為丈夫身為騎士團長，會打破這樣的原則。

「會不會是妳換茶水的時候，其他人剛好不在位置上，所以妳才沒看到？」

「但首席侍從也沒說過還有其他訪客，從茶杯的數量來看，在場還有其他人的可能性很低。您不覺得這不太對勁嗎？」

「可是，除了工作以外，他沒有其他事情得與中央神殿的神官長見面吧？」

政變過後，王族與中央神殿一直是水火不容。勞布隆托大人身為侍奉國王的騎士團長，看起來與中央神殿的關係也不好。我不認為他會在私下與神殿的人有往來，應該也不可能是為了工作以外的事見面。

「記得洛亞里提大人也說過，勞布隆托大人近來很常單獨行動呢。那與神官長見面，大概也是工作吧。至少看起來不像是幽會。」

「荻蜜拉，妳真是的，在胡說什麼呀？」

我與荻蜜拉互相對望，兩人同時笑了起來。總之，知道宅邸那邊也安然無事，沒有任何問題，我感到如釋重負。

亞納索塔瓊斯王子來到圖書館聆聽調查結果時，領主會議已迫在眉睫，看得出他十分忙碌。我在辦公室內與王子面對面，接過他遞來的防止竊聽魔導具。

「我先說結論，那位教師的研究成果並沒有保存下來。而接任他位置的弟子，出身領地又是孛克史德克。」

「……這樣啊。」

儘管垮下了肩膀，但亞納索塔瓊斯王子接著看向堆在我手邊的幾本資料。我拿起其中一本。

「就連在貴族院圖書館，也找不到有關圖魯克這項植物的紀錄。於是我再找了有類似效果的藥水與原料，發現這裡有段令人在意的記述。」

我按著書籤，翻開書頁。

「亞納索塔瓊斯王子，請問您聽說過席朗托羅莫之花嗎？」

「沒有。有著命的眷屬夢神名字的花嗎？想來是某種暗語。」

「是的。這是大約兩百年前的記述，在當時似乎是暗指某種藥水的原料。這種藥水會提供給接待王族與領主的特定女性做使用，而這個原料因為栽種在一般人無法隨意進出的地方，所以撰寫這份資料的人似乎沒能取得。」

我指著資料上的那段記述。亞納索塔瓊斯王子瞥了一眼後，微側過頭。

「妳的意思是，這有可能是圖魯克嗎？」

「有可能，但我無法肯定。因為寫有這種藥水原料的記述，我只找到這一則而已。後來，我再調查了席朗托羅莫之花。發現往後過了一段時間，席朗托羅莫之花似乎不再是暗指藥水的原料，而是暗指女性。這方面的記述倒是不少。」

我向王子出示寫著相關記述的資料。比如「領主會議期間，奧伯・孛克史德克接受過席朗托羅莫之花的接待。我想要那種附有白花的邀請函」、「聽說第二王子想要席朗托羅莫之花，但被拒絕了」。

「從這些記述來看，大約一百年前似乎有處設施的女性會招待王族與領主，而她們被稱為席朗托羅莫之花。至於為什麼會從暗指藥水的原料，變成暗指女性，單從資料實在看不出所以然。可能是到了後來，開始會用花名代稱那些使用這種藥水的女性吧……」

這件事對於還年輕的王子來說，衝擊似乎有些太大，也可能是他個性潔身自愛使然吧。只見亞納索塔瓊斯王子厭惡地皺起臉龐。

「如果能讓王宮圖書館的人調查席朗托羅莫之花，說不定可以找到與藥水或原料有關的資料。不過，亞納索塔瓊斯王子您完全沒有頭緒嗎？我以前曾以文官身分在沃迪弗里德王子身邊服侍過，但從未聽說過席朗托羅莫之花，也沒見過附有白花的邀請函。」

雖說是一百年前的資料，但我也從未在王宮裡聽說過以前有這種事。

「我也沒有。總覺得這與捧花有關，會不會是指中央神殿？」

「但是，中央神殿應該不會僅限王族與領主前往，貴族院的教師若想進去，想必還是有辦法吧。雖然也有可能因為時代不同，情況有所改變，但這部分的演變發展，中央神殿裡應該會有詳細的資料吧。」

光看貴族院圖書館的資料，實在看不出席朗托羅莫之花與神殿的捧花之間有什麼關聯。

「總之，我會讓王宮圖書館的館員調查看看席朗托羅莫之花。謝了。」

「請等一下，我話還沒有說完。」

雖然不多，但至少有些線索——亞納索塔瓊斯王子笑著說完，正想轉身就走，我急忙叫住他。

「到了現在，似乎是將戰鬥過後提供給騎士的女性，稱作席朗托羅莫之花。」

「……我可從來沒有聽說過這種說法。」

亞納索塔瓊斯王子回過頭來，一臉納悶地蹙眉。不管是在中央騎士團，還是在庫拉森博克，都不曾有過這樣的說法。我自己也感到十分陌生。

「我也是前陣子第一次耳聞。聽說去年中央騎士團在調查與舊孛克史德克有關的土地時，曾幫忙討伐過魔獸，亞倫斯伯罕便稱呼他們所提供的女性為席朗托羅莫之花。」

「亞倫斯伯罕嗎？」

亞納索塔瓊斯王子大力挑眉。發現他的反應與之前截然不同，我眨眨眼睛。

「您知道什麼事情嗎？」

「不，只是突然聽到具體的地名，我有些驚訝罷了……那麼，那些騎士團員說了什麼嗎？他們是否曾在亞倫斯伯罕看見過罕見的植物？或是曾在生著火的暖爐裡，聞到過奇異的甜香？」

怎麼不直接去問他們呢──這樣的想法剛閃過腦海，我便想起亞納索塔瓊斯王子說過，此事他不想讓騎士團插手。

「實在非常抱歉，當時他們只是閒聊中隨口提及。而且已經是好幾天前的事了，我也沒想到這件事如此重要，並沒有記得很清楚。但我記得……」

亞倫斯伯罕的第一夫人曾說著「席朗托羅莫之花正嫣然綻放著」，便帶領騎士們前往某個地方；勞布隆托大人則並沒有要求，而是要了朵白花──我轉述了自己記得的部分。

「嗯。抱歉，能麻煩妳幫我確認席朗托羅莫之花這個稱呼，在亞倫斯伯罕是否一般人都知道嗎？」

「您要我去詢問亞倫斯伯罕的騎士嗎？」

「不，並不是直截了當地問，而是就像、就像與騎士們閒聊一樣，不露聲色地觀察他們的反應就好。」

亞納索塔瓊斯王子忽然提出了極難辦到的要求。如果同是教師、同為中央貴族，或者有著同樣的出身領地，與這些勉強有些關聯的人還能閒聊幾句。可是，對於那些根本不會造訪圖書館的貴族，我究竟該如何與他們接觸，甚至是閒聊幾句呢？

「但是領主會議期間，我想亞倫斯伯罕的貴族並不會造訪圖書館，更別說是在閒聊時不露聲色地觀察他們的反應……即便是提出會面邀請，或是跑到茶會室或會議室外面等著他們出來，這樣也很不自然吧？倘若您不介意等到貴族院開學的話，我倒可以問問學生。不過，未成年的孩子們恐怕不太會知道這些吧。」

我說明自己的擔憂後，亞納索塔瓊斯王子點一點頭。

「我會想辦法讓蒂緹琳朵，或是她的近侍去圖書館一趟。等她們到了圖書館，妳再幫我問問她們。還有，如果能讓羅潔梅茵聽到妳們對話的話，最好也讓她聽到。因為那傢伙總能從其他地方蒐集來奇怪的情報。」

羅潔梅茵大人不斷帶來各種新事物，所以我完全可以明白這種對她不由自主產生期待的心情。

「不過，我該怎麼詢問才好呢？總不能劈頭就問：『您聽說過席朗托羅莫之花嗎？』」

要我在閒聊時問起這件事，我還是感到十分困難。尤其對亞倫斯伯罕的人來說，席朗托羅莫之花指的是女性。他們平常肯定很少提起吧。

「知道有人介紹其他女性給自己的丈夫，或是丈夫收到了花，妳只要表現出有些吃醋的樣子，這樣不就很自然了嗎？」

「是嗎？」

「丈夫收到了其他女性送的花喔？一般來說根本難以保持冷靜吧？」

……哎呀，所以亞納索塔瓊斯王子無法保持冷靜嗎？真是可愛。

我時常耳聞他與艾格蘭緹娜大人的感情深厚，但這還是第一次從本人口中聽到這些話。感覺真是稚嫩年輕，讓人不覺想要微笑。

「若能參考亞納索塔瓊斯王子的反應，也許我就能知道該怎麼發問了呢。說來慚愧，我從來不曾吃醋過。甚至覺得可以收到自己喜歡的花，那很好呀，還為勞布隆托大人感到高興……」

「為何庫拉森博克出身的女性都是這種反應?!這怎麼行。夫妻之間吃點小醋也是必要的吧。妳丈夫可是收到了他領女性送的白花，還彷彿陷進了回憶當中喔。那妳應該要……」

亞納索塔瓊斯王子慷慨激昂地開始指導我該有怎樣的表現。

「蒂緹琳朵大人，我想向您請教一件事情……請問席朗托羅莫之花今年是否也嫣然綻放？」

我假咳一聲，打斷蒂緹琳朵大人的尖聲高笑，然後為了讓躲在後面的羅潔梅茵大人也能聽見，稍微抬高音量問道。

「妳說什麼花？」

「您不知道嗎？我聽說這是一種只有在亞倫斯伯罕才能取得，外子相當喜愛的花呢。那請您問問喬琪娜大人吧。」

但是，不光蒂緹琳朵大人，就連較為年長的男性護衛騎士也明顯一臉不解。他並未露出「怎能詢問年輕女性這種問題」的責怪表情，而是一臉毫無頭緒。這讓我感到十分不可思議。

……莫非只有亞倫斯伯罕的第一夫人，也就是喬琪娜大人身邊的人會這麼說？

後來地下書庫裡發生了不少事情，領主會議期間，足以撼動尤根施密特的變化也接踵而來。結果，我還沒能向亞納索塔瓊斯王子報告一行人的反應以及心裡的疑惑，領主會議就結束了。

……等情況穩定下來，應該就會召見我了吧。

我悠然地耐心等候，與索蘭芝一起清理領主會議過後該整理的場地。比如這陣子眾人頻繁進出的地下書庫休息區，以及提供給無法進入地下的近侍們待命的閱覽室。接著，再整理圖書館員的辦公室、收拾宿舍裡的房間，並為休華茲與懷斯提供魔力，花了好幾天的時間才將所有事情做完。就這樣，住在館員宿舍的生活結束了，我與荻蜜拉一同返回宅邸。

回到宅邸的同時，勞布隆托大人便要我前往他的房間，說是有話想說。

「歐丹西雅，我有話想問妳。席朗托羅莫之花一事妳是聽誰說的？」

後記

大家好久不見了，我是香月美夜。

非常感謝各位購買本作，《小書痴的下剋上：為了成為圖書管理員不擇手段！【第五部】女神的化身Ｖ》。

序章是波尼法狄斯視角。這位祖父大人儘管一度引退，但還是在羅潔梅茵的懇求下幫忙訓練護衛騎士，也在城堡幫忙處理公務，更受託指導韋菲利特成為下任領主。

這集的故事，則從羅潔梅茵以神殿長的身分，帶著麥西歐爾與其他孩子舉行宣誓儀式開始。記得在第二部開頭，她自己也曾以平民梅茵的身分舉行過宣誓儀式。和那時相比，感覺羅潔梅茵成長了許多。

隨後，是王族與各領領主齊聚一堂的領主會議。原本未成年者不能參加，但羅潔梅茵因為要在星結儀式上擔任神殿長，又要去地下書庫翻譯古老文獻，便被叫來到貴族院。與許久不見的漢娜蘿蕾閒話家常，是她寶貴的療癒時光。

緊接著是蒂緹琳朵的來訪。羅潔梅茵為了避開她而跑到外面，卻意外發現祠堂，還從諸神手中接過貴色石板……劇情開始加速發展了呢。〈祠堂巡禮〉這篇因為有不少讀者表示，想要知道在所有祠堂裡得到的語詞各是什麼，所以比起網路版又多加了一些新內容。

最後，羅潔梅茵化身為商人聖女，與席格斯瓦德進行交涉。她極力想讓斐迪南免於連坐，並為自己爭取到一年的交接時間。從這裡可以看出羅潔梅茵在班諾與斐迪南的教導下，長成了什麼樣子。兩位師父如果在場，究竟會搥她一拳說：「怎能這樣對王族說話！」還是會稱讚她說：「做得好。」實在是不好說（笑）。

終章是錫爾布蘭德視角。喜歡羅潔梅茵的他因為得奉王命與其他人訂婚，對此心懷不滿。儘管他拚命想要實現自己的心願，卻因為年紀太小，無法看清周遭情勢。他告訴勞布隆托的「席朗托羅莫之花」，究竟會招致怎樣的發展？

本集的全新番外短篇，由阿道芬妮與歐丹西雅擔任主角。

阿道芬妮視角的短篇中，試著描寫了與下任君騰席格斯瓦德結婚的她有著怎樣的心情，以及所置身的情況。曾經她以當上奧伯．多雷凡赫為目標，所以從一開始就對這樁政治聯姻心有不服，而席格斯瓦德又是怎麼對待她的呢……？

歐丹西雅視角的短篇中，開頭便是勞布隆托吩咐歐丹西雅住進圖書館員宿舍，為領主會議期間要接待王族做準備。內容還包括亞納索塔瓊斯請她調查的「圖魯克」，以及因此找到的與「席朗托羅莫之花」的關聯。

這集請椎名老師設計的新角色是瑪格達莉娜。戴肯弗爾格出身的她是君騰的第三夫人，也是錫爾布蘭德的母親。當初一發現海斯赫崔他們想把斐迪南招攬到自領來，父親也在他們的進言下有意促成婚事後，她馬上向特羅克瓦爾求婚，靠著一己之力談成了與王族的婚事，不可不謂強者。

然後有消息要通知大家。

●【四月十五日】漫畫版第二部第五集&斐迪南手帕正式發行。

●【五月十五日】漫畫版第三部第四集&明信片組正式發行。

這次為了配合即將出版的漫畫版，製作了許多讀者熱切期盼的周邊商品。與第二部有關的是繡有名字的手帕，這也是梅茵知道斐迪南名字的契機。與第三部有關的是三入一組的明信片組，圖案是飛蘇平琴演奏會上販售的節目單與肖像畫。

●第五部VI&廣播劇ＣＤ６。

下一集的第五部VI也將會發行廣播劇。內容主要是領主會議上與王族的談話，以及得知羅潔梅茵將前往中央後，與領內人們的對話。寫這篇後記的時候，錄製尚未完成，但劇本的檢查工作已經結束。究竟席格斯瓦德會以怎樣的聲音呈現給大家呢？我從現在開始就非常期待。

手帕、明信片組、廣播劇ＣＤ……每樣商品只要在出版社官網（https://tobooks.shop-pro.jp）上與書籍一起成套購買，便能以較優惠的價格購入（※周邊商品也可單獨購買）。

至於其他相關書籍以及周邊商品的詳細資訊，還請參考書籍裡的廣告傳單。

本集封面是祠堂巡禮的想像圖。有藏在標題底下的祠堂，還有取得的貴色石板及王族。由於這次領主會議時值春季尾聲，儘管是在貴族院，羅潔梅茵卻不是穿著之前常見的黑色制服，非常新鮮又可愛。

拉頁海報則是在地下書庫裡工作的情景。有羅潔梅茵、漢娜蘿蕾、瑪格達莉娜與錫爾布蘭德。由於這次是漢娜蘿蕾久違的出場，就希望她能出現在插圖裡面……椎名優老師，由衷感謝您。

最後，要向購買本書的各位讀者獻上最高等級的謝意。

第五部 VI 預計夏天發行。期待屆時再相會。

二〇二一年一月　香月美夜

每回都出場的
卷末漫畫
輕鬆悠閒的家族日常
作畫 椎名優
席格斯瓦德夫婦星結儀式過後的後臺情景
撤退
撤退
吵鬧
剛才的祝福怎麼了?!
發生什麼事了?!
夜空?!
吵鬧
好 撤退
拍手
快步
快步
噠噠噠
噠噠
噠噠噠
這道餐點是鬆脆綿密的炸考夫薯可樂餅,
淋上鮮菇奶油醬。
愛意倍增
咬下
鬆脆綿密?可樂餅?
又是難以理解的名字哪……
鬆脆
喔喔喔喔喔喔喔
對孫女的喜愛度急速攀升中
咻
咻

最重要事項

此次談話的結果，雙方一致同意，要讓妳放棄圖書室的設置。
不——!!!最重要的條件王族根本沒接受嘛!!
最重要的不是讓斐迪南免於連坐處分嗎？
確實是沒錯！那麼這就是第二重要的事情!!
沒有圖書館，
的心靈就難以保
持平靜喔？每
都要工作
力盡還沒
潤，心
到術彿
一個大
王族根本就不明
白這會對我的健
康造成多麼嚴重
的影響!!!
滔滔不絕滔滔
……我再次體認到妳實在異於常人。
養父大人，太遲了。

美男子

在滿是俊男美女的貴族大人當中，
有人認為勞布隆托顯然不在此列？
不然來問問他的夫人吧。
每個人的審美不一樣。而且勞布隆托大人啊，
除了對人有敏銳的觀察力，也勤於鍛鍊身體，凡事總是努力不懈，這些都是很棒的優點唷。
微笑 微笑
微笑 微笑
不過，我聽說他剛進入貴族院就讀時，曾是人人都會駐足回望的美少年。
咦?!
那這三十幾年來到底是發生了什麼事?!

國家圖書館出版品預行編目資料

小書痴的下剋上：為了成為圖書管理員不擇手段！. 第五部，女神的化身. V / 香月美夜 著；許金玉 譯. -- 初版. -- 臺北市：皇冠文化出版有限公司，2022. 10
面； 公分. --（皇冠叢書；第 5056 種）(mild；46)
譯自：本好きの下剋上：司書になるためには手段を選んでいられません. 第五部，女神の化身. V

ISBN 978-957-33-3951-9（平裝）

861.57 111016278

皇冠叢書第 5056 種
mild 46

小書痴的下剋上

爲了成爲圖書管理員不擇手段！

第五部 女神的化身V

本好きの下剋上
司書になるためには
手段を選んでいられません
第五部 女神の化身V

作　　者—香月美夜
譯　　者—許金玉
發 行 人—平　雲
出版發行—皇冠文化出版有限公司
台北市敦化北路120巷50號
電話◎02-27168888
郵撥帳號◎15261516號
皇冠出版社(香港)有限公司
香港銅鑼灣道180號百樂商業中心
19字樓1903室
電話◎2529-1778　傳真◎2527-0904
總 編 輯—許婷婷
責任編輯—蔡承歡
美術設計—嚴昱琳
行銷企劃—蕭采芹
著作完成日期—2021年
初版一刷日期—2022年10月
初版二刷日期—2023年1月
法律顧問—王惠光律師

讀者服務傳真專線◎02-27150507
電腦編號◎562046
ISBN◎978-957-33-3951-9
Printed in Taiwan
本書定價◎新台幣320元/港幣107元